無名時代

阿久　悠

集英社文庫

目次

会社へ行ったら月光仮面がいた……7
スーパーマンも自殺する……59
どこから見ても地球は青い……113
東京の空の下　春歌が流れる……164
巨大迷路の真中で……218
嵐の羽田にビートルズ……270
無名夢想──あとがき……320
解説　水野良樹……329

無名時代

会社へ行ったら月光仮面がいた

一

改札口の雑踏の彼方に、鳩村圭子《はとむらけいこ》がいるのが見えた。二十歳の彼女は、駅のコンクリートの柱に凭《もた》れかかるようにして、煙草《たばこ》を喫《す》っていた。

それが不良少女に見えないところが鳩村圭子の特徴で、どちらかというと、小生意気な文学少女に思えた。

彼女の背景は、街並として全く整理のついていない有楽町《ゆうらくちょう》の駅前で、春四月、どんよりと曇った空の下に、不ぞろいなパッチワークに見えた。

昭和三十四年四月一日、M大を卒業したばかりの芥洋介《あくたようすけ》の、株式会社宣友への初出社の日であった。

彼は、仕立ておろしの紺の背広を着、如何《いか》にも新入社員らしい初々しさと緊張を漂わせていた。気負いはなかったが、不馴《ふな》れな道を歩く用心深さのようなものは、彼の顔からうかがわれた。

全く迂闊《うかつ》といおうか、横着といおうか、彼は、入社することに決っている会社を、まだ一度も訪れていなかった。

筆記試験は、築地《つきじ》の方にある何かの業界の会館で行われ、面接試験は、新橋《しんばし》のホテルであった。

それが十二月のことで、暮近くになって合格通知を受け取り、そのまま三カ月が過ぎていた。せめて、どういう会社なのか、この目で確かめる必要があるなと思いながらも、ついつい時間が流れて今日になった。

今更、会社に対する不安はどうしようもなかった。よほどひどいところでない限り、一万五百円の初任給のために我慢するつもりだった。彼には、他に生活費を得る手だては全くなかった。

それより、指定された出社時間に遅れないことが肝心で、そのために一時間の余裕を見て出て来ていた。もしかしたら、会社の所在地がなかなか見つからないということも考えられた。

四月一日午前九時までに出社されたし、というのが株式会社宣友から届いた、邦文タイプの連絡書であった。

アパートのある駒込《こまごめ》を七時ちょっと過ぎの山手線に乗ったから、まだ時間はたっぷりで、これなら、どんなに探しあぐねても、遅刻することはあるまいと思えた。

それにしても、鳩村圭子の出現は意外だった。

女連れで初出社ということもあり得ないので、待ち合せの約束など当然のことにしていなかった。もしかしたら、彼女は別用で、全くの偶然の出会いかとも考えたが、鳩村圭子は、芥洋介の姿を見かけると、意味ありげに躰《からだ》を揺らしながら近づいて来た。

鳩村圭子は、身長が百六十五センチもあった。手脚が長く、特に腕の長さは、全体のバランスを崩し、滑稽《こっけい》に見えることさえあった。それを承知しているのか、彼女は、躰の裏側で手を組み合せて歩くことがよくあった。そうすると、今度は、奇妙に躰が揺れる。

唇には、まだ煙草が銜《くわ》えられたままで、その立ちのぼる煙に少し顔をしかめながら、そして、手を尻《しり》の上で組み合せ、長い脚を大股《おおまた》で運んで来た。

「朝帰りか？」

芥洋介が言った。

鳩村圭子は、フンというように鼻先で笑い、そして初めて煙草を捨てると、舌先に残った煙草の葉の切れっ端を指で摘《つま》んだ。

「一緒に行こうと思って、待ってたのよ」

「一緒に行くって、会社へか？」

「そうよ」

「馬鹿か」

芥洋介は、相手にしていられないと言うように、不馴れなネクタイの〆《し》め具合をちょっと確かめ、歩き始めた。

有楽町の駅から直進の道を取らないで、右に折れ、日劇の前へ出て、銀座《ぎんざ》四丁目へ向い、そこを直角に曲って、株式会社宣友の所在地の銀座二丁目へ行くつもりだった。

「やっぱりね」

鳩村圭子が笑った。

「何が？」

「こういうコースを選ぶのじゃないかと思ったの。きっと日劇の前を通って、銀座四丁目へ出るだろうなって」

「いいじゃないか」

「会社のあるところは銀座二丁目でしょう。普通なら、東京《とうきょう》駅側の出口を出て真直ぐ行くわ。仮に、今の出口で出ても、わざわざ日劇の方へは来やしない。直進するわよ。だから、どこで待ち伏せしようか、東京駅側にしようかとも考えたんだけど、やっぱりね、思った通りだったわ。あなたのことは何でもわかるんだから」

「日劇の前を通ったら、そんなに変かよ」

「まあね」

鳩村圭子は嬉《うれ》しそうに笑い、芥洋介の腕を取った。女にしては大柄の躰の全体重をかけてきたので、洋介は少しよろめいた。

こんな風に、思いがけなく全体重がかかってしまうところが、圭子の不器用さであり、運動神経のなさであった。

「危いじゃないか」

洋介は尖《とが》った声を出した。

すると、鳩村圭子は、何のつもりか彼の耳を噛《か》んだ。それも不器用さのあらわれか、かなりきつく、血がにじむのではないかと思える強さになった。

彼女は、嬌声《きようせい》を上げると、数歩先へ走り、くるりとふり向くと、ちょっと舌を出し、小首を傾《かし》げた。

鳩村圭子は、それが彼女の個性なのだろうが、白と黒で統一されたファッションをしていた。いつも、大体においてそうだった。二十歳の大学生らしいカラフルな物を選ぶということはなかった。黒か、白か、それに近いグレイか、チャコール・グレイに限られていた。

今日も、黒の、首が埋まるようなタートル襟のスウェーターに、黒のスラックス、おそろしく長いグレイのマフラーをぐるぐる巻きにし、白に近いクリーム色のスプリング・コートを、ベルトを〆めずにはおっている。

その上に、セシール・カットのように、レザーで切り揃《そろ》えたショート・ヘヤーの頭があり、美人という形ではないがファニイという言葉が当てはまる、猫のような顔が少し暗めの印象であった。

フランソワーズ・サガンの「悲しみよこんにちは」とか、原田康子《はらだやすこ》の「挽歌」が評判になったのがここ数年で、そこに登場する、いくぶん病的な感性の主人公の少女たちの個性が、女の子のタイプの一つの典型になっていたが、鳩村圭子も、それに当てはめてみると、はまらないことはないという感じであった。

魅力といえば魅力だが、バランスの悪さと、エキセントリックな言動は、正直持て余すところもあったが、芥洋介は、何故《なぜ》かこういう、非常識で、非現実的な雰囲気を持った少女に魅《ひ》かれるところがあった。

圭子に嚙まれた耳たぶをさわると、やはり血が出ていて、指先を赤く染めた。

新入社員が会社へ初出社するのに、こんな調子でいいのだろうか、もう少し常識的で、厳粛でなければいけないのではないかと、芥洋介は、指先の赤い血の滴を舐《な》めながら思った。

「帰れよ。女連れで初出社ってのは、いくら何でもまずいよ。初日からクビじゃやりきれないや」

「いいじゃないの。会社まではついて行かないわ。どんなところにある、どんな会社かなって見るだけよ。そういう権利は、私にもあるでしょう」

「権利？」

「そうよ。権利だわ。だって、あなたが悪いのよ。大学卒業までに、私とあなたがどうなるのか、ちゃんと答を出すって言ったのよ。なのに出さないじゃないの。だから、私が答を出すの。会社を見て、あなたを見て、未来があるかどうか占うの」

「答って、結婚か？」

「そうじゃないけど、未来よ」

「きみはまだ二年学校があるんだし」

「結婚のことじゃないって。未来だって」

鳩村圭子は、首を激しく振りながら、声の甲高さはそれほどでないにしても、明らかにヒステリーとわかる抑制のきかない言い方をした。

圭子は、バッグの中から薄荷《ハッカ》煙草のセイラムを取り出して、せかせかと口に銜え、マッチを擦った。

銀座四丁目を左へ曲った。

鳩村圭子は、煙草を指に挟んだまま、また、芥洋介の腕を取り、頭の重さを洋介の肩にあずけるようにした。もう耳は噛まなかった。

銀座通りは、曇天の下の灰色の風景で、わずかだが冬の気配が残っていた。

通勤のラッシュには、少し間のある時間であったが、それでも、勤め先へ急ぐと思われる人の群れが細い帯状になって横断歩道を渡り、その列がいつ乱れたともわからない感じで、街の中へ紛れていっていた。

誰もまだ春の匂《にお》いを身に付けてはいなかった。重い冬を少しずつ剝《は》がしにかかるといった程度で、大抵の人はコートを脱げないでいた。中には、長い冬の習性か、かじかんだ手に息を吹きかけるしぐさをする人もいた。

「六時に起きたのよ。目覚し時計を二つもかけて」

と、鳩村圭子が言った。

「有楽町の駅の出口のどっちで待とうかって、二十分も考えていたのよ」

これは、また、ずいぶんと浮世離れした会話だと、芥洋介は思っていた。

彼は、無意識に圭子の肩に腕をまわし、手首を曲げてショート・ヘヤーの頭をさわると、軽く愛撫《あいぶ》した。

そして、やはり、もう少し、仕事に対して怖《おそ》れを抱き、誠実さを示してみせなければならないのではないかと、無理して足を早めていった。

二

株式会社宣友は、探し歩くまでもなく、すぐにわかった。

銀座通りから東側へ、デパートの横を入った一画に、通りから通りまで占める形で四階建の白い建物があり、その三階が確かに目指す会社であった。

それは、ビルというイメージでもなく、明らかに戦後に建てられたものらしい一種の軽薄さが漂う建物で、おそろしく横に長く、船を思わせた。

「此処《ここ》だよ。もうわかっただろ。帰れよ」

腕にしがみついている女を連れて出社したところなど、誰かに見られてはたまらないと、芥洋介は、鳩村圭子の腕をふりほどき、苛立《いらだ》たしげに言った。

「九時まで、まだ一時間もあるわ。朝食をとりましょう。モーニング・サービスをやっている喫茶店がある筈《はず》だわ。いいでしょう？　そこから帰るから。今日は、午前中の講義があるの。昼休みに会いたいわ。デパートの屋上で。そこの。様子を聴きたいわ」

「ああ、本当に帰れよ」

少し歩いて、デパートの真裏の喫茶店へ入った。

入口に、本日のモーニング・サービス、本日のランチというメニューを書き込む黒板と並んで、本日のテレビ番組というのもあった。

　モーニング・サービスとランチの方は、白墨で、珈琲《コーヒー》、トースト、ゆで卵、サラダとか、スパゲッティ・ナポリタン、スープ付などと書き込んであったが、テレビ番組の方はまだ空白だった。

　耳の固いトーストと、ウズラではないかと思えるほど小さいゆで卵の付いたモーニング・サービスを目の前にして、鳩村圭子は溜息《ためいき》をついた。

「何だよ。溜息なんかつくなよ。それでなくたって、どこか気が重いんだからさ」

「あなた、よく見た？」

「何を？」

「環境よ。会社を取り巻く環境。一万五百円ぽっちの給料なんて、この一画から一銭も持ち出せないわ。あの白い建物の地下は全部飲み屋よ。一杯飲み屋と、スタンド・バーが通りみたいに並んでいるのよ。一階は、銀座二丁目から一丁目まで跨《また》がるほど大きいパチンコ屋さん。二階は、有名なキャバレー。三階は、あなたが行く会社だけど、看板を見たら、同じ階に麻雀《マージャン》屋さんがあるみたい。それに、通りの向い側は、競馬の場外馬券売場よ。絶望だわ」

「絶望たってしょうがないだろう」

　芥洋介は苦笑しながら、それにしても、おそるべき観察眼だと妙なことに感心していた。圭子には、そういうところがあった。

「絶望よ。未来なんかないわ」

「俺《おれ》の未来とは関係ないだろう」

「あるわ。環境って大切よ。人間って、すぐそこに似合いの顔になっていくものよ。一週間もしないうちに、あなた、十年も此処に住んでいた顔になるわ。そして、それでおしまいよ。何よ、こんなところの会社に気に入られようと思って、紺の背広なんか着ちゃって。ずっと厭《いや》だったのよ。ずっと、その紺の背広」

鳩村圭子は上体を少し反らし、遠目で値踏みするような顔をして、首を振った。

「ずっとって何だよ。この紺の背広は、今日初めて着たんだぜ」

「だから、有楽町の駅から、銀座二丁目までの間」

「子供みたいなこと言うな。俺は就職したんだよ。今日から会社員。紺の背広だってしようがないだろう」

「だったら、紺の背広らしい環境の中にいてよ。私のために」

鳩村圭子が何を望んでいるのか、日常の彼女からおよそのことは察せられたが、彼女が口にしていることは、ほとんど支離滅裂であった。

紺の背広と環境と未来が、どこでどう結びつくのか、説明し難いものがあったが、彼女が、何故か、ひどく落胆していることは確かだった。

芥洋介は、これから会社へ行くんだぜ、きみは何しに来たんだよ、と愚痴りながら、トーストをかじった。

音楽のなかった喫茶店に、「情熱の花」が流れ始めた。客の誰かのリクエストのようであった。

ピーナッツ・ハッコーのクラリネットのスイング風のものと、ドイツの美人歌手のカテリーナ・バレンテのものがともに人気であったが、今流れ始めたのは、ピーナッツ・ハッコーの演奏だった。

「〝情熱の花〟の原曲は、ベートーベンの、〝エリーゼのために〟なんだぜ」

洋介は、圭子の身勝手な、エキセントリックな不機嫌を、少しでも晴らそうとするように言い、

「地下が飲み屋街で、一階がパチンコ屋で、二階がキャバレーで、三階に麻雀屋があって、通りの向うが場外馬券売場だなんて、募集要項には書いてなかったからな。しょうがないだろう」

と嘆いた。

「それから、見た？」

圭子は、頰杖《ほおづえ》をつき、レースのカーテン越しの外の景色を見やりながら、わがままに眉《まゆ》を寄せ、厭なの、私と合わないの、何もかも、と言った。

「見たって、何を？」

「道の真中で、犬がセックスしてたのよ。水をかけられても離れなかったわ」

「何処《どこ》で？」

「気がつかなかったの？」

「俺は、上を見上げて、株式会社宣友って看板を探してたんだぜ」

「馬券売場のところ。厭だわ。雄が夢中で腰を動かして」

「よせよ。馬鹿だな」

「でも、未来が感じられないわ」

「知らないよ。犬のセックスのことなんか。それに、何でそれが未来なんだよ」

芥洋介は、多少馴れていることとはいえ、いささか辟易《へきえき》して、苦い澱《おり》のような珈琲をすすり、煙草のいこいに火をつけた。

鳩村圭子は、自分のヒステリックな饒舌《じょうぜつ》に悪酔いしたように荒い呼吸を吐き、ゆで卵に食卓塩をふりかけながら、口を閉ざした。どこまで本気の感情かわからなかったが、うっすらと目に涙を浮かべていた。

「まいったな」

芥洋介は呟《つぶや》いた。

何にまいったのか、圭子の情緒不安定か、会社の環境か、それとも、彼女の言う彼自身と、二人の未来に対してかわからなかった。

ただ、晴れ晴れとした希望に満ちた初出社の昂揚《こうよう》とは無縁であることは、確かだった。


喫茶店は、「ナイアガラ」といった。

店内はかなり広く、ナイアガラ瀑布《ばくふ》の大判の写真パネルと、映画「ナイアガラ」に主演した時のマリリン・モンローのカラー・スチールが飾られていた。

早番のウエイターとウエイトレスが一人ずついて、ウエイターはさほど印象的ではないが、ウエイトレスの方は、ハッと驚かされるほどの大きな乳房を持った女で、彼女はそれが重いのか、それとも、デモンストレーションか、手があくと、カウンターにより掛かり、乳房を休ませているようなポーズを取っていた。

芥洋介が、ついその方に目を奪われていると、鳩村圭子が、尖った靴先で蹴《け》ってきた。この二十歳の大学生は、どこまでも怒っていた。

「ナイアガラ」は、出勤前のサラリーマンの溜り場になっているようで、みんな、モーニング・サービスの朝食をとりながら、気忙《きぜわ》しく新聞を読んでいた。

近くの席に、痩《や》せて顔色の悪い、おまけに貧乏神のような髭《ひげ》を生やした男がいて、原稿用紙に対《むか》ってペンを走らせていた。

乳房の大きいウエイトレスが、顔馴染みなのか、それ以上の間柄なのか、空になった

コップに水をつぎ足しながら、そのついでに、男の肩に手を掛けて原稿を覗《のぞ》き込み、

「へえ、化粧品のコピイね。マックスファクターのローマン・ピンクに負けないようなのを書いてよ。ローマン・ピンクっていいじゃない！　それに、グリコが、おまけで小鳥が当るってのをやってるわよ。日本も、小鳥のいる生活が出来るようになったってことよ。矢野《やの》さんとこも、もっともっと頑張らなきゃね。ほら、ほら、頑張って」

と、巨大な乳房を矢野といわれた男の頭に押しつけた。男は、クックッと笑い、たった今、射精したと大笑いした。

鳩村圭子は、芥洋介の耳に口をつけ、

「同じ会社の人よ。先輩よ、きっと。何だか、とっても悲しい気分だわ」

と言うと、席を立った。それはもう、此処から帰るという構えだった。

「じゃあ、十二時に、デパートの屋上で」

芥洋介は、少し腰を浮かしてそう言ったが、それに答えるでもなく、鳩村圭子は、喫茶店「ナイアガラ」を飛び出した。

芥洋介は追わなかった。

まだ時間があった。珈琲をもう一杯注文し、新聞に一通り目を通し、その間、五度も六度も欠伸《あくび》をして、それから、大きく一呼吸すると、もしかして、人生とか、未来とかに関わりを持つことになるかもしれない株式会社宣友に向って、腰を上げた。

三

驚いたことに、四月一日午前九時に出社した新入社員は、芥洋介一人であった。

他にも新卒の採用者は数人いた筈で、彼らはどうしたのかと遠慮がちに訊《たず》ねると、受付の、まだほんの中学生にしか見えない女子社員は、

「あなたが最後です。他の人は、みなさん、二月から出社しています。もうすっかり会社にも馴れて、バリバリやっている人もいますよ」

と言った。

頬の赤い、無邪気な顔をしているが、世間を知っているということでは、洋介などよりはるかに老練であるところを見せつけるように、彼女はちょっと唇を歪《ゆが》め、何を呑気《のんき》なことを、と言いたげな目をした。

彼女の言うバリバリという言葉が、それこそ何かを噛み砕くように響き、洋介は、バリバリね、と反芻《はんすう》した。

「四月一日からと思い込んでいたものだから。そう言われたし」

そして、彼女に言っても仕方のないことだが、そんな風に弁解した。

「そりゃあそうだけど」

受付の女子社員は笑い、それから、すぐに総務の人が来ますからと言って、彼の応対を打ち切り、デスクの下、膝《ひざ》の上に本をひろげて読み始めた。本は週刊誌で、それは、昨年末から出版されて評判になっている女性向けの〝女性自身〟であることがわかった。彼女は、女子社員のお仕着せらしい小豆色のスモックを着ていた。胸に名札が付いていて、木村由美《きむらゆみ》と読めた。

その発見を口にして、多少打ち解けた気分を作ろうかと考えたが、彼女は、もう何を言っても聞こえないだろうと思えるほど、〝女性自身〟に夢中になっていた。

総務からのお迎えは、なかなかやって来なかった。

芥洋介は立ったままで、受付の前のほんの狭い空間を、足踏みするように歩いていた。その間に、人の出入りはあったが、誰も彼のことを気にする者はなく、駈《か》け込む人間も、飛び出す人間も、躰を斜めにして風のようであった。

受付の木村由美の背後に衝立《ついたて》があり、それが目隠しになって、その先にひろがっている筈の広告代理店の社内風景をうかがえなくしていた。ただ、一瞬の切れ間もなく鳴り響く電話の音と、それに対する怒声に近い話し声が混り合って聞こえて来、この会社の活力を知らしめるには充分であった。

芥洋介は溜息をついた。ひどく落着かない気持だった。

正直なところ、少し衝撃を受けていた。それは、少くとも、同時スタートを切る筈だと思っていた同期入社の連中が、既に会社に馴染んでいるということだった。とんでもない遅れ、何かの烙印《らくいん》を押されてしまった人間のような気分を味わい、遅れて来たことへの後悔さえあった。

早い話、彼は、衝立ごしに響いて来る別世界のような騒音にさえ圧倒されていた。しかし、馴染むということは、それらを生理的快感にさえしてしまうことであり、もし、同期入社の数人が、この二カ月でそれを果せているとするなら、追いつくのは容易なことではないと思えた。

受付の木村由美が、視線は膝の上の女性週刊誌に落したまま、灰皿を洋介の方へ押しやって、笑った。彼は礼を言い、条件反射のように煙草を喫った。

木村由美が背負うような形で、衝立に月光仮面の写真パネルが飾られていた。三日月の紋章の付いた白いターバン、鼻から下を覆っているマスク、白縁のサングラス、ふわりと風に舞うマントに、ぴったりと躰にはりついたタイツ姿の、お馴染みの月光仮面が、オートバイに跨がり、拳銃《けんじゅう》を構えていた。股間《こかん》の異様な膨らみが滑稽にさえ思えたが、それも人気の一つだということだった。

この「月光仮面」は、昨年、昭和三十三年にテレビに登場した。毎日曜日の夕方六時から三十分間放映され、たちまち人気番組になった。

そのうち、放映時間もゴールデンの七時台に移り、最高視聴率五十パーセントを超える記録を作った。

月光仮面は、子供たちを熱狂させるヒーローになり、その存在は社会現象にさえなりつつあった。

子供が集まりそうな場所には、必ず数人の月光仮面がいた。風呂敷を首に巻き、それをはらりと背にひろげると、瞬時にして子供たちは月光仮面になった。

風呂敷が唐草模様であろうが、寿の文字と家紋を染めぬいた紫の物であろうと関係なく、それは、子供たちの首にさえ巻かれればマントであった。

大人の目から見ると、風呂敷を首に巻き付けただけの汚いガキであっても、子供自身からは、紛れもなく颯爽《さっそう》たる白いマントの月よりの使者で、それは現代の裸の王様であった。

ヒーローに変身し、裸の王様になるための儀式は、簡単な方がよかった。月光仮面の場合、それはターバンでも、サングラスでも、タイツでも、ブーツでも、また、拳銃やオートバイでもなく、マントに象徴され、それ一枚でたちまち変身が可能なところに、人気の秘密があった。

子供たちは月光仮面になりきり、空を飛べると信じ、全国で何人もの怪我《けが》人が出た。

正義の味方は、それによって少し社会的信用を失い、テレビ番組では、決して真似《まね》をしないようにと、主演俳優が子供たちに訴えるという騒ぎにまでなった。

〽どこの誰かは知らないけれど
誰もがみんな知っている
月光仮面のおじさんは
正義の味方よ　よい人よ
疾風《はやて》のように現われて
疾風のように去って行く
月光仮面は誰でしょう
月光仮面は誰でしょう

ところで、芥洋介は、この歌を奇妙な歌だと思っていた。

どこの誰かは知らないけれど、誰もがみんな知っている、という一見矛盾に思える歌詞が、よく考えてみると、矛盾でも何でもなく当り前の筋の通った言葉だとわかった。

それにしても、誰かは知らないけれど、みんな知っているという組合せは、妙なものだと思い、もしかして、これが職業作家の手練かとも感じていた。

いささかさらし者のような感じで受付の前に立っていると、やあ、遅かったなと気軽に声をかけられ、ふり向くと、見覚えのある顔が笑っていた。

名前は思い出せなかったが、確かに同じ場所で最終面接を受けた一人で、長身の二枚目で都会風の雰囲気の男だった。

彼も、やはり紺の背広を着ていた。しかし、鳩村圭子が何故か毛嫌いしたようなギクシャクした感じはなく、広告代理店の営業マンにはこれしかないだろうと思えるほど身に付き、颯爽としていた。

「出かけるのか」

芥洋介が訊ねた。

「スポンサー巡り。結構大変でさ」

「俺は今日からだよ」

「いろいろ教えるよ」

「ああ、頼むよ」

紺の背広にすっかり馴染んだ同期生は、受付の木村由美に一言二言軽口を叩《たた》き、それから気合を入れて出て行った。

それらを優越感と感じてしまうのは、今の洋介としては仕方のないことで、まいったなと笑ってみせた。

「何してるのかしら、総務は。ちょっと待ってね。電話するから」

木村由美が気の毒そうに言い、受話器を取り上げながら、はい、これと、キャラメルを洋介に投げた。そして、今の新人は、駒井秀樹《こまいひでき》っていうのよ、なかなか二枚目で評判、と舌を出した。

芥洋介はキャラメルをしゃぶりながら、結構苦いものを感じていた。

四

月光仮面に魅せられたわけでもなく、歌を奇妙な第一印象で受けとめたぐらいのことであったが、彼が、この会社を受験したのは、月光仮面のせいだった。

ここ一年、二、三年つづいた神武景気が終ってなべ底不況に陥り、就職難の時代になった。

誰も就職を、将来の夢や希望、自分の理想とつなげて考える者はなく、ただ、月給を保証される会社へ入れればいいという考えになっていた。

大手企業の募集も少く、あったとしても条件が厳しくて、とても私大の文学部で、非現実な日常を貪《むさぼ》っていた洋介たちの手に負えるものではなかった。

秋も深まり始めると、文学部の学生たちは、突然現実との対面を強いられて呆然《ぼうぜん》としながら、蒼《あお》ざめた顔を、学生課の求人の掲示板の前に集めるようになった。

中には、既に東京での就職を諦《あきら》めかけている者も半数近くはおり、彼らは、東京で暮せる幸運を宝くじでも買うような気分で、入社試験を受けていた。

それにしても、諦められるということは、諦める選択が出来ない者に比べたら、まだはるかに幸運で、彼らが、都落ちだとか、田舎暮しだとか嘆いている言葉さえ、芥洋介からは輝いて見えた。

芥洋介のこれから始まる人生にとって、それは今、何、と説明し難いが、東京が不可欠だった。

帰るべき絶対の故郷も、親から受け継ぐべき仕事もないというのが最大理由であったが、彼の中にまだ曖昧《あいまい》な姿で眠っている才能のようなものが、もし仮に芽吹くことがあるとするなら、それは、東京にいてのことであると思えた。

彼は、その程度の模糊《もこ》とした幻想に近い可能性でも、楽天的に信じてみようと思い、東京にこだわった。

今年の求人の特徴は、職種として、広告代理店が多いことだった。

学生課の係員に言わせても、

「ざっと去年の十倍だね。上は、電通、博報堂から、下は電話一本、デスク一つのところまで、さあね、東京に五百社も出来たんじゃないかね。テレビの普及のせいだね。時代向けの企業として買いは買いだけど、実体がなかなか摑《つか》めないというのが正直な感想でね。つまり、限りなく電通に近いのか、限りなく電話一本に近いのか」

というようなことで、安定企業と保証し難いが、将来を見越すならこれも面白い、ただし、幸運に恵まれればだがね、とひどく部外者の言い方をした。

それ以上の説明は出来ないというのが、現実のようであった。

将来を見越し、幸運を嗅《か》ぎ取るというのは、簡単な求人票からは難しいことだった。第一、誰も、広告代理店が、新聞やテレビの中でどういう役割を果しているのかさえ、理解出来ていないのだから、判断のしようがなかった。

最も現実的な選択は初任給であるが、どこも、一万円から一万二千円と申し合せたような金額で、大手企業に比べるとかなり低かった。

芥洋介が広告代理店を志望したのは、不明ながらも、他の製造や販売や金融と違う、例えば、映画とか、出版とか、放送とかに近い、文筆や創造に関わることが期待出来るのではないか、少くとも、そのような雰囲気に近いところにいられるのではないかという思いからであった。

映画も、出版も、放送も、とてもこの成績では推せん出来ないと宣言されていたから、新職種の広告代理店に、希望をつないでみるより仕方がなかった。

そして、彼が、株式会社宣友を選択した根拠は、求人票の備考欄の、『現在、国産初のTV映画、〝月光仮面〟製作中』という一行の文章であった。

初任給は一万五百円、募集の広告代理店の中でも相当に下の部類であったが、備考欄の一行は、少くとも魅力において、それを超えていた。

株式会社宣友の入社試験は、ユニークなものだった。

受験勉強らしいことを何一つやっていない芥洋介にとっては、救いの神ともいえる種類のものだった。

試験官の説明が終ると、定員六名に百五十名も押しかけた学生たちから、一様にどよめきが起ったが、芥洋介はほっとしていた。

どよめきは、不満であった。

国語を、英語を、あるいは、時事用語を、完璧《かんぺき》に習得して来た人間にしてみると、肩透かしに遭《あ》ったようなもので、ブーイングの一つも吐きたくなる気持はわからないでもなかった。

しかし、芥洋介にとっては、得意が巡り来たというほどの自信ではないまでも、これでやっと対等だという気持だった。

これが、別の出版社を受けた時のような、全逓中郵事件、バチスカーフ、テトラパック、世界連邦都市宣言、チョゴリザ、地対空誘導弾エリコン、カルテル、などの言葉を説明しろと言われてもお手上げだが、今、求められていることは、何とか出来そうだというのが実感だった。

試験問題は、いわば、作文だった。

『十二月第一週発売の、〝週刊朝日〟〝アサヒ芸能〟〝女性自身〟を想定して、トップ記事の企画を立案しなさい』

というものであった。

広告代理店の入社試験としては実にうまい手を考えたものだと、株式会社宣友にセンスを感じたりしていた。

これなら、時代感覚、企画力、ジャーナリスティックなセンスから、大衆分析、創作力まで判断することが出来る。制限時間は一時間三十分であった。

いわゆる学科試験ではなくて、ほっとはしたものの、これはこれで難問であった。

芥洋介は、原稿用紙とメモ用紙を目の前にひろげて、しばらくぼんやりとしていた。

試験場内の気配をうかがうと、ほとんどの学生が同様の呆然とした顔で、腕組したり、頬杖ついたりしていた。既に書いているのはほんの数人だった。

まずここ一カ月、さらに、大雑把にひろげて今年一年、どのような事件や話題があっただろうかと思い出そうとした。そして、思い付くことをメモ用紙に書き出していった。

次に、〝週刊朝日〟〝アサヒ芸能〟〝女性自身〟を愛読するのは、それぞれどういう人たちであろうかと考えた。

　その分析が終ると、〝週刊朝日〟をA、〝アサヒ芸能〟をB、〝女性自身〟をCとして、先に書き出した今年の事件や話題に、どの週刊誌向きか、A、B、Cを付けていった。あとは、何故十二月第一週かなのだが、これは、たぶん、それほどの意味はあるまい、試験日から近い、きりのいいところを選んだのだろうと、深く考えないことにした。強いて言えば、今年一年の総括といったことが含まれるかもしれないが、まあ、その程度であろうと思った。

　もう一つ、十二月第一週を設定した理由としては、〝女性自身〟をかなり重要に捉《とら》えているということが考えられた。

　試験日の時点で、〝女性自身〟は創刊されていなかった。ただ、大きな話題にはなっていた。創刊は確か十二月一日の筈だった。

　芥洋介は、もし重点的に絞るのなら、〝女性自身〟だなと思い、しばらく、女性向きの話題や、女性の生き方を刺激するモラルはないものかと考えた。しかし、なかなかそうは簡単に思い付かなかった。

　メモ用紙の上に、さまざまな項目や、A、B、Cの記号が書き込まれたが、その先、企画といえるものに組み立てていくには、それだけでは駄目で、面白く感じさせなければならないし、同時に、こちらの特長をデモンストレーション出来なければならないと思い、洋介は、さて、特長とは何かと悩み、結局映画をよく見ているぐらいしかないので、それを活《い》かすことにした。

彼は、また、メモ用紙に、今年評判になった映画のタイトルを書き出していき、それにも、またA、B、Cの記号を付けた。

時計を見ると、もう三十分が経過していて、つい先程まで呆然としていた学生たちも、ほとんどが文豪のような顔をしてペンを走らせていた。

十一月も末日に近かったが、小春日和であった。

試験会場の半分に陽《ひ》がさし込み、眠くなりそうな、ひどくのどかな気配が漂っていたが、芥洋介は必死だった。

何故かこの試験が、ラストチャンスのように思えていた。これをしくじると、東京で生きることも、人生の中で才能にこだわってみることも、また、鳩村圭子も、全て失いそうな気がしていた。

彼は、大きく息を吸い込むと、ペンを取り上げ、遅れていたランナーが最後の賭《か》けのスパートを試みるように、一気に書き始めた。

〝週刊朝日〟は、「私は貝になりたい」と、電車特急「こだま」の運転開始にAが付けられていて、そのどちらにすべきかで、ちょっと迷った。

「私は貝になりたい」は、ラジオ東京テレビが十月三十一日に放送した、長時間テレビドラマであった。

脚本、橋本忍《はしもとしのぶ》。演出、岡本愛彦《おかもとよしひこ》。主演、フランキー堺《さかい》で、文部省芸術祭で芸術祭賞を受賞した。

田舎の平凡で好人物の理髪店主が、召集されて兵士になり、心ならずも上官の命令でアメリカ兵を殺し、戦後、C級戦犯として処刑される物語である。タイトルの「私は貝になりたい」は、戦争の不条理さの中で、加害者となり、被害者となって死んで行く主人公の「生れ変れるなら、深い海の底の貝になりたい」という独白から付けたもので、この〝貝になりたい〟は流行語にもなった。

もう一つの、電車特急「こだま」の運転開始は、十一月一日、東京―大阪《おおさか》―神戸《こうべ》間に、電車特急「こだま」二往復が運転開始したもので、東京―大阪間を六時間五十分で走るということで話題になった。

国鉄はこれにビジネス特急と名付けたが、それは、七時発に乗ると、東京、大阪それぞれ十三時五十分に着き、二時間十分ビジネスに時間を費しても、十六時発に乗ると、日帰りが可能だというものであった。

この二つの話題の中で、芥洋介は、〝週刊朝日〟用として、ビジネス特急の方を選び、松本清張《まつもとせいちょう》原作で評判の「点と線」を借りて、「サラリーマンの点と線」とした。

そして、日帰り圏内になった東京―大阪間で、日本のビジネスは、サラリーマンはどう変るかを検証する、と書いた。

〝アサヒ芸能〟は、何かもう少し、社会風俗的な面白さを盛り込まなければいけないと思い、「女たちに捧げる十戒」というのにした。

「十戒」は、ハリウッドの巨匠、セシル・B・デミルが監督した映画で、例の、神の教えを受けたモーゼが、虐げられたイスラエルの民を連れてエジプトを脱出し、紅海を渡るという物語で、紅海が真っ二つに割れるシーンが評判になっていた。

しかし、「女たちに捧げる十戒」は、旧約聖書も、モーゼも関係なく、ただ「十戒」という言葉をいただいただけで、今年の世間を騒がせた女性十人を実例に挙げて、その生活とモラルを問うという程度のことだった。

最後の〝女性自身〟は、まだ発売されていなかったが、「女性の暮しに合せた型の週刊誌」というのが新聞広告だ、その辺から内容を推測して書くように、と説明された。

そこでもみんながどよめいた。見たこともない週刊誌の企画だってよ、という声も聞こえた。

芥洋介は、見たことがあろうがなかろうが同じことだろうが、と思いながら、たぶん、この〝女性自身〟が試験のポイントになるだろうと感じていた。

メモ用紙の上の映画のタイトルを見てみると、「愛情の花咲く樹」「熱いトタン屋根の猫」「悲しみよこんにちは」「絹の靴下」「くたばれ！　ヤンキース」「手錠のままの脱獄」「めまい」「張込み」「楢山節考」「錆《さ》びたナイフ」などが残っていたが、どれも使えそうになかった。

そして、結局、残念ながら、これは、受験者の大多数が書くだろうなと思いながら、「あなたの恋人の清潔度、誠実度」と書いた。

「ご清潔で、ご誠実で」は、流行語になりそうだった。

ほんの二日前、十一月二十七日、皇太子妃に正式決定した正田美智子《しょうだみちこ》さんが、記者会見の席で、皇太子との初対面の印象を訊ねられて、「とても清潔なお方」と答え、魅力を感じたところはと問われ、「とても誠実なご立派なお方」と返して、たちまち話題になった。

芥洋介は、とにかく、三つのタイプの異なる週刊誌の、十二月第一週のトップ記事の企画というのをデッチ上げ、提出した。時間は制限時間一杯だった。

試験場になっていた築地の、何かの業界の会館と称する建物を出ると、小春日和も急激にかげり、やはり十一月も終りだと思わせる風が吹き始めていた。

洋介は、二時間近く我慢していた煙草を喫った。

その横を、不機嫌な顔の学生の群れが流れて行き、ひでえ問題出しやがってとか、やっぱり二流のやることはこんなもんだと、吐き出すような声も聞こえたが、彼は別に、ひでえ問題とも、二流のやることとも思っていなかった。

むしろ、就職を考え始めて以来、初めて、酸素の多い空気を吸った気分にさえなっていた。

五

芥洋介は、まだ、受付の前にいた。

総務からの迎えが遅れたのは、芥洋介のデスクがなく、どうしたものかと協議していたためと、やがてわかった。

その事情を気の毒そうに伝えてくれたのは、総務部から迎えとして来た久能原真理子《くのはらまりこ》だった。

彼女は、顔を合せるときちんと名乗ったし、小豆色のスモックの胸の名札にも書いてあり、洋介は、クノハラマリコという聞き取りにくい名前を、名札の漢字で確認した。

そして、彼が名乗ろうとすると、彼女は、総務部ですよ、私、わかっていますよと笑った。それから、デスクのことを言った。

「二、三日は我慢して下さいますか。辛いでしょうけど。その間、陣取りみたいに転々としていて下さい」

「転々？」

「全社員がデスクに対《むか》っているなんてことはまずありません。大抵は外出していますから、その空いた席を使って下さい。本当にごめんなさいね」

久能原真理子は、如何にも申し訳なさそうに、しかし、聞きようによっては、大したことじゃないと言っているような、明るい話し方をした。

彼女は、美人であった。

どこか混血児を思わせる顔立ちをしていたが、躰つきはそれほど肉感的ではなく、小柄で、ほっそりとしていた。どちらかというと痩せ過ぎの感じさえした。

小豆色のお仕着せのスモックは、受付の木村由美には似合いだが、久能原真理子には、気の毒に思えるくらい野暮であった。

「女性だけが名札を付けてるんだ。何か意味があるのかな」

洋介が、感想を口にした。

「さあ。奴隷市場と思ってるんじゃないかしら」

彼女は、雰囲気に不似合いな厳しいことを言い、嘘《うそ》ですよ、おいとか、お姐《ねえ》ちゃんとか、女の子って呼ぶ不届き者をなくすためですよ、私はそう思ってますけど、と笑った。

そして、さあ、お待たせしました、一通り紹介して歩きますわね、あなたの所属は企画部です、と先に立った。

デスクも用意されていないくらいだから、当然のことに仕事はなかった。適当な空席を与えられ、まあ、これでも読んでたらと、「月光仮面」の放送済台本の束を目の前に積まれた。

「それとも、こういうのを読んで、アドバタイジングの勉強でもするか」

と、〝宣伝会議〟といった専門誌を出してくれたのは、矢野伝《でん》だった。

矢野伝は、今朝、ほんのさっき、喫茶店「ナイアガラ」で見かけた男で、乳房の大きいウエイトレスに、その乳房を頭に押しつけられながら、化粧品のコピイらしきものを書いていた。

鳩村圭子が、何故か露骨に嫌悪の情を示し、同じ会社の人よ、先輩よ、きっと、厭だわと身震いして席を立ったくらいに、胡散臭《うさんくさ》い印象を与える男で、顔色が悪く、痩せて、貧乏神のような髭があった。

「さっき、喫茶店でお見かけしました」

と、芥洋介が挨拶《あいさつ》を兼ねて言うと、矢野伝の方でも記憶があったようで、彼女どうした？　と訊ねた。

鳩村圭子のことを言っていた。女連れで初出社とは恐れ入るな、ぐらいの厭味を言われるかと思ったが、矢野伝はニヤニヤと笑いながら、

「温泉マークからの直行か？」

と、興味ありげに訊ねた。彼の目にこびりついている目脂《めやに》と、一本上向いて伸びてい

る鼻毛が気になった。

「彼女、どんな会社か見に来たんですよ」

洋介は、正直に答えた。

「それで？」

「未来がないって。ぼくはそう感じないのだけど、彼女、何故かひどくショックを受けて、絶望だって」

その要因の一つに、あなたも含まれていますよとは言わなかったが、環境がね、環境が気に入らないって、この一画から月給を一銭も持ち出せないだろうって言ってましたよ、と笑った。

「きみ、あの彼女とは別れた方がいいぞ」

矢野伝が言った。

「そういう女だよ。あれは。セックスだって、なかなか感じないくせに、一旦《いったん》良くなると、こっちがクタクタなのも構わずに、欲しがりつづけるタイプだよ。そして、腹の立つことに、その時その時に都合のいい理屈が付いていて、感じない時には聖女を支持し、感じてしまうと妖女《ようじょ》を理論化して、ふしだらの限りを尽す」

「違いますよ」

「寝たことあるんだろ。そう思うだろうが」

「思いませんよ。まだ二十歳の娘《こ》ですよ」

「貞操観念はないな」

「ありますよ。しっかりしてますよ」

「それに、妊娠しやすい。よせ、よせ」

矢野伝は、楽しんでいるようだった。

しゃべりながら、洋介の〝いこい〟を勝手に喫い、おまけに、予備の一本を耳に挟んだ。新入社員をからかい終ると、彼は大声で笑い、どうして気が付いたのか、長く伸ばした小指の爪《つめ》で目脂を取り、上向きに伸びた鼻毛を引き抜いて吹き飛ばすと、仕事を始めた。

彼のデスクには、照明の入るトレース台が置かれてあって、彼は絵コンテの作成に取りかかった。

「絵だって、文章だって、何だってやらされるんだから。ところで、きみ、絵は？」

「子供の時、得意だったくらいですが」

「いいんだ、それで。文章は？」

「子供の時、上手だと言われたことはありますが」

「大人になって、何かで褒められたことはないのか？」

「ええ」

「そうだろうな」

そう言うと、矢野伝は、もう話し相手になっている義理はないと言いたげに、絵コンテ描きに没頭した。

芥洋介は、〝宣伝会議〟をパラパラとめくって見、あまり心惹《ひ》かれる記事もないので、「月光仮面」の台本の山の中から、〝サタンの爪シリーズ〟を選んで読んだ。

読んで面白いというものでもなかったが、しかし、この会社で、ＴＶ映画の製作に関わることが出来るなら、それが望ましいなと思っていた。

それにしても、彼が配属された企画部は、妙な部だった。

会社全体の中で見ても妙な感じであったが、部の中のバランスもまた不思議だった。

株式会社宣友は、一つのフロアに全部のセクションが入っていたが、他の部には全て、会社らしい規律と活気が見られた。しかし、企画部のある一画だけは台風の目のような状態で、全く周囲の空気とは無縁の雰囲気が感じられた。

短い時間で、そのような感想を抱くのは軽率であったが、もしかしたら、企画部というのは、ほとんど期待されていない、持て余し者を寄せ集めた掃き溜めではあるまいか、とさえ思えた。

動きからして違っていた。他のセクションの人間が、きびきびと飛ぶように歩き、張りのある声で話し合っているのに、此処だけは動きも鈍く、会話もほとんどなく、陽だまりの老人たちのように思えた。

企画部の中だけを見てもそうで、現に働く気配を見せているのは矢野伝だけで、他に三人いたが、いずれもかなり年配で、彼らは、お茶を飲みながら、一人は新聞を、一人は碁の本を、一人は釣の本を読んでいた。

それに、空席も多かった。こんなに空席が多いのなら、何もデスクがないと待たせることも、協議することもあるまい、と思えるほどだった。

六

矢野伝は、芥洋介から見るとだいぶ年長だが、新聞や、碁の本や、釣の本を読んでいる人たちと比べるとはるかに若く、おそらく、社員という感じで見られているのは、彼一人ではないかと思えた。

矢野伝の絵は結構巧みだった。

こちらが本業かと思えるほど、手馴れた絵を描いていた。絵コンテ用紙は、縦に四コマ、TVフレームが印刷されてあって、そこに画面のイメージと動きを描き、それぞれの横に、ナレーションや、音楽や、効果を書くもののようであった。

洋介は初めて見るもので、かつて子供時代、時計屋の店先で、時計修理の全過程を飽きずに眺めていたように、矢野伝の職人のような仕事ぶりを見ていた。

「月光仮面」の台本を意味なく読んでいるよりは、その作業を見ている方がはるかに面白かった。

絵コンテの用紙が初めてなら、トレース台も初めて見るもので、照明の入ったボックスにくもりガラスが嵌《は》められていて、それは緩く傾斜していた。透写するために使う物で、矢野伝は、雑誌の挿絵やら、写真やらをトレースして、それと自分の絵とを組み合せて、四コマを描き上げた。如何にも専門家に見えた。

そこで一服するようで、矢野伝はまた手を伸ばし、洋介のいこいを抜き取って口に銜え、また一本を耳に挟んだ。これで両耳に洋介の煙草が挟まれた。

「ビタミン剤ですか？」

絵コンテを覗き込みながら、洋介は、そう訊ねた。

「まあ、この後、もう四カットぐらい、いろいろあって、最後に、このビタミン剤の瓶が、ギューンとカメラの前に突き出される。本当は、カメラのレンズの方が一瞬に瓶の方へ寄って行くところだが、うちは貧乏でズームレンズがないから、タレントが瓶をレンズに近づけるんだ。アイデアだろ。これを業界では、宣友方式と言う」

「はあ、よくわかりませんが」

「このてのアイデアは、大得意の会社でな。逆境を好機に変える天才というのがいる。

ところで、きみ、何故、国産初のTV映画が〝月光仮面〟だと思う？」

「スーパーマンのあやかりですか」

「それもある。しかし、本当は、マスクマンにしておくと、主演俳優の拘束が半分で済む。きみも知っていると思うが、月光仮面は、素顔の時は、祝十郎《いわいじゆうろう》っていう探偵だ。変身して月光仮面になる。この二つの出番を合せると、三十分間主演俳優が出ずっぱりの印象を与えるが、実は、祝十郎の時だけでいいんだ。月光仮面は、誰が中に入っていてもわかりゃしない。拘束時間は半分、効果は全部。それが、逆境を好機に変える天才のアイデアだよ」

「本当ですか？」

「だと思う」

「本当かなあ」

「月光仮面は誰でしょうと言われたら、俺なら、助監督のK氏だと答えるね」

矢野伝は笑い、それから、洋介の気持を見透かしたかのように、きみな、月光仮面に興味を持っても、きみみたいな素人にはさわらせて貰《もら》えないぜ、仕事ってそういうものだよ、と言った。

しばらくして、碁の本を読んでいた、ツイードの替え上着を着た、白髪交りの長髪の伊達男《だておとこ》っぽい老人——そんな年齢ではないのかもしれないが——が立ち上り、

「ちょっと書店を巡って来ます。もしかしたら、今日はもう戻らないかもしれませんが」

と言って出て行き、それを待っていたように、新聞を読んでいた太縁眼鏡の太った男も、釣の本を読んでいた革ジャンパーの男も、私らも、ちょっと、と出て行ってしまった。

企画部には、矢野伝と芥洋介の二人になった。部長の席も、課長の席も空席のままだった。

「ツイードの背広が、元映画監督の八女慎之助《やめしんのすけ》、太縁眼鏡が、元新聞社の学芸部にいた荒川隆造《あらかわりゆうぞう》、革ジャンパーが、詩人の和泉利昌《いずみとしまさ》。記憶しておいてもいいし、記憶してなくてもいいし」

と、矢野伝が言った。

そして、今の広告代理店のクリエイティブってやつは、亡霊の集まり場所だ、何かになれなかった奴が、何かに近いところで怨念《おんねん》を晴らしている、恥ずかしながら食うためだとシニカルに笑いながらね、と苦い顔をした。

「小説家くずれは、シナリオを馬鹿にし、画家くずれは、デザインを馬鹿にし、詩人くずれは、コピイを馬鹿にし、映画くずれは、コマーシャルを馬鹿にし、まあ、そんな亡霊の森だよ。そろそろ、この森にも捨て子が投げ込まれなきゃな。社長は公には、企画部は我が社の頭脳だと言っているけど、盲腸だな。今のところ、必要悪程度の役にしか立っていないわけさ。がっかりしたろ」

「はあ」

と答えながら洋介は、矢野伝は彼自身を、亡霊と見ているのだろうかと思った。同時に、ぼくは違う、比喩《ひゆ》を借りるなら、捨て子だとも思っていた。

「きみの彼女は、きみを不幸にする困った女だが、この会社を外から見て絶望、未来がないと言ったのは、鋭いといえるだろうな」

「わかりゃしませんよ。そんなこと」

「きみの彼女、恥骨が高いだろ。毛も濃い」

「やめて下さいよ」

「俺はわかるんだ。夜、飲み屋で、占い師をやってるからな。人を見抜くのは本職なんだ。占い師、これが、結構稼げるんだぜ。恥骨なあ、クリトリスの形もわかるな。別れろ、別れろ」

矢野伝は大声で笑い、それから、占い師をやっているってのは本当だぜ、と真顔になった。

午前中は、ほとんど矢野伝と二人で過した。彼は、かなり露悪的なところがあり、古いタイプの破滅型を気取るようなところもあって、それは閉口だが、結構親切なところもあり、悪い人間ではなさそうだった。

彼が例の調子で説明してくれたところによると、部長の水原直也《みずはらなおや》は、三十歳をちょっと出たぐらいの出世頭で、シナリオに才があり、今も新シリーズを書いているから、会社に顔を出すことは滅多にないということだった。

それから、課長は、伊吹典子《いぶきのりこ》という女性で、良家の奥様だったのが何かの事情で働き始め、彼女だけが唯一、知性と良識を証明出来る人じゃないかな、と褒めた。

「だから忙しい。あらゆるプレゼンテーションには引っ張り出される。従って、此処にいることは少い」

「年齢は？　その課長の」

「全く不明だな。興味があるなら、総務部で調べてみろよ」

また「月光仮面」の台本を読んでいると、同期入社が次々と来て、肩を叩いたり、握手をしていったりしたが、誰の名前もわからなかった。

芥洋介は今日初出社であり、彼らは二カ月前から働いており、その差は歴然で、彼らの伸び伸びしたさまは憎らしいくらいだった。

「企画部にも、きみの前に一人新人が配属されたのだが、この雰囲気に怯《おび》えて、三日で辞めたよ。きみは何日だ？」

「辞めませんよ」

芥洋介は、意地になって言った。

こんな調子で、ほとんどが矢野伝と二人だった。矢野伝は、時々猛烈に仕事に没頭し、一区切りつくと、しゃべりまくった。話し相手が来たことを喜んでいるようにも思えた。

途中、久能原真理子が来て、総務部へ連れて行かれ、入社の手続きをした。

そこで、初任給は一万五百円だが、見習い期間中は九千円になり、社内厚生費を引かれると手取りは八千五百円だと言われ、衝撃を受けた。

八千五百円では、学生時代の仕送りよりも少いわけで、これじゃ生きていけないと、芥洋介は思った。

「その代り、潜在失業者で、税金を払わなくて済むわ」

そう言って笑ったのは久能原真理子で、彼女は、どうやら、こういう皮肉なことを言う才がある女性のようであった。

がっかりして、企画部に戻ると、

「久能原真理子っていい女だろ。俺に惚《ほ》れているらしいのだが」

と、矢野伝が言い、まあ、俺は、ああいうガリガリしているのより、「ナイアガラ」の巨大な乳房が好みでね、と真面目《まじめ》な顔をした。

昼になって、矢野伝に食事を誘われたが、鳩村圭子との約束があるので断わると、引越しソバ代りに百円置いてけよ、とたかられてしまった。

この会社のことを、どういう感想の言葉で伝えたらいいのか、芥洋介は混乱していた。

七

デパートのエレベーターを七階で降り、そこから階段を上って屋上へ出た。

エレベーターから出たところで、ちょっと足を止めたのは、そこに小さいスペースの小鳥売場があり、文鳥やインコを売っていたからだった。

芥洋介は、今朝、喫茶店「ナイアガラ」の巨大な乳房のウエイトレスが、グリコの宣伝の話をしながら、日本人も小鳥を飼う生活が出来るようになったのねえ、と言った言葉を思い出していた。

しかし、それはそれだけで、急いで階段を駈け上り、屋上へ出ると鳩村圭子は既に来ていた。

彼女は、十円で動く木馬に腰掛けて、ポプコーンを食べていた。ちょっと寒そうに見えた。

朝よりは明るくなったものの、やはり曇天で、春らしい気配というと、ひどく弛緩《しかん》した感じのアドバルーンが漂っているくらいだった。

それでも、屋上には人がいた。小遊園地のような小さいにぎわいまでもあった。スピーカーからは、くり返し、パット・ブーンの「四月の恋」が流れていた。

こういう風景の中で、しかも、やや遠景として鳩村圭子を見てみると、全く違う魅力に思えることに、洋介は気がついた。

それは、木馬のせいかも、ポプコーンのせいかもしれないが、何とも子供っぽく見え、手脚の長さが未成熟の象徴にさえ思えた。

彼は、すぐに駈け寄ることをやめて、しばらく見つめていることにした。

木馬は動いていなかった。腰を掛けるといっても、尻の先をひっかけている程度で、彼女は、そろえた脚を長く伸ばしていた。手はたえず忙しく動いて、紙袋の中からポプコーンを摑み、口に頰張っている。

それは、いつものの、やや病的な感性でエキセントリックな行動をする、鳩村圭子とは別人のようで、やっぱり、彼女も、普通の二十歳の娘かと思えるほどだった。

しかし、彼女は、普通という言葉が嫌いな娘だった。

他人や、世間が、普通という名の強圧的な常識で縛ろうとすることに対して、全て強い反発を示した。

「普通って、おぞましいものよ」

と言うのが口癖だった。

そして、普通という言葉の強制力は、ヒットラーのナチズムよりも強いし、宗教の戒律よりも厳しいし、ギャングの掟《おきて》よりも残酷なものだと言っていた。

さらに、主義や、戒律や掟はこわもてだけど、それ以上におぞましい普通が善人面なのが厭なのよ、とも言って顔をしかめた。

彼女の中で、憎悪の対象となる普通が、具体的に何を指しているのか、たとえば、家族なのか、環境なのか、それとも、単に感覚的な才気や思考から純粋に発するものなのか、芥洋介にはわからなかったが、いずれにしろ、上辺のポーズだけではないものを、確かに感じていた。

彼女は、まだ、少女らしく純粋で、普通の選別ということが出来なかった。普通に堕ちることを嫌っても、それ以外に、普通故に安らぐこともある筈だった。しかし、それに対しても反発を示すので、彼女は、いつも不安定だった。

こんな鳩村圭子と一緒にいることは、緊張を強いられた。

奇矯な振舞や、自由そうな言葉遣い、古いモラルにこだわらない生き方だけに触れていれば、面白い女の子ということで済むのだろうが、ずっと見つめつづけるのは大変だった。

しかし、芥洋介は、何故か魅せられていた。それは、彼にもまた、普通をおぞましいと感じる体質があったのかもしれなかった。

ポプコーンを食べ終ると、彼女は、金属のボックスに十円玉を投入し、木馬を動かすと、それに跨《また》がった。

まだ芥洋介の存在には、気がついていないようだった。いや、気がついているのかもしれないが、彼女は、他に何もないという表情で木馬を楽しんでいた。

彼女との関係は妙なもので、鳩村圭子は半処女だった。

腕には抱かれて眠りたいが、セックスは厭だと言った。裸になることも、そこに至るまでのさまざまな性的な遊戯も拒まなかったが、セックスは絶対に厭がった。一度無理にしようとすると、躰を硬直させ、吐いたことがあって、芥洋介はそれ以後、ふざけ合った時間のあとは、腕を貸して眠るだけにしていた。

デパートの屋上に流れる音楽は、「四月の恋」がエンドレスのようにかかっていたが、コニー・フランシスの「まぬけなキューピッド」に変っていた。

芥洋介は、ふと、今朝、鳩村圭子が眉を寄せながら、犬がセックスしていたと言ったことを思い出した。

そして、馬鹿馬鹿しいことだが、犬はセックスすると言うのだろうか、交尾するとか、つるむとか言うのではないだろうかと思い、おかしくなった。

彼は、今、此処に到着したという感じで、少し息を荒らげて、足を早め、鳩村圭子に近寄って行った。

洋介の姿を見かけると、圭子は、まるで停止を命じるように木馬の頭を叩き、当然のことに木馬は命令に従うことなく動きつづけていると、長い脚をまわして飛び降りた。

やはり、バランスが悪く、大きく体勢を崩して、洋介に凭れかかってきた。

「私、あれから電車に乗って、湘南《しょうなん》の海を見に行ってきたの。バスにも乗ったのよ。でも、迷い子になりそうな気がして、停留所二つぐらい行ったところで、停《と》めて下さい、降ろして下さいって、泣き叫んじゃった。それで、何処だかわからない海岸ぺりで降りて、そしたら、よけいに迷い子になりそうで、ちょうど通りかかったタクシーで帰って来ちゃった」

二人は、ベンチに腰を下した。

鳩がいた。食べ物のクズが落ちているのか、数羽が二人の足許《あしもと》で首を振りつづけて、小さい円を描いていた。

「大学へ行ったのじゃなかったのか？」

「そのつもりだったけど」

「気が変ったのか、急に」

「そうね。急にかもしれないな。何だか、昨日から予定していたみたいな気もするけど」

「海へ行くことか？」

「いろいろ考えることもあったし。ねえ、こうやって、ベンチに腰掛けて、春の空の間の抜けたアドバルーンか何か見ていると、私たち、このまま、お昼を食べようか、時間があるからお茶も飲もうかってことになるわよね。そしたら、あなたは、今日初めて行った会社のことを、きっと面白おかしく話してくれるでしょうし、私も笑うかもしれないし。で、そんなことをしてたら、私が海まで行って考えてきたことが駄目になっちゃうから、此処で話してしまうわ」

鳩村圭子が言った。

「何だよ。深刻な顔をするなよ」

「私ね、あなたのことを、ふっちゃおうと思うの」

「ふる？」

芥洋介は、その軽やかな音《おん》で響いて来る言葉が、どういう字になるのか一瞬わからなくなったような、キョトンとした顔をした。

「ふるって、どういうことだよ」

「ふるは、ふるよ。あなたは失恋するの。もうつき合いませんってこと。だって、あなた、普通になりそうなんだもの。私は天才が好きなのよ。それなのに、結婚だとか、一万五百円とか、青い背広とか」

それで終りだった。

彼女がそう言い出したのであれば、そうなるより仕方がないというのが、これまでの交際の中でわかっていることだった。

何しろ、ともに裸で寝そべり、猥画《わいが》に眼球を熱くして昂《たかぶ》っている時でも、いざ、セックスとなると、太腿《ふともも》をぴったりと合せ、歯を噛みしめて拒み通す彼女であるから、どうすることも出来ないというのが実感だった。

それにしても、天才を期待されても困る、俺は、やっとこさ広告代理店の職にありついただけの男なんだからと苦笑し、しかし、天才を夢想してくれたことは、感謝に値するな、とも思っていた。

鳩村圭子とは、デパートの屋上で別れた。

彼女は、また、耳を噛んだ。今度は、朝よりももっと激しく血が出た。何か言おうとすると、彼女は木馬に跨がり、十円玉を入れて、揺られ始めた。

デパートを出てソバ屋へ入ると、矢野伝が久能原真理子と対《むか》い合って、ザルソバを食べていた。

不思議なスタートになってしまったと芥洋介は思い、これ見よがしに上天丼を注文して、どこか気持の隅で泣いていた。

昭和三十四年四月十日、皇太子明仁《あきひと》親王と正田美智子さんの結婚式が、皇居内賢所で挙行され、昨年からつづいていた〝ご成婚ブーム〟〝ミッチー・ブーム〟は頂点に達した。

その前夜から雨が降っていたが、早朝にはあがって快晴となった。天皇家戦後最大のデモンストレーションと言われた華やかな結婚ショーのクライマックスは、六頭立ての馬車によるパレードで、五十三万人もの人々が沿道に集まった。

全国では、千五百万人もの人がテレビを見た。この日のためにテレビを買い、一挙にテレビ保有台数は倍増した。テレビ時代の本格的な幕あけは、実にこの日であったが、それを実感しながら、手取り給料八千五百円を宣言されたばかりの芥洋介は、まだテレビを持っていなかった。

スーパーマンも自殺する

一

株式会社宣友に入社して一週間目から、芥洋介は、紺の背広や窮屈なネクタイに拘束されることなく、もっと自由に気儘《きまま》に、他人の目から見ると、不良の正体を明かしていった。

紺の背広は、ロッカーにぶら下げたままになった。ワイシャツも、ありったけの枚数を入れておいた。これは、いざという時、真面目《まじめ》で、常識を心得た会社員であることを証明するために必要で、処分してしまうわけにはいかなかった。

最初の数日はオズオズと、言葉も通じない外国で過すように萎縮《いしゆく》していたが、会社自体の空気がわかってくると、横着に過す気持になった。

特に、彼が配属された企画部は、会社という堅苦しい機構とはまるで違ったものがあり、紺の背広やネクタイに拘束されていることが、滑稽《こっけい》に思えるほどだった。全く企画部は、蜃気楼《しんきろう》のような、実態のはっきりしないセクションで、誰の目にも入っていないのではないかとさえ思えた。

部長の水原直也は、テレビ映画の新シリーズのシナリオを書いているということで、いまだに会社へは来ていない。

課長の伊吹典子も、朝夕二度顔を見せるだけで、いつも忙しげに外出している。社員としてデスクにいるのは、貧乏神のような風貌《ふうぼう》の矢野伝であるが、彼も、電話番が入ったことを喜んで、何かというと、一階のパチンコ屋か、喫茶店「ナイアガラ」に行ってしまう。

時には、麻雀《マージャン》をしていることもあるが、これは、さすがに、宣友と同じ階の麻雀屋へ行く図々《ずうずう》しさは持ち合せていないようで、ただし、そのぶん、呼びに行く立場とすると遠くなる。芥洋介の仕事の半分近くは、そんな矢野伝を呼びに走るということでもあった。

他に、嘱託のような身分の、元映画監督の八女慎之助と、元新聞社の学芸部にいたという荒川隆造と、詩人の和泉利昌がいるにはいるが、それこそ、陽《ひ》だまりの老人のように、新聞をひろげたり、本を読んだりしているだけで、仕事をするわけでもなく、

「では、私はこれで、今日はもう戻りませんから、よろしく」

と、適当な時に姿を消すのである。

彼らが何故《なぜ》この会社にいて、何をしようとしているのか、また、会社も何をさせようとしているのか、さっぱりわからない。もしかしたら、企画部というのが、まだ、そのように曖昧《あいまい》で、情緒的な存在であったのかもしれなかった。

こんな雰囲気の中で、社員服務規定を遵守したり、会社員の典型を悲壮に演じることの方が、場違いに思えた。

とんでもないところへ配属されたという思いもあったが、一方では、これなら勤まりそうだという安堵《あんど》感めいたものもあり、芥洋介は一週間目から、モスグリーンの不良じみた薄手のジャンパーを着、粋《いき》がって袖《そで》を捲《まく》り上げ、胸ポケットにサングラスをさし、不遜《ふそん》な態度をつづけることにした。

宣友への初出社の日、彼の紺の背広の姿を見た鳩村圭子が、何よ、こんなところの会社に気に入られようと思って紺の背広なんか着ちゃって、と嫌悪したが、このジャンパー姿の不真面目さを見せたら、何と言うだろうかと思っていた。

しかし、芥洋介は、初出社の当日に、鳩村圭子から、

「あなた、普通になりそうなんだもの。私は、天才が好きなのよ」

と、理不尽なことを言われて、ふられていた。

鳩村圭子は、まだ二十歳で、大学の二年生であったが、ちょっと手に負えないところ

のある娘であった。性的な交際で半処女でいたがったり、普通という言葉の押しつけを憎悪したり、不安定なエキセントリックさが魅力といえば言えた。

その彼女に、いともあっさり絶縁を言い渡されたことが、芥洋介をいくぶんか憂鬱《ゆううつ》にさせていることも事実で、彼は、何かの機会に、鳩村圭子なら、と思うことがよくあった。

不良と天才の間に関連があるかどうかは別として、普通でないことだけは確かなので、彼は、出来れば、鳩村圭子に、紺の背広とネクタイの拘束から解放された姿を見せたいものだと、考えていた。

ところで、新入社員芥洋介の不作法さに対して、誰も何も言わなかった。

そのような自由な気風の会社なのか、それとも、風変りな新入社員の愚行など取るに足らないと、見捨てられているということなのか、その判断はつかなかった。

もしかしたら、黙って好きなようにさせておき、見習い期間の終りとともに、不適格と言われるのかもしれなかったが、それはそれで仕方がなく、口はばったい言い方をするなら、その時に、不適格と言うには惜しい存在になっていてやろうというのが、芥洋介の気持だった。

企画部の先輩の矢野伝も、自身がどちらかというと、会社員らしくないところがあるためか、忠告らしいことは何も言わず、

「背広着て、ネクタイして、髭剃《ひげそ》って、タイムレコーダーきちんと押して、笑顔を絶やさない方が楽なのに、きみも馬鹿《ばか》だな。きみのこれからの道は、天才と思われるか、お荷物と思われるかしかないんだぜ。どうする？」

と、好意的とも思える言い方をしただけで、会社員てのはなとか、組織というのはなとか、その種類のお説教はしそうになかった。

ただし、これは、芥洋介にとっては、並のお説教よりは考えさせられることの多い言葉で、天才の自信はないし、お荷物はプライドが許さないし、それ以外の選択はないのかと思えるほどだった。

会社からは、正式に、何ら注意めいたことは言われなかったが、社員の間、特に、女子社員の間では絶望的な評価であることがわかった。

彼女たちは、何かというと、男子社員たちの品定めをし、それは、単なる不遠慮な遊びというよりは、もっと切実で、真剣な、大仰に言うと、彼女らの将来に関わる査定でもあった。

大学新卒の社員がやって来る季節には特に熱心で、さまざまな項目別の採点が行われ、それぞれのベスト3《スリー》、ワースト3が決定されていた。

その結果を教えてくれたのが、受付の木村由美であった。彼女は、女たちの鑑賞眼に多少批判めいたことを言った。しかし、採点の結果に対しては、彼女自身も異論がないようで、芥洋介に同情を示し、発憤を促すしかないという顔をした。

退社後の、有楽町の駅近くの、モダンジャズを超特大のスピーカーで流している喫茶店で、

「しっかりしてよ。全項目ワースト1《ワン》じゃ、男として恥ずかしいでしょう」

と、生意気な手付きで煙草《たばこ》を喫《す》いながら、木村由美は言った。

彼女は、まだ若く、中学生のような稚《おさな》い顔をしていたが、妙に世馴《よな》れたところも、そのポチャポチャした表情の奥にうかがわれるタイプの女性だった。

芥洋介は、彼女、処女かな、と不埒《ふらち》なことを思い浮かべながら、

「しっかりしてよったって、しょうがないだろう。きみらが望む、いい旦那《だんな》になるつもりはないんだしさ」

それから、ドロドロの苦い珈琲《コーヒー》を顔をしかめて飲み、参ったな、そんなに嫌われてるのか、毛虫か、ゴキブリみたいに思われているのか、と仕方なくお道化《どけ》たふりをした。

すると、木村由美は、少し慌て、違うの、違うのと大きく手を振り、

「好きとか、嫌いとかとは違うの。将来、幸福な結婚が期待出来るかどうかよ。主として、会社員として出世するか、経済的に安定するか、精神的に不安を抱かずにつきあえるか、そんなとこね」

そして、だから、男の魅力とは必ずしも一致しないから、がっかりしないでと慰め、

でもさ、それにしても、全部ビリってのもひどいとおもってさ、本当は絶対秘密のことなんだけどね、と言った。

喫茶店は、風洞の中で衝撃音を聴くようなドラムが、響き渡っていた。精神の異常が噂《うわさ》されたこともあったドラマーの演奏のものだった。

「これ、モダンジャズ？」

と、木村由美は顔を歪《ゆが》め、マックス・ローチのドラムだと芥洋介が答えると、へえ、そういうことに詳しい人なんだと笑い、納得のいった顔をした。

「がっかりした？」

「何が？」

「点数低くてさ」

「いや」

芥洋介は、負け惜しみでなく、そう答えた。彼女たちの点数が低いということは、普通を嫌う鳩村圭子の価値観から見ると、喜ばれそうだった。そして、それは、矢野伝の言う、天才か、お荷物かのどちらかということでもあった。

木村由美は、子宮に響きそうなドラムの乱打に躰《からだ》を揺さぶられながら、変ってるのよね、変ってるのよねと呟《つぶや》き、

「芥さんとお茶を飲んでいるところなど見られたら、見通しの悪い女だって笑われるの

よ。けど、たまには、いいかな。お茶ぐらいはさ。私だって、ちょっと変ってるし」

と言った。

木村由美は、また大人びたくずれたしぐさで煙草を銜《くわ》え、深い交際は困るけど、誘ってもいいわよと言い、芥洋介は、どうせなら、一位の奴《やつ》につきあって貰《もら》えよ、と言った。

それから、木村由美は、

「知ってる？　あなた、入社試験の点数、抜群の一位だったのよ。総務部の久能原真理子さんから聞いたわ。彼女、褒めるの、あなたのこと。だから、みんな期待してたのに、不良なんだもん」

そして、貧乏第一位、危険度第一位、無愛想第一位、結婚してはいけない男第一位だと並べ、その反対が全部同期入社の駒井秀樹だと言った。

二

スーパーマンが自殺したのは、外電の報じるところによると、昭和三十四年六月十六日であった。

もっとも、自殺したのは、アメリカTV映画「スーパーマン」の主演俳優ジョージ・リーブスで、スーパーマンのイメージが強過ぎて、俳優として新境地を開けないことに苦悩し、拳銃《けんじゅう》自殺したとあった。四十五歳であった。

弾丸よりも速く走り、驀走《ばくそう》する汽車をストップさせ、高いビルもひとっ飛びの、不死身のスーパーマンと自殺というのは妙な取り合せで、殺されないことと、死なないこととは別のものだという哲学を与えた。

それはそれとして、俳優としての新境地を開けないと言うと、芸術的な苦悩にも思えるが、他の役が得られないと考えると生活苦で、スーパーマンと巡り合った幸運と不運の、残酷な作用を感じるのであった。

そんなニュースが流れ、和製スーパーマンとでもいうべき「月光仮面」を製作している宣友としては、何やら他人事ではない気持であれこれ話し合っている頃、芥洋介の入社後初の仕事がスポンサーに採用された。

大手写真機メーカーが夏に発売する、ズームレンズ内蔵の8ミリカメラのCFで、入社早々にしては大変なお手柄だと絶賛され、女子社員たちの間での悪評にも、いくぶんか修正を加えられたように思えたが、彼の生活苦は、ジョージ・リーブスの比ではなかった。

就職さえ出来れば、とりあえずの生活は苦労しなくて済む、つまりは、食っていけると楽天的に考えたのが大きな間違いで、最低の生活費を下まわる給料というのも、世の中に存在するのであった。

二十五日に支給される給料が、翌月の一日まであったことがなく、残りの二十日以上は計算上は無一文の筈《はず》なのだが、それでも、餓死することもなく、拳銃自殺もしないで、何とかなっているのが不思議であった。

初任給一万五百円、見習い期間中の支給額は社内厚生費を引いて八千五百円、その代り、潜在失業者扱いで所得税は免除される。

芥洋介は、神に祈るような気持で、早く税金を大量に納入したいものだと思ったが、そんな願いが神に聞き届けられ、十数年後、理不尽な税金に苦しめられることになろうとは、その時は、思ってもみなかった。

見習い期間の三カ月で、腕時計がなくなり、カメラがなくなり、冬のオーバーがなくなり、学生時代買いためていた書籍のほとんどがなくなり、こんなことでは、次の冬が来る前に裸になってしまうのではないかと怯《おび》えるほどだった。

薄給は、芥洋介一人に与えられた試練というわけではなく、多少の差はあるにしろ、社員全体がそうである筈なのだが、不思議なことに、生活苦を感じさせる者はいなかった。

同期入社の連中にしてからがそうで、よほど家庭に恵まれているのか、何か特別の才があるのか、身形《みなり》もいつも小ざっぱりとし、表情も明るかった。

給料の安さがありありと見えているのは、矢野伝ぐらいだった。

彼は、風貌も貧乏神を思わせたが、驚くほど金を持っていなくて、窮々《きゅうきゅう》としている新入社員の芥洋介から、五十円、百円とたかることがしばしばで、取り上げられた煙草の本数まで数えると、殺意さえ感じた。

その矢野伝が、身をもって薄給の残酷さを示す出来事が起きた。

勤務中に腹痛を訴え、ただならない様子なので、近くの病院へ担ぎ込むと、急性盲腸炎で、すぐにも手術をということになった。

単なる盲腸炎であるから、手遅れでさえなければ何の心配もなく、矢野伝の場合も、五日もあれば退院出来るだろうということだった。

薄給の残酷さの証明というのはそれからで、矢野伝は、五日どころか、十日過ぎても、二週間過ぎても、退院出来なかった。

見舞に行った芥洋介たちに、

「清く、正しく、給料だけで生活していると、こういうことになる。闇米《やみごめ》を拒んで餓死した判事が、戦後間もなくいたが、俺《おれ》は、サラリーマンの山口《やまぐち》判事だよ」

と、矢野伝は言った。

山口判事というのは、昭和二十二年、〝食糧統制法は悪法だ。しかし、法律としてある以上、国民は絶対にこれに服従せねばならない。自分はどれほど苦しくとも、ヤミ買出しなんかは絶対にやらない。従ってこれをおかすものは断固として処断せねばならない。自分はソクラテスならねど、食糧統制法の下、喜んで餓死するつもりだ〟という日記を残して栄養失調死した東京地裁の判事のことで、そのことは、芥洋介の記憶にも、まだ鮮烈に残っていた。

しかし、矢野伝の盲腸炎と、衝撃的な戦後のニュースがどんなつながりを持ち、彼が、何故に悲壮がっているのかわからなかった。

「盲腸でしょう、只《ただ》の」

芥洋介が言った。

すると、矢野伝は、不精髭が伸びるだけ伸び、艶《つや》のない紙のような皮膚の貧相な顔をクシャクシャにしながら、

「栄養失調で、傷口がくっつかないって言いやがる。俺の腹の肉は肉じゃない。生命力をもって復元しようとする力が全くない。いうなれば、粘土か、壁土か、そんなものなんだぜ」

と、ひきつって笑った。

「なあ、芥洋介」

「何ですか」

「矢野伝の盲腸を乗り越えて、労働組合を作れ。せめて、傷口のふさがる程度の栄養を、

と言ってな。お前なんか、粘土でも、壁土でもない。俺の場合は多少の粘りはあるが、お前の傷口からは、サラサラと砂がこぼれるぞ。やれ、栄養闘争をやれ」

と、矢野伝は、開きそうな傷口を気にしながら、ベッド脇に並んでいる新入社員たちに、悲壮な檄《げき》を飛ばし、それから、今どき栄養失調とはなあ、と恥じた。

結局、矢野伝の入院は一カ月に及び、盲腸の入院期間としては当病院最長だと、妙な記録を称《たた》えられて退院した。

退院の手伝いをと思って行くと、いつの間にそこまで親密になったのか、喫茶店「ナイアガラ」の巨大な乳房のウエイトレス、小杉《こすぎ》らん子《こ》が女房のように付添い、甲斐甲斐《かいがい》しく世話を焼いていた。

「大丈夫よ。私が、しっかり面倒を見てあげるから」

小杉らん子は言い、芥洋介たちの手伝いを拒んだ。

そして、これをきっかけに、矢野伝と小杉らん子は夫婦になってしまうであろうと、新入社員たちは思った。

その栄養失調事件に関して、芥洋介たちは、秘《ひそ》かに〝矢野伝の悲劇〟と呼んでいたが、当人は、退院後は、栄養闘争も、労働組合結成もコロリと忘れたようで、相変らず、いいかげんな先輩ぶりを示しつづけていた。

しかし、小杉らん子の影響か、髭も切りそろえられており、身形もいくぶんか整って、貧乏神が多少小綺麗《こぎれい》に見える感じもしていた。

いずれにせよ、春から夏にかけて、季節の移ろいにも、世相の変化にも関係なく、芥洋介は、生活苦であった。

三

三カ月が過ぎて、見習い期間が終った。

もしかして、不適格の烙印《らくいん》を押され、路頭に迷うようなことになるかもしれないと、その頃になって、最悪の結果も予想したが、それは大丈夫であった。

芥洋介にとって、情ないのは、こんなに心配になるのなら、社員服務規定を忠実に守り、好ましい新入社員をやっておくべきだった、軽率に粋がってみせるのじゃなかったと、後悔したことだった。

そして、たぶん、正社員になって、それなりの注意を受けたら、屈服してしまうだろうと思えることも、自己嫌悪につながりそうだった。

普通でなく世間に通用させることは、粋がる程度ではできないことも、多少ではあるが実感していた。

しかし、現実にそった怯えや、媚《こ》びを感じるとしても、芥洋介は、可能な限り粋がろうと決意していたことも、また本心だった。

正社員の辞令は、珍しく顔をそろえた部長の水原直也と、課長の伊吹典子から受け取った。

社長室の隣りの会議室だった。

この会社では、社長室と会議室だけがドアがあり、他の全セクションは、広いワンフロアの中にあった。

会議室には、椅子《いす》が十脚並ぶ大きさの長方形の机があり、壁面には、「月光仮面」と、この会社の屋外広告部が手掛けた、銀座のネオン塔の写真パネルが数枚あった。

窓からは、銀座の裏が見えた。競馬のない日の場外馬券売場は、灰色の巨大な廃墟《はいきょ》だった。

梅雨の終りの雨が降っていた。三階の高さから見下すと、反発する磁石を付けたように、たくさんの傘が、衝突を避けて流れていた。傘に色彩が交り始めていた。

喫茶店から珈琲が届けられ、三人は、バラバラに席に着き、そこで、部長の水原直也が、照れくさそうに、辞令を机の上を滑らせて寄こした。

芥洋介は、一瞬押しいただく形でそれを受け取り、伊吹典子は、形ばかりの拍手をした。

それから、少し雑談をした。入社試験のことが主な話になった。考えてみれば、あれから半年以上過ぎているのに、妙な話だった。

「この会社は一体何なんだとか、企画部ってのはどうなってるんだとか、もっと広げて考えたら、広告代理店ってのは何をやる組織だとか、たぶん思ってるだろうな。俺も思ってるんだ。きみと同じレベルだから。けど、俺は、こんな風に考えている。いわば、これは明治維新なんだな。つまり、出来そうなことを見つけて、先に名乗りを上げれば、その世界での権威になれるってことだよ。外人の書生をやっていたのが、英語がしゃべれることで外交官になったり、鍛冶屋《かじ》が技師に任命されたり、技術が思いがけない地位に人間を引き上げる時代ってのがある。テレビとか、広告とかってのは、まさにその時代だよ。技術が厭《いや》なら、技術を使うシステムを考えることも、今なら出来る。今なら、元気のいいのが、権威や、専門家や、草分けになれる。要するに、面白がればいくらでも面白いし、愚にもつかないことだと思えば、全部が愚にもつかないことだ。まあ、そこは、きみの判断次第、同時に、センス次第だがな。食うために妙な船に乗ってしまったけど、食うためだけじゃないと思ったら、結構面白いところへ行く船だと、俺は、考えてるよ」

と、シナリオライターでもある部長の水原直也は言い、訓辞を垂れるなんてのは性に合わない、まあ、好きにやることだな、不作法も、非常識も、つもりがあるのならやれよ、それで不都合なら、ちゃんと会社がクビだと言ってくれるから、と笑った。

芥洋介は、はあと答え、少し興奮していた。そして、水原直也の言うように、面白い船に乗っているんだと思えてきた。

部長は、管理職という匂《にお》いのしない、自由な感じの漂う青年の雰囲気だった。何故部長の席にいるのか理解し難いところがあったが、それも、彼の言う、元気のいいのが、最初に名乗りを上げた実例かもしれなかった。

課長の伊吹典子も、やり手の女管理職というよりは良家の奥様風で、彼女もまた、何故課長という地位を与えられているのか、自身が不思議がっているようなところが、うかがえた。

ほっそりとした躰つきで、圧倒する色気はないが、そこはかと匂う大人の落着きがあり、ゆっくりとしゃべる声はアルトだった。

「あなたとは絶対に結婚しない、と言う女性が多いのよ。残念ね。何を考えているのか、何をするつもりなのか、読めないのですって。女の子らしい言い方をすると、何をしてあげたら喜ぶのか、想像がつかないらしいわ。それは、たぶん、女の子としては困るのよね。でも、私は、そういうところを買ってるの。決して、社内ではもてないでね。読みにくいひとでいてほしいわ」

それが、伊吹典子の、正社員に与える訓辞だった。

水原直也は、もう用が終ったというように、椅子に寝そべるように浅く腰掛け、天井やら、壁の「月光仮面」やら、窓の雨やらを見まわしていた。伊吹典子の訓辞に対しては、何の反発も示さなかった。

「こういうところかしら」

伊吹典子が言った。

彼女は、薄いグレイのシルク地のブラウスに、それよりもやや色の濃い夏のスーツと、タイトスカートというシックな装いで、しかし、指には、驚くほど大きい石の指環《ゆびわ》をしていた。

品のいい、だからといって、堅苦しくないしゃべり方をしたが、見ていると、信じられないくらいのヘビースモーカーで、たちまち灰皿には吸殻が積み上げられた。

中には、充分に火を消してないのもあって、煙を上げてくすぶっていたが、彼女は、何故か気にならない風で、この妙に欠落したところのある感性が、芥洋介には面白かった。

水原直也が、珈琲の飲み残しを灰皿に入れて火を消し、残りの煙を手で払いながら、

「伊吹さん、この煙草の悪癖だけで、立派に離婚ですよ」

と、嬉《うれ》しそうに笑った。

部長、課長とこのように話したのは、入社以来初めてだった。芥洋介は、頃合を見て、よろしくお願いします、と言った。

そんなことで、とにもかくにも正社員として採用されることになり、給料は、やっと、一万五百円の初任給になった。

そうすると、残業手当や、休日出勤手当も、正規に計算されて支給されるようになり、楽になったと言えるほどではないにしても、絶望の淵《ふち》から這《は》い上《あが》った程度の気持にはなった。

四

九回裏、巨人の攻撃は、四番長嶋茂雄《ながしましげお》からだった。

阪神のマウンドには、七回から小山《こやま》をリリーフしている村山実《むらやまみのる》がいた。村山は、この年、関西大学から入団したばかりのルーキーであるが、その球威と闘志は、早くも阪神の顔になっていた。

得点は四対四だった。

第一球はボール。二球目は村山得意のフォークボールがきまってストライク。三球目、四球目で、平行カウントのツー・エンド・ツーになり、そして、五球目、内角高目の速球を予知していたかのように振り抜くと、長嶋の打球は高く舞い上って左翼ポールを巻き、サヨナラ・ホームランとなった。

躍るようにダイヤモンドを一周する長嶋の姿と、前傾姿勢で、歩幅だけを大きく踏み出してマウンドを降りる村山の姿が、どのアングルからも重なって見えるのが、テレビの強味であった。

昭和三十四年六月二十五日。

この試合、天皇・皇后両陛下の初めてのプロ野球観戦で、〝天覧試合〟と呼ばれ、野球は、大相撲に次ぐ第二の国技の印象を人々に与えた。

七月の末に、社会全般から見るとやや遅れて、夏のボーナスが二・二カ月分支給されたが、芥洋介たち新入社員にはなかった。

ただ、あくまでも会社の好意として、いわば、お小遣いをプレゼントするという注釈つきで、一律に五千円が渡された。

思いがけなく五千円が貰えるとわかった時、芥洋介は、それをどう使うかで、駒井秀樹と話し合った。

特に五千円をテーマに語り合おうということではなかったが、何やら、ビールを飲んでいるうちに、そんな話になった。

その日、二人は、いささか不機嫌であった。意気消沈もしていたし、荒れ気味でもあった。自然の生理にまかせていると、溜息《ためいき》が連続的に出るので、時々、大声を出したり、はしゃいだりして、調節していた。

そうなることには、仕事が関係していて、芥洋介と駒井秀樹は、企画と営業のコンビで新しいスポンサーの開拓に歩いていた。これは、駒井秀樹からの積極的な申し入れで、それじゃ一緒にやろうということになった。

駒井秀樹が先行して、脈ありという感触を得た会社に、企画の芥洋介を連れて行くのである。

しかし、どこもそうであるが、スポンサーというのは、信じ難いほど傲慢《ごうまん》で、理不尽であった。そのくせ、下品で、もの欲しげで、幼稚で、弱小の広告代理店の社員が顔を出すと、猫が鼠《ねずみ》をいたぶるように時間をかけ、気持を弄《もてあそ》び、傷つけて、喜ぶのであった。

その日も、芥洋介が徹夜で描いていったCF用の絵コンテが、紙飛行機になって窓から飛ばされ、

「今度は、ブーメランのように、ちゃんと戻って来る絵コンテを描くんだな。いちいち追いかけて、拾って来るんじゃ大変だろう」

と言われ、息せき切って拾いに行った。

四階の窓から飛ばされた五機の紙飛行機は、猛烈な夏の日ざしが照り返すアスファルトの上に、タイヤの痕《あと》を付けてへばりついていた。

とても、絵コンテとして使いようのない姿になっていたが、芥洋介が三機、駒井秀樹が二機、それぞれ手にして、胸のうちは煮えくり返るものを感じながらも、熱意と誠意の証明だと宣伝部に戻ると、当の宣伝課長は退席していて、

「今日は、お引き取り下さいとのことです。それから、もう、絵コンテはお持ちにならなくて結構です。当社には、取引きの代理店がございますので、とも申しておりました」

と、高校生のような顔をした、ベビーパウダーの匂いのする女子社員から言われた。

「厭な思いをさせたな。悪い、悪い。ビールでも奢《おご》るよ。かんべんしてくれ」

その、中クラスの家庭電機メーカーの分室という建物を出たところで、駒井秀樹は深々と頭を下げ、そして、

「あいつ、シチズンから新発売の、完全防水時計のパラウォーターが欲しいって謎《なぞ》かけてたんだぜ。それも、十個、六千円を十個だぜ。銀座のバーでバラまいたら、もてるだろうなって言いやがる。そういう奴なんだ」

と、舌打ちした。

「紙飛行機にして、窓から飛ばすことはないじゃないか」

芥洋介は、また別の怒りで、少くとも、他人のアイデアや創作を、あのように扱って平然としていられる神経は許し難いと、身を震わせ、いつか撲《なぐ》ろうぜ、いつか奴を撲ろ

うぜと拳《こぶし》を固めると、駒井秀樹が、

「撲る。撲る。俺、暗殺名簿ってのを作ってるんだ。殺すに値する宣伝部員の名がズラッと書いてある。今の奴も、順番を大きくくり上げて、三番目ぐらいにしてやる」

と、興奮して言い、それから二人の生理に変調が起きて、溜息の波状攻撃に手を焼くことになった。

帰路、都電の窓から見る東京の街は、もうすっかり本格的な夏であった。熱風が視界を歪めて見せ、ところどころは陽炎《かげろう》が立ちのぼるかのように、遠近を危うくさせながら揺れていた。

それに、この暑さは何なのだと腹立たしく思えるほどの気温で、汗が吹き出た。芥洋介は、さすがにスポンサー訪問なので夏の背広を着ていた。やっとの思いで月賦で買ったもので、まだ支払いが十一カ月残っていた。

そう言うと、駒井秀樹は笑った。そして、

「サマージャンパーもいいけど、やっぱり、背広の値打ちってのも軽く見ちゃ駄目だぜ。俺だって、粋がるけど、ジャンパーやサングラスの方向じゃなくて、上等の背広を着る方向で粋がるよ」

と言い、お前のこと、みんな恐《こわ》いってよ、髪はボクサーのように短いし、頬《ほお》は狼《おおかみ》のようにこけてるし、無愛想だし、どこかしらけたようなことを言うし、女の子は誘わないし、と笑った顔を見せ、ようし、もう、馬鹿なスポンサーのことは言わないぞ、ビール、ビールとはしゃいだ。

芥洋介も、そう、ビール、ビールと答え、

「でもさ、女の子を誘えるかよ。俺の評価は何もかもビリだって聞かされてるんだぜ」

と、都電の吊革《つりかわ》に体操競技のようにぶら下り、ぶらぶらと揺れながら、がっかりはしてないけどさ、いまいましいじゃないか、と言った。

「俺はもてる。お前はもてない。その代り、芥洋介は惚《ほ》れられる。駒井秀樹は惚れられない。どっちがいいかと言うと、人それぞれだけど、とにかく、俺は軽くいけるけど、お前は重くなる。これ宿命」

駒井秀樹も、吊革にぶら下った。

彼は、見れば見るほど、女の子が騒ぐのも無理はないと思える都会青年で、長身で色白、しかも、髭の剃りあとなど青く見えるほどに濃く、色っぽかった。

この色男に危険を感じないのは不思議で、もしかしたら、芥洋介に感じる危険性と、彼に対するのとでは全く別物で、駒井秀樹の場合、遭遇してみたい種類の危険であるのかもしれなかった。

「俺が女なら、お前の方がずっと恐いがな」

芥洋介は言った。

そして、二人で笑いながら、また、ビール、ビールと声を合せた。

新橋駅から、銀座八丁目へ向う途中に、ビール工場の倉庫があった。外装は元のままの煉瓦《れんが》造りで、内部を改装して、ドイツ風のビヤホールになっていた。

芥洋介と駒井秀樹は、そこで、手持ちの金の心細さを、五千円で補うことを考えながら飲み、しかも、その五千円の使《つか》い途《みち》について、熱心に話し始めた。

多少は、不快であった今日一日と、無為に終った仕事への後悔と、いつか撲りたいほど腹立たしい個人的な憤怒《ふんぬ》を忘れる必要にかられて、ということもあったが、何故か、臨時収入の五千円に対して熱心であった。

五

貰っている給料の約半分、つまりは、十五日間生活出来ると考えると、五千円も価値ある大金であったが、新発売の国産初の完全防水腕時計パラウォーターが一個買えないと思うと、大したことではなかった。

しかも、無神経なスポンサーの宣伝課長が、一個では値打ちを感じず、十個と言うほどの物であるから、青年が二人、ビールを飲みながら、五千円をどう使うかと熱心に話すなど、奇妙で、滑稽でさえあった。

「五千円とは何か。まず量を計ってみよう。五千円の量とは、国産ウイスキーの水割りで二十杯。スコッチ・ウイスキーで十四杯。生ビールが、中ジョッキとして四十杯か。おい、全部つぎ込めば、今夜二人で、八十杯飲めるな」

と、駒井秀樹が言い、それから、メモ用紙の上に、几帳面《きちょうめん》な字で細かく計算しながら、彼女と二人で、五千円を一泊二日で使い切るとしたら、こういうところだな、と数字を並べて見せた。

彼女って？　彼女って一体どういう彼女だよ、と芥洋介が口を挟んで話がそれそうになるのを、まあ、まあ、彼女は彼女、やさしい笑顔と、火のようなセックスを持った女、何しろ一泊二日だからとさえぎり、まあ、聞けよ、と言った。

「AコースとBコースがあって、Aコースは、まあ、一点豪華主義といおうか、五千円だから豪華もあやしいけど、とにかく、バラバラ使わないで一点に絞る。いいか、そういう考えだと、帝国ホテルのツインの部屋が三千五百円、とにかく、此処《ここ》に泊る。いいか悪いかわからないけど、ステイタスで満足する。帝国ホテルだからな。さて、泊って、食事も帝国ホテルでしていると、五千円では足りないか、ぎりぎりか、いずれにせよ、避妊のためのスキンも、高級品の三百円のは買えなくて、普及品の百円がやっとってところだな。でも、三千五百円のツイン部屋に泊った値打ちはきっとある。Aコースだよ」

「Bコースは？」

「こっちは、分相応っていうかな。つまり、絵コンテを飛行機にして飛ばされて口惜《くや》しい、一万五百円の広告代理店社員が、ささやかな楽しみを得る一泊二日のコースだよ。だから、ホテルも、帝国ホテルなどと言わないで、そこらの温泉マークで五百円から七百円を払う。すると、スキンも、最高級の三百円のが買えて安心出来る。まあ、そこに至るまで、また、そこから後のことは、日頃の逢《あ》いびきで小出しにやっていることを、まとめてやってみる。たとえば、末広のステーキ定食五百円を二人で食って千円。映画が二百円の二人分で四百円。喫茶店にも二回ぐらいは入るだろうから、珈琲六十円に四を掛けて二百四十円。お汁粉も食べたいと言い出すかもしれないから、二杯で三百円。旅館に入って、いきなりセックスで、夜中も朝も、またセックスってわけにはいかないから、そこで飲む酒が千円。これは千円ときめておいて、それ以上は我慢する。煙草は、ピースを三個喫うとして百二十円。翌日になって、上野動物園の入園料が二人で百円。プロ野球のいいカードがあれば、それも見て、後楽園球場の指定席が一席三百五十円で七百円。これでいくらになる？　四千八百六十円か。これじゃタクシーが使えないから、都電か国電で移動ということになって、優雅でも、贅沢《ぜいたく》でもないな。お汁粉を省いて、タクシー使用ということにした方がいい」

「よくこんな計算をしたものだな」

芥洋介は呆《あき》れた。

都会的な雰囲気を持った長身の二枚目の駒井秀樹が、たかだか五千円の使い途について、あたかも国家予算を分配するような真剣さで取り組んでいる姿は、意外でもあり、滑稽でもあった。

いつだったか、入社して間もない頃、彼は、自分の美貌を自認しているようなことを、平然と言った。

「毎朝鏡を見て、いい男だなってつくづく思うんだ。そして、こいつが、もっと役に立たないかともね」

それを聞いて、芥洋介は、何て奴だと思ったことがあったが、少し親しくなると、それだけではないところもあった。

スマートな色男として、若い女子社員たちの関心を集め、人によっては、憧憬《しょうけい》に近い感情を抱いている者もいたようだが、もしかしたら、彼の本質は、容貌や雰囲気と違っているのかもしれないと、芥洋介は思った。

ビヤホールの丸いテーブルの上に、空になったジョッキが並び、もう置き場所もないくらいになったが、駒井秀樹は、飲んでくれよ、今日のお詫《わ》びだよ、惨めな思いをさせて悪かったよとくり返し、なあ、いつか暗殺しような、あいつ、と笑った。

「一泊二日で五千円か」

芥洋介は呟き、彼女いるのか？　つまりさ、やさしい笑顔と、火のようなセックスのさ、と訊《たず》ねた。

「Aコース、Bコースのことを言ってるのか？」

「ああ」

「お前のために計算してやったんだ。俺の場合、相手が全部払う。昔からそうなんだ」

芥洋介は少ししらけ、俺のためだって、大きなお世話だよ、三百円のスキンまで指定されたくないやと、新たに来たジョッキのビールを空にした。

駒井秀樹は、いい男だよ、お前も、と嬉しそうに笑い、

「五千円なんて金額は、値打ちのあるのはここまでで、いざ使う気になったら、何の楽しみも残さずに消えていってしまうものだぜ。俺に計算されて気に入らないなら、お前も計算してみたらどうだ」

そして、来年は五万円を、その次は五十万円を話題にしたいものだと言った。

芥洋介も、全くなと苦笑し、それから、五千円だけどな、俺はきまってるんだ、ちゃんと、と言った。

しかし、その場では、何に使うつもりだという話はしなかった。

駒井秀樹も、へえと言っただけで、それ以上は追及せず、その夜は、二人で、したたか酔った。

そして、最終的には、銀座八丁目の車道に膝《ひざ》をついてゲロを吐き、胃が空っぽになると狼のように吠《ほ》えながら、満月を見上げた。

その月をかすめるようにして、紙飛行機に折りたたまれた絵コンテが飛び、あらためて身が震えるような怒りを覚えたが、いずれにしろ、暗殺名簿をぶ厚い物にしていくしか、彼らに出来ることはなかった。

五千円が支給された日、芥洋介は、すぐにデパートに走って、ハーモニカと、グローブと、二十四色のクレパスを買った。

五千円なんて金額はと、駒井秀樹の言い方をすると、それが彼なりの意味のある使途で、どうしても、ハーモニカと、グローブと、二十四色のクレパスは欲しかった。

妙なもので、他の社員のように、二・二カ月分のボーナスが支給されていると、決してその中から、今さし迫って必要でないハーモニカや、グローブや、二十四色のクレパスを買うことはなかっただろうが、しょせん五千円とか、どうせ五千円と呼ぶ金額であってみれば、それが出来た。

大して根拠のある買い物ではなかった。

強いて言えば、終戦直後の少年時代に渇望していた、彼らにとっての三種の神器と言えなくもない物であったが、だからといって、今それを買ってどうこうというものではなかった。

現実を考えると、夏の背広の月賦の支払いに充てるべきであることは、いうまでもなかった。

いずれにせよ、五千円を二人で一泊二日で使い切る計算、それも、他人のためだと称して、三百円の高級スキンを絶対の条件としている男もいれば、全く幼稚な買い物に充てている男もいる、というだけのことだった。

芥洋介は、その買い物のことを吹聴《ふいちょう》したわけではないが、いつの間にか人の知るところとなり、どういうつもりかしらね、何を考えている人かしらねと、まるで奇人扱いで、また、評判が悪くなった。

唯一、総務部の、混血のような美人の久能原真理子だけが、

「ハーモニカと、グローブと、二十四色のクレパスを買ったんですって？　何だかわかる気がするわ」

と言い、でも、ちょっと、普通と思われたくない意識がありありで、可愛くないことも確かだけど、と笑った。

その夜、芥洋介は、久能原真理子と映画を見た。入社して初めて、そんな気が起きて、彼の方から誘った。

映画は、話題のポーランドの作品で、アンジェイ・ワイダ監督、ズビグニエフ・チブルスキー主演の「灰とダイヤモンド」であった。

六

　モギリ嬢から手渡されたチラシによると、〝第二次大戦末期に、愛国的テロリストになった青年の愛と苦悩〟と書いてあり、もう少し大きな活字の惹句《じやっく》としては、〝テロリストの抵抗と死〟となっていたが、この何とも言えないユーモアは何だろうかと、「灰とダイヤモンド」を見ながら、芥洋介は思っていた。そもそもユーモアが存在すべき話でもないのに、どこかニヤついて見つめてしまうところが、ズビグニエフ・チブルスキー演ずるテロリストの青年にはあった。

　テロリストの悲惨な末路は、一面の廃棄物の山の中で、ゴミまみれになって死んでいくというシーンで表わされるが、それすら奇妙なおかしみを伴って、テロリストにはなりたくないが、あの死に方は真似《まね》てもいいな、と思えるほどだった。

　久能原真理子が横にいて、彼女もほぼ同じところで、息を詰めたり、ニヤついたりしているのがわかり、芥洋介は、この女性は、株式会社宣友の、小豆色のスモックを着せておくにはもったいないようなセンスの持ち主なんだと、勝手に思っていた。

　映画が終り、場内が徐々に明るくなると、

「最初のデイトに、レジスタンスのテロリストの映画に誘うなんて、あなた、やっぱり、どうかしてるわ」

と、久能原真理子は笑い、そして、ラストシーンのゴミ捨て場が妙に美しい風景に思えたの、変ね、私も似た者で、どうかしてる仲間かしら、と言った。

「久能原さんとなら、大丈夫だと思ってたんだ」

「ありがとう」

「映画を前戯みたいに使うのも、切ないじゃないか」

「言うのね。子供のくせに」

「久能原さん、年齢《とし》上？」

「上よ。ずっと」

「ずっとってことはないんじゃないかな。二つ？　三つ？」

「三つ」

そして、彼女は、これでも美術系の大学を出て、もう三年になるのよ、絵の才能がないのがわかったから、総務部に配属して貰ったの、美術部へ行けと言われたのだけど、と言った。

「才能なんて、わかりゃしない」

どこか身につまされて、芥洋介が言うと、

「あるのはわからないけど、ないのはわかるの」

と、久能原真理子はきっぱりと言い、さあさあ出ましょう、前戯の映画じゃなかったから、後のラブシーンには気を揉《も》まなくて済むけど、お腹空《なかす》いたでしょう、何か食べましょう、奢るわ、ボーナスも持ってるし、と芥洋介の背中を、小さな華奢《きゃしゃ》な拳で、トントンと叩《たた》いた。

芥洋介は、映画を前戯みたいに使うのも切ないと言ったのは、その後の愛情を拒否したわけじゃない、あくまでも、映画を見る時のインテリジェンスを言いたかったのだと思いながら、背中を押されて歩いた。

「前戯だって言えばよかったな」

「〝灰とダイヤモンド〟に申し訳立たないわよ。何よ、そんな気持なんかないくせに」

「気持はいつだってあるんだ。ないのは金なんだ。道端だっていいって言ってくれたら、いつだって出来るんだ」

「あなた、今日、甘えてるでしょう。年齢上の女だと思って」

それから、久能原真理子は、私となんか寝てごらんなさい、あとは地獄よ、それこそ、ゴミ捨て場でのたうちまわらなきゃならないわよ、と真剣な顔をした。

映画館を出ると、この二時間の間に相当に強い雨が降ったとみえて、街が濡《ぬ》れていた。ところどころには水たまりもあって、その油じみた水面に、原色のネオンが映えて揺れていた。このネオンもまた、株式会社宣友の屋外広告部の作品であろうかと思った。

大体において、雨あがりは夜気が冴《さ》えざえとし、都会の塵埃《じんあい》を洗い流したように、遠目もきくようになるものだが、急激な温度変化のせいか、季節はずれの霧が発生して、日比谷界隈《ひびやかいわい》はもやっていた。

空中のネオンの色合いも、車道を流れる自動車のヘッドライトも、曖昧ににじんで見え、何故か、原色の黄色のレインコートを着た女だけが、切り紙細工のように輪郭をくっきりとさせて見えた。

雨は完全にやんでいた。ビルの軒からと、街路樹の枝から、時々、驚くほどに大きい水滴がボタリと垂れ、久能原真理子の細いうなじを直撃して、飛び上らせたりした。

「ピッツァを奢るわ。イタリア人の店があるの」

久能原真理子が言った。そして、心配しないで、あなたは五千円、それも、ハーモニカと、グローブと、二十四色のクレパスであらかたなくなっているけど、私は何てったって二・二カ月だから、ね、大船に乗った気でいなさいと、姉が弟を思いやるような言い方をした。

ピッツァもいいけど、霧につつまれた日比谷公園を歩く方がいいとは、芥洋介は言えなかった。

イタリア人の店は、有楽町駅のガードにそったゴチャゴチャした飲食店街の中に、モザイクの一片のような形であった。黒いゴンドラの切り抜きが看板代りに出ていて、ランタンが狭い入口を照らしていた。

二人は、ピッツァが焼けるまで、キャンティ・ワインを飲んだ。グラスを目の高さに上げて乾杯し、久能原真理子は最初の一杯を一気に飲んだが、どこか浮き浮きとして楽しそうだった。

芥洋介は、彼女のことをしげしげと見るのは、これが初めてだと思い、グラスの中で揺れる赤紫色のワインを万華鏡にするように、目の前でチラチラさせながら、そのぶんしっかりと観察していた。

ひと目見た印象を口にするなら、混血のようなという言い方が出来た。しかし、それが何故そのような印象になるのかは、わからなかった。

特に眼窩がくぼんでいるとか、瞳《ひとみ》の色が青いとか、鼻梁《びりょう》が細く尖って高いとか、髪の毛の色が赤いということでは決してなかった。

一つ一つの顔の道具立てが、特に日本人と違っているわけではないのに、小作りの輪郭の中に、割とせせこましく配置するとこうなるのか、第一印象としては、誰もが混血のようなと思う筈であった。

ウエーブのない長い髪は、漆黒というほど艶やかではなく、どちらかというと濃い栗色で波打ち、彼女は、それを、今夜は黄色いリボンで結んでいた。

額は広く冴えざえとしている。混血に思えるのは、瞳の色がやや茶色がかっていることにもよるのだろうか、大き過ぎない鼻と、小さいが厚味のある唇と、細い顎《あご》が特徴であった。

首は細く長かった。それを意識しているのか、黒いチョーカーを巻いていた。会社にいる時はどうであろうかと考えたが、芥洋介には、首のまわりのお洒落《しゃれ》がどうであったかの記憶はなかった。

細く長い首に似合いの躰がつづき、矢野伝に言わせるとガリガリに痩《や》せているということだが、豊かではないまでも、成熟している女であると思えた。

「あなた、今、私のことを裸にしているでしょう。これでも、絵描きの卵だったことがあるんだから、人間の視線ってわかるのよ。もっとも、芥さんなら、たぶん、劣情だけじゃない種類の観察だと思うけど」

久能原真理子が言い、ピッツァまだ来ないわね、ワインをもう一本飲みましょうか、と注文した。機嫌は決して悪くないようだった。そして、

「ねえ、図星でしょう。上からずっと裸にして、お臍《へそ》のあたりまで来たでしょう。その先まで行くと深刻だから、声を掛けたのよ」

と言った。

「深刻かなあ」

「深刻でしょう」

「形を思い浮かべるだけだぜ」

「あなた、女子社員に敬遠される筈よ」

「久能原さんは？」

「私？　私はこうして、楽しく映画を見て、楽しくワインを飲んでるじゃないの」

「ありがとう」

芥洋介は、お道化て礼を言い、また乾杯し、何やら急速に満ちてきた親しさの中で昂《こう》揚《よう》していたが、同時に、才能のあるのはわからないけど、ないのはわかると言ったことや、私となんか寝てごらんなさい、あとは地獄よと真剣な顔をしたことや、セックスを深刻よと眉《まゆ》を寄せたことも思い出していた。

アンチョビの入ったピッツァが運ばれて来た。溶けた粘っこいチーズに手を焼きながら、フウフウと食べ、舌を火傷《やけど》したと言って、彼女はまたワインを飲んだ。ずいぶんアルコールには強い体質のようで、ほんの少し顔が赤らんだだけだった。

「総務部に行くことないじゃないか。せっかく絵をやっていたのに。タイムレコーダーがどうの、残業届がどうの、冠婚葬祭がどうのなんてセクションにいたんじゃ、何にもならないじゃないか」

ふと思いついて、芥洋介が言った。

「才能って、ないと思ったら、憎悪だけが残るわ。恋愛と似てるのね。あなたは、まだ、才能に対しては、ドンファンみたいに漁《あさ》っているからいいのだけど」

「ドンファンか」

「たぶん、あなた、芥洋介は、それを一生つづけるわよ。これが最後の女かなと思いながら、やっぱりそうじゃないと気がついて、また、新たに手を出す。もっとも、あなたが、サラリーマンになる気でいるのなら、知らないけど」

「わからないんだ。何しろ、まだ、一万五百円の新入社員だから」

「ドンファンやってるにはいい会社よ。あなたは、私の見るところ、絵なら絵に生命を賭けて、あげくに、憎悪を抱くってタイプじゃなさそうだから。もっとフレキシブル、もっと、可哀相な不感症、才能のドンファンね」

　久能原真理子はそう言い、ふと我にかえると、ごめんなさいね、生意気なこと言って、あなたのこと何にも知らないのに、こんなこと言って、と詫びた。

　それから、さあ、並の恋人同士みたいに、他愛なく、阿呆《あほ》らしく、ピッツァ食べて、無駄口たたきましょうと笑い、

「恋人はいないの？」

　と、訊ねた。

　芥洋介は、いたけど、手酷《てひど》くふられたと答え、株式会社宣友の環境と外見を見ただけ

で、未来がないし、天才も期待出来ないと言った鳩村圭子のことを話した。

面白いわね、あなたの周囲には、そういうエキセントリックな、疲れるタイプしか来ないのね、きっと、と言った。

「久能原さんは」

「何?」

「ぼくの周囲にいてくれるひとかな」

「私は駄目よ」

久能原真理子はきっぱりと言い、仮に芥洋介のことが好きだと思っても駄目なのよ、と少しだけ恐い顔をして睨《にら》んだ。

芥洋介は、また、私となんか寝てごらんなさい、あとは地獄よ、と言った彼女の言葉を思い出していた。


家が横浜の方だという久能原真理子を、送って行った。

二人は湘南電車のデッキに立って、東京から横浜までの、ところどころ奇妙な闇の交る夜景を見つめていた。

久能原真理子は、少し酔っていた。

会社で見かける、聞きようによっては意地悪な皮肉を飛ばす彼女とは別人のように、無防備で、堕落も充分期待出来る雰囲気を、漂わせていた。

芥洋介が、どうして、今日、映画の誘いに乗ってくれたのだと訊《き》くと、駒井秀樹からの誘いをことわるのが第一理由、第二理由は、あなたのことが気にかかるのだと答えた。

彼は、第一理由で少し鼻白み、第二理由でいくらか救われた気持になった。

それにしても、ここで駒井秀樹の名前が出て来たのは、あまりいい気分のものでないし、もしかして、やさしい顔と、火のようなセックスの女とは久能原真理子のことではないかと思うと、一瞬息の詰まる思いさえした。

久能原真理子は、立っている芥洋介に凭《もた》れかかっていて、三つ年齢上なのよ、三つというと、人生と青春ぐらい違うんだから、わかる？　と言った。

横浜へ着く直前に、芥洋介は、久能原真理子の躰を抱き、キスをしようとすると、くるりと顔をまわして、それを避けて、

「ＯＫなの。でも、しない方がいいわよ。キスしたことのある女が、会社の中でチラチラしているって、鬱陶《うつとう》しい話じゃないの」

と、久能原真理子は言った。

その夜のデートで、芥洋介は、久能原真理子を少し理解し、それの数倍もの謎を背負った気持になった。

七

銀座の空といっても、株式会社宣友の南向きの窓から見える空は、厳密には銀座をはずれて、昭和通りの空、築地の空、もしくは、東京湾の空であった。

東京には空がないと嘆く詩《うた》もあるが、そこにひろがるのは、まぎれもなく青空で、そして、秋であった。

芥洋介は、眠くなるような陽だまりの中で、溜息をついていた。与えられた仕事が難題で、何とも憂鬱になるのであった。

課長の伊吹典子から、その仕事の命を受けたのは矢野伝であったが、彼は、それを、芥洋介に押しつけた。

矢野伝は、こんな言い方をした。

「月光仮面が、きみの才能を欲しいそうだ。認められたんだぞ。きみ、喜べ」

そして、肩を抱き、手荒く揺さぶるので、本当にそのようなことがあり、先輩として矢野伝が祝福していてくれるのだと、芥洋介も感激していると、

「これな、今日中に頼む。一つ一つ別人物が書いたように、視点を変え、論旨を変え、文体を変え、当然、筆跡も変えてな。褒めるだけじゃ駄目だぞ。今さら、〝月光仮面〟

が国産初のTV映画で、これは快挙であるなんて書いても採用されない。そうだな、問題提起みたいなことがいいのじゃないか。まあ、その辺は、きみのセンスと企画力に委《まか》せる」

と、葉書の山を芥洋介の前に置いた。

人気の「月光仮面」も、いささか中だるみの状態になっていて、この辺で何か新聞が採り上げるようなことをしなくては、ということになったらしい。

プロダクション・ノート的な、撮影余話とゴシップはデッチ上げて、毎週各新聞社に送りつけているが、もうそれも新味がなくなっているので、一般視聴者の意見、つまり、世論の形で紙面にのるのが望ましいと、どうやら、宣伝会議では結論に達したようであった。

その世論を芥洋介に委せると、矢野伝は言うのである。年齢層も多岐にわたり、地域もまた多岐にわたった方がいいな、きみ、名前と住所を貸してくれる人間が、二十人くらいはいるだろう、と矢野伝は言った。

「架空の住所の架空の人物じゃ駄目ですか」

「そりゃ駄目だな。新聞社だって、投書を採用するからには、実在かどうかを確認するだろうし、それに、きみ、粗品が出るかもしれないしな。もしかしたら、薄謝かもしれないぞ」

「二十人かあ。どうかなあ」

「きみ、二十二年間も生きて来て、投書の住所を借りるぐらいの交際の人間が、二十人もいないなんて、淋《さび》し過ぎやしないか」

「そりゃ、淋しいですよ」

「まあ、それはともかく、投書を書けよ。詭弁《きべん》をな。世論は詭弁の集合だぞ。嘘《うそ》に陶然と酔いながら、真実にしてしまうんだ。さあ、かかれ」

「矢野伝さんも、やって下さいよ」

「俺は忙しい。それに、これは、きみに向いてる。きみのチャンスでもある。うまい投書で感動させたら、シナリオの一本ぐらいって話になるかもしれない」

「嘘ですよ」

「嘘にきまってる。そんなに甘くはない。けど、そうやって、まず自分を欺《だま》すことが大切だよ。一筋の光明もなしに、偽投書づくりじゃアホらしいだろう。一万五百円の給料の中に入っていないという気持にもなってくる。しかし、この作業は、〝月光仮面〟につながると思ってやってみろ。楽しい作業だぜ」

矢野伝はそう言うと、また例によって、芥洋介の〝いこい〟から三本抜き取り、一本を口に銜え、二本を両耳に挟んで、忙しいと称する自分の作業に熱中し始めた。

彼は、最近、会社の仕事もそこそこに、偽一万円札作りに一生懸命になっていた。現物をトレース台に置き、それを精密にコピィして、今は、彩色にかかっている。その没頭ぶりは、貧乏神の矢野伝の、チャランポランとした風貌とは別人のようで、鬼気迫るものがあった。

まさか、描き上げた偽一万円札を、どこかで使うなんて気持はないと思うが、それにしても、ここ数日の熱中ぶりは異常で、時には、彼の背後に見物が集まったりした。

昨年十二月一日に発行された一万円札は、高度経済成長の象徴であった。

中央に法隆寺夢殿の透かし、右側に聖徳太子《しょうとくたいし》の肖像の、十四色の微妙で複雑な色合いを、矢野伝は、水彩絵具と色鉛筆をたくみに使い分けながら、かなり精密な偽札を作りつつあった。

「どうするんです？　それ」

芥洋介は、積み上げた葉書の山の中から、必要な二十枚を抜き出し、トランプのババ抜きのように扇にひろげて、時間を潰《つぶ》しながら、訊ねた。

「どうもしないよ。だが、気持はわかるだろう」

「わかりませんよ」

「わかる、わかる、お前にはわかる。祈りを込めて描きつづけると、本物に変るんだ」

「祈りを込めて、偽投書を書いて下さいよ」

「俺は忙しい」

矢野伝は、聖徳太子の頰のあたりの隠し味のような赤を、色鉛筆の赤芯を粉にして、指先で塗っていた。

何を話しかけても無駄のようであった。

やれやれと両手を高く上げて伸びをし、反り返るようにして窓から空を見ると、希望という題を付けたいくらいの青空だった。

正義は気恥ずかしいものでしょうか。

正義と悪事がおなじ状況――月光仮面の顔を隠した様子と、泥棒の頰かむりが似ているのです――で行われることに、現代社会の矛盾を感じます。

TV映画「月光仮面」の最大の教訓は、いつ、顔を隠した月光仮面で日常を送り、祝十郎の素顔で正義を行使出来るかというところにあると思いますが、製作者の皆さん、何故でしょうか。（31歳・主婦）

「月光仮面」製作プロダクションに一言言いたいのです。それは、あの映画には夜がないということです。

悪の軍団が、奇怪な姿で東京を駈《か》け巡るのも、自動車の中から拳銃を乱射するのも、全て真昼間なのです。台詞《せりふ》では真夜中だと言っていますが、どう見ても、夜には思えません。ナイトシーンは、お金がかかると聞きましたが、夜と昼との区別がつかないのでは、話になりません。

それとも、悪は白昼堂々ということでしょうか。(14歳・中学生)

私は、「月光仮面」の荒唐無稽《こうとうむけい》さを歓迎するものです。荒唐無稽こそ、窮屈に構築された人間社会の、緩衝バネだとさえ考えています。

現代においては、〝正義は勝つ〟さえ、荒唐無稽な考えだと言えなくもありません。不可能のないヒーローの、理を超えた活躍を期待します。(52歳・自営業)

スーパーマンのジョージ・リーブスが自殺したのは、スーパーマン以外の役が来なくなったからだと聞きました。何と弱いスーパーマンでしょう。

「月光仮面」は子供たちのヒーローとして、あくまでも、強く生き抜くこと、戦うことを、TV映画の中だけでなく、私生活でも、ぜひ証明してほしいものだと思います。がんばって下さい。(12歳・女子中学生)

ついこの間まで、下町の空地や、お寺の境内に、子供たちが集まる光景が見られました。

子供たちの輪の中心は、紙芝居のおじさんで、おじさんが声高らかに叫ぶ、「果して主人公の運命は……!?」という言葉は、ときめきを誘い、それから翌日までの間に、いろいろと主人公の運命を予測する楽しみがありました。

私は、今評判の「月光仮面」の中で、とりわけ好きなのは予告篇《よこくへん》で、この中に、あの紙芝居のおじさんの、子供たちに楽しみを与えようとする誠意を感じるのです。

いつまでも、いつまでも、たとえ、陳腐だ、古くさいと言われようが、「果して月光仮面の運命は……!?」という調子を変えないで、つづけていただきたいと思います。

果して!? と気遣い、楽しみに明日を待つことが、一体いくつあるでしょう。子供たちは、果して!? という疑問符で育つのです。(25歳・会社員)

八

投書用の葉書の下書き原稿を読んで、矢野伝は、力作だけど、まあ、ボツだろうな、と言った。

芥洋介は、煙草を喫いながら、そうでしょうね、ボツでしょうね、と答えた。

しかし、今、「月光仮面」で何かを語るとしたら、こんなところだろうと思っていた。

力作と矢野伝が言ってくれたのが、たぶんに皮肉はあるとしても、救いだった。

矢野伝の偽一万円札は、まだ完成していなかった。彼は、指の腹で絵の面をこすりながら、質感が出ないなあ、質感がと呟き、自分が受けた筈の新聞社への偽投書には、手を出そうとしなかった。

矢野伝がボツだと言ったのは、新聞社の立場としてはボツにするだろうということで、宣友の企画部として不採用ではなかった。

「立派なもんだよ。書けよ」

と、矢野伝は言い、それから、がらりと調子を変えると、きみ、いつか、この偽一万円札を使ってみてくれよ、悪の欲望は果てしないものだな、作るだけのつもりが、作ってみると使いたくなる、なあ、やってみてくれよ、と笑った。

「冗談でしょう」

芥洋介は腹を立てていた。

葉書二十枚に、筆跡を変えて書くのは大変だった。ブツクサ言いながら奮闘していると、通りかかった久能原真理子が、

「偽札づくりに、偽投書、大変なセクションなのね」

と言いながらも、女性の投書の分だけは書いてあげる、と言った。

すると、矢野伝も、どれ、俺もやってやるか、一万五百円を酷使しちゃ気の毒だな、と何枚かを手伝った。

住所や名前を、お互い知人を出し合ってつき合せたりしていると、結構時間がかかり、残業になった。

久能原真理子が、ちょっとお茶をいれるわね、と席を立つと、

「あの娘、やっぱり、俺に惚れてる。望みはかなり薄いのになあ」

と、矢野伝は、久能原真理子を憐《あわれ》むように言い、きみで代りがつとまるのなら、譲ってあげるんだがなと、どこまでが本心なのか、そんなことも囁《ささや》きかけてきた。

「矢野伝さんに惚れてるって、彼女、そう言ったんですか？　惚れてるって」

「不服か」

「惚れるなんて言葉を使うかな、あの女《ひと》」

「きみには、わからん」

「気の毒ですよね」

「何が？」

「いや」

芥洋介は、矢野伝が自惚《うぬぼ》れ屋なのか、どこか屈折して楽天家のふりをしているのか、どちらだろうと思いながら、久能原真理子を、また横浜まで送って行こうかと、考えつづけていた。

ところで、この日の労作の二十通の投書は、どこの新聞のテレビ欄にも取り上げられ

ることはなかった。

　昭和三十四年九月二十六日、午後六時過ぎ、超大型の台風十五号が紀伊《きい》半島潮岬《しおのみさき》西方に上陸した。上陸時の瞬間最大風速は、四十八・五メートルであった。

　直径七百キロの暴風雨圏を持つこの台風は、時速七十キロという猛スピードで北上、伊勢《いせ》湾から名古屋《なごや》市を直撃、愛知《あいち》、三重《みえ》、岐阜《ぎふ》の三県に、生々しい被害の爪痕《つめあと》を残し、日本海《にほんかい》へ抜けた。

　この台風十五号は、のちに〝伊勢湾台風〟と名付けられたが、死者四千七百人、行方不明四百一人、負傷三万八千九百二十一人、家屋の全壊、半壊、流失十五万千六百十八戸、家屋の浸水三十六万三千六百十一戸にのぼり、昭和二十年の枕崎《まくらざき》台風の、死者千九百七十人をはるかに上まわる史上最悪の被害となった。

　その日は、土曜日であった。

　東京でも、台風のあおりを受け、強い雨が降り、それを思わせる風も吹いた。

　月給日の翌日の土曜だから、何か少しぐらい面白いことがあってもいいのだが、雨と風のせいか、誰もがそそくさと帰り、結局、芥洋介も、映画を一本見、山手線に乗って駒込のアパートへ帰った。

　映画は、シドニー・ルメットの監督第一作「十二人の怒れる男」で、父親殺しの容疑で裁かれる少数民族の少年の無実を証明していく、陪審員十二人の物語で、有罪無罪が十一対一から、ついに全員無罪評決する過程が、リアルタイムで描かれていて感心した。

映画館にも人は少かった。何人かの客の傘がたっぷり含んできた雨水が、通路を流れていた。

駒込の駅近くの、キッチンと名乗る洋食屋で、早目の夕食として、ポークソティとライスに、ポタージュとサラダを付けるというメニューで食べ、あとは、もう、六畳の部屋で寝るつもりだった。

アパートは簡易なもので、六畳の部屋が、一階二階五つずつ並んでいて、いずれも廊下は吹きっさらしであった。ドアを開く瞬間まで傘をひろげていなければ、びしょ濡れになるという仕組で、風があるから、鍵《かぎ》をさし込むのさえ苦労した。

六畳の部屋は、裸電球の赤茶けた光の下でガランとしていた。就職してから本当に貧乏になり、あらゆる物が金にかわって、本棚さえ空っぽであった。

わずかに増えた物は、背広と、ボーナス代りの五千円で買った、ハーモニカと、グローブと、二十四色のクレパスぐらいで、背広は壁にハンガーで吊され、子供の時の三種の神器は机の上に、正月のお飾りのようにあった。

雨がガラス窓を叩いていた。時々、地響きを立てて風が吹いた。

芥洋介は、湿りっ気のある畳の上に寝そべり、頭の下で両手を組んだ。

何故か、スーパーマンの自殺と、天覧試合の長嶋茂雄のサヨナラ・ホームランを思い、それから、久能原真理子の、キスを軽く拒んだ時の、OKなの、でも、しない方がいいわよ、という言葉を反芻《はんすう》し、うとうとと眠った。

何かのはずみで目が覚めた時、今度は、二枚目の同期生の駒井秀樹と言い争っているやりとりが頭に浮かび、いつだったか、何故だったか、芥洋介が駒井秀樹に対して、お前のは自惚れで、俺のはプライドだと、粋がっているのであった。

その次には、かなりぐっすりと眠り、目が覚めたのは、部屋の中に、びしょ濡れの鳩村圭子が立っていたからであった。

鳩村圭子は、台風十五号にもみくちゃにされたように、ヨレヨレの感じがし、長い手脚の躰をギニョールのように縺《もつ》れさせながら、

「タオルを貸して。それから、パジャマも」

と言った。

レザーで刈り取ったショート・ヘアーは、雨滴を含んでつっ立ち、顔も紙のように白っぽく、唇も紫色になって、ガタガタと震えていた。白いブラウスは肌にはり付いて、乳房と乳首が花の汁をすりつけたような色で見え、二十歳の半処女に、初めてエロティックなものを感じた。

芥洋介は、タオルで手荒く髪の毛と顔を拭《ふ》いてやり、パジャマを投げ与えながら、ち

ょっと臭いぞ、と言った。

彼女は、芥洋介の初出社の日に、一方的に絶縁を言い渡し、それから、何の音沙汰《おとさた》もなく、今、突然転がり込んで来たのであった。

「何にもない部屋ね。テレビもないのね」

それから、鳩村圭子は、机の上のお飾りのようなハーモニカと、グローブと、二十四色のクレパスを見付け、会社で軽蔑《けいべつ》されてるんでしょう、あのひとたちにはわからないから、とやっと嬉しそうな顔をした。

何があったのかわからないが、鳩村圭子は、しばらく此処から大学へ通うと、一方的に宣言した。

強い風が体当りして過ぎた。

どこから見ても地球は青い

一

手動のハンドルでシャッターを捲《ま》き上げ、それがかなりの重労働なので一息ついて、ブラインドを開くと、覗《のぞ》き込んでいる人の顔があった。

縦になっていた水色のブラインドが、横位置に並ぶと視界がひろがるのだが、期待していたのは五月の朝の光であって、決して人の顔ではなかった。

それが、映像テクニックのように、あまりにもタイミングよく現われたので、芥洋介は仰天し、慌ててブラインドを閉めた。

銀座には、朝でも妙な奴《やつ》がいると思った。

驚きはしたものの、それだけの印象であった。

それから、芥洋介は煙草《たばこ》を銜《くわ》え、ザラザラに疲れきった脳に、刺激を与えるように煙を吸い込みながら、レコード・プレーヤーで、アート・ブレイキーとジャズ・メッセンジャーズの「モーニン」をかけた。

最近の彼のお気に入りで、毎朝、このレコードをボリウムいっぱいに響かせてから、仕事に取りかかる。

それに対して、同僚からも、他の部からも、表立った苦情が出ないのであるから、楽な職場ではあった。

レコード・プレーヤーにしてからが、彼の希望で購入されたもので、芥洋介は、その時、初めて、稟議書《りんぎしょ》という言葉の存在を知った。

そして、それに何やら、レコード・プレーヤーの必要性を、上層部が納得する程度の理論で書いた筈《はず》だが、今のところは、朝のひとときの気分の昂揚《こうよう》にしか使われていない。

メリハリの実にはっきりしたアート・ブレイキーのドラムに、躰《からだ》を揺すりながら、壁掛け時計を見ると、八時であった。

やがて、総務部の鬼軍曹こと神林保《かんばやしたもつ》課長が出勤してくる筈なので、それまでに、乱れた部屋を会社らしい体裁に整えておかなければならなかった。

芥洋介は、デスクの上で新聞を毛布代りにして寝ていたのだが、それを片付け、また、寝場所を確保するために押しやっていた書類や資料の類も、元へ戻した。

灰皿に山盛りになっている吸殻や、食べかけの魚肉ソーセージや、ビールの空瓶も捨てた。

神林課長は、広告代理店に勤務すること自体が場違いに思える律義者で、整理整頓《せいとん》と時間厳守が、およそ人生の目的のように考えているところがあった。

彼は、誰よりも早く出社し、誰よりも遅く退社し、その間、会社の中を、平行線と左右対称で管理しようとするのである。

悪人には思えないが、口うるささと執念深さにはとても対抗出来ないので、きちんと片付けるにこしたことはなかった。

一応の片付けが終り、芥洋介は、「モーニン」の印象的なメロディを口笛で吹いた。

疲れてはいたが、どこか昂揚するものもあって、気持ははしゃいでいた。

彼は、ほとんど徹夜で、コマーシャル・フィルムの絵コンテを七本も描《か》いていた。

女性のストッキングから縫い目を消した、いわゆる、シームレス・ストッキングが世に登場するというコマーシャルで、大仰に言うと、ファッションの革命の片棒を担ぐくらいの気持で描いた。

その時の予感だが、これで、ずいぶん女性は変るだろうと思った。

歩く歩幅も、行動のスピードも変ってくるかもしれない。すると、羞恥《しゅうち》心《しん》も違ったものになり、男が作り上げた色気なども、無意味になるかもしれない。

それにしても、ストッキングが貴重品であった時代、というよりは、欠乏していた時代、素脚の裏側に線を描いて、さも穿《は》いているように見せかけたという話があったが、そうすると、縫い目のない時代の涙ぐましい見栄《みえ》とは、どういうものになるのだろう、などということまで思い巡らすのである。

　さて、シームレス・ストッキングの難点は、脚が太く見えるという懸念で、事前に打ち合せをしたカメラマンも、脚だけの撮影は、モデルを逆立ちさせなきゃな、立たせとくと、充血して太く見えてしまう、と言っていた。

　そんなことを考え考え、十五秒、三十秒、六十秒、九十秒、それに、いくつかのバリエーションで七本も描いたのだから、疲労もあれば、満足もあった。

　会社へ泊り込むことは固く禁じられていたが、昨夜は、このように、緊急で、重大な事情があり、この成果を見せれば、たとえ鬼軍曹といえども、ご苦労さんの一言ぐらい、かけてくれる筈であった。

　一時期、芥洋介は、会社へ泊り込むことが習慣のようになっていたことがあった。

　理由はいくつかあって、猛烈に仕事が立て込んでいたこと、また、アパートの部屋には、まだテレビがなく、番組のモニターの必要が出てくると、会社で見るしか方法がなかったことなどだが、本当の理由は、部屋へ帰る意味が全く見出せないことであった。

　鳩村圭子が、何があったのか転がり込んで来て、この部屋から大学へ通うと宣言し、また、その通りにしていた何十日かは、明らかに部屋へ帰る意味があったが、彼女が、気まぐれを起して出て行ってしまうと、もう何もなかった。

寝るだけに帰り、寝過して遅刻し、ではたまらないと、ついつい、ずるずると泊り込みをつづけていると、鬼軍曹から、こっぴどくお説教を食った。

そして、それがきっかけで、会社規定で、泊り込みは禁じられるようになったのである。

芥洋介が、株式会社宣友へ入社してから、二年が過ぎていた。

昭和三十六年になっていた。

この二年間で、彼は、かなり役に立つ会社員になり、その代償として、我儘《わがまま》と居心地のよさを得ていた。

株式会社宣友も、銀座三丁目から銀座八丁目へ移転していた。

そして、この二年で、ずいぶんと会社らしくなり、現在のここは堂々たるオフィス・ビルで、以前の、地下は飲み屋街、一階は巨大なパチンコ屋、二階は有名なキャバレー、三階には会社と並んで麻雀《マージャン》屋があり、その上、通りの向うは競馬の場外馬券売場という環境とは一変していた。

芥洋介は、レコードをデイブ・ブルーベックの「テイク・ファイブ」にかけかえ、不規則に思えるピアノのリズムに、不規則さゆえの快感を覚えて、欠伸《あくび》をくり返した。

それから、昨夜の成果である絵コンテを、指先で弾《はじ》くようにして見終り、満足を感じていた。

その時までは、ブラインドごしに覗き込んでいた人の顔のことは、全く忘れていた。

思い出したのも、全くの偶然で、水色のブラインドが、明るい光に裏打ちされたように脹《ふく》らんで見え、眩《まぶ》しささえ予感させた時、突然、あれは何だったのだろうかと思った。

銀座には、朝でも妙な奴がいる、というのがその時の印象だが、そんなことで片付けていいのだろうかと、気になってきた。

まさかと思いながら、ブラインドを開くと、やっぱり同じ顔があって、まるで、開幕を待ちわびていたコメディアンのように笑顔をつくると、頭を下げた。

二

たぶん、覗きからくりに顔を押しあてている少年を、からくりの箱の中から見るとこうであろう、と思えた。

とにかく、少年に見えた。悪心を秘めた好奇心がありありで、鼻の頭を潰《つぶ》しながら、ガラスに顔を密着させていた。

コメディアンのように笑ったあと、また、熱心に覗き込むポーズを取った。

芥洋介は、悪戯《いたずら》を窘《たしな》めるくらいの気持で、ドンとガラスを、ちょうどストレートが顎《あご》に叩《たた》き込まれるような位置を叩いた。

覗き込んでいた男は、まばたきも忘れて眼球を真中に寄せ、そのままノック・ダウンするのじゃないかと思えるほど、大仰によろめいた。

少年だと思っていたのは、とんでもない勘違いで、老人ではないかと、その時、芥洋介の目には映った。それも、ただの老人というより、荒淫《こういん》で老いた浮世絵師とか、ひたすら死に場所を探して歩いている俳人とか、およそ、馬鹿《ばか》げたイメージが浮かんだ。

少年か老人か、いずれにせよ、その男は、大仰によろめいた姿勢のついでに、ふらふらと通りを渡り、向いのレストラン・ギンパチ亭の、アクリル看板に凭《もた》れかかるようにして、座り込んだ。

何をするつもりかわからなかった。ただ、横着な猿のようにジッとして、時折、空を見たり、全く頭《こうべ》を垂れて眠りこけるようになったり、かと思うと、熱心に株式会社宣友の方を見つめつづけたりしていた。

ギンパチ亭は、まだ店を開いていなかったが、あと十分もすると、シャッターを開け、日除《ひよ》けのテントを出し、そして、おまじないのように水を撒《ま》く筈だから、そこに座り込んでいることも許されないに違いなかった。

何かの印象で、ひどく老成した顔に見えたが、こうやって距離を置いて、全体の姿やしぐさを見ていると、戦後間もなくのイタリア映画に登場していた、油断のならない浮浪児のようにも思えた。

とにかく、老人と思ったのは間違いで、芥洋介よりも若い、二十歳か二十一歳かというのが妥当のようであった。

このあたり、地名は銀座八丁目であるが、銀座通りから三本も昭和通りに寄ったところで、どことなく裏通りという寂しさもあって、狭い道には何羽かの雀《すずめ》も遊んでいた。間もなく、サラリーマンが満ちてきて、それなりの活気を見せるのだが、まだ、それ以前の朝だった。

芥洋介は、ブラインドの横線の入った視界ごしに、その男の一挙手一投足、表情の変化までも見ていたが、どうにも気になるので、通りに面した非常用のドアを開けて外へ出た。

すると、それにタイミングを合せるように、ギンパチ亭の前で男が立ち上るので、

「何か用なのか？」

と芥洋介は訊《たず》ねた。

「株式会社宣友ですか？」

「そうだよ」

「ぼく、今日から勤めるんです。もっとも、社員じゃなくて、嘱託ですけど」

「嘱託？　エラそうだな」

芥洋介が言った。

彼が思う嘱託とは、たとえば、元映画監督の八女慎之助とか、元新聞社の学芸部にいた荒川隆造とか、詩人の和泉利昌とか、株式会社宣友の企画部にもいた、ある種の権威付けのための人たちのことで、浮浪児のような印象の若い男に使う言葉ではなかった。

その嘱託の三人も、会社らしい体裁の整って来た宣友には、もういなかった。身分はどうかわからないが、顔を見ることはなくなっている。

「嘱託、いけませんか？　そう言われたんだがなあ」

「別に、いけなかないさ」

「まあ、アルバイトです」

「何部？　どこのセクション？」

「企画部です。デザイナーですから」

男は、デザイナーですという言葉に、相当な意識があるのか、心持ち胸をそらした。

そして、M美大のデザイン科の四年生だとも言った。

「わかった。入れよ」

芥洋介が、ドアを開けて手招きすると、男は小走りに道を横切って来て、ここから入るんですか？　ここは出入口じゃないですよね、と言った。

総ガラスの壁面の横に小さいドアがあるのだが、それは緊急の出入りのためのもので、当然、会社としての玄関は別の場所にあった。

気にすることでもないだろうと芥洋介が言うと、若い男は、ええ、いいんです、ただ受付を通って、タイム・カードってやつを押してみたかったものですから、と笑った。

「嘱託は、初日からタイム・カードにはありつけないよ。俺《おれ》なんか、デスクもなかったんだ」

「そうですか。いや、会社員らしくていいなと思ったものだから」

男は、また、今度は頭を掻《か》きながら、笑った。

その笑顔を見て、芥洋介には、若い男の顔が老人に見えた理由がわかった。

どうしたのか、前歯が二本なかった。口を開くと、一瞬空洞のように見え、そのせいか、頬から口にかけて皺《しわ》が出来るので、老人に見えるのであった。

「歯は?」

「撲《なぐ》られて、呑《の》んじゃって。ウンコに交って出たんだけど、金歯じゃないし、捨てちゃいました」

そして、酒を飲むと、よく撲られる、何故《なぜ》かしら、撲られるんだなあ、と言った。

妙な奴が来たものだと、芥洋介は思った。

若い男は、GIカットよりまだ短い、ほとんど坊主刈りに近い頭をしていた。逆三角形の顔で頬がこけ、顎がすぼんでいた。

口のまわりに、薄い髭《ひげ》がか細く生えていたが、どういう理由か、首の、喉仏《のどぼとけ》のまわりの二、三本が大切に伸ばしたように長く、先が垂れていた。

彼は、芥子《からし》色のポロシャツに、木綿地のジャンパーを重ね着、ズボンは極端に細く、裾《すそ》の短いもので、素足で、デッキ・シューズを履いていた。

そこまで観察すると、老人に見えた理由が、前歯が欠けているといったことではないように思え、芥洋介は、これは只者《ただもの》ではないかもしれないと、あらためて、しげしげと見つめた。

何故とは説明し難いが、この小柄で、少年に見え、老人に見えする若い男には、たとえば、嘱託とか、アルバイトとかいった普通の役割を振ることが出来ないような、一種、戸惑わせるものがあった。

「それにしても、馬鹿っ早く来たものだな」

と、芥洋介が言うと、若い男は、企画部の部屋の中をキョロキョロ見まわし、レコード・プレーヤーの上で空まわりしているデイブ・ブルーベックの「テイク・ファイブ」をアタマからかけ直したりしながら、

「ぼく、新劇の裏方もやってるんです。大道具の。昨日は、そこの芝居の打ち上げで、飲んじゃったものですから、新宿《しんじゆく》から歩いて来たんです。五時に銀座へ着いちゃって、しようがないから、会社の前で寝てたんですよ」

そして、レコード・ラックに手を伸ばし、モダン・ジャズばっかりですね、「アルハンブラの想い出」があるといいんだけど、と勝手なことを言った。

言っておいて、「アルハンブラの想い出」が何であるか、知らないと気まずくなると思ったのか、クラシック・ギターの名曲の、好きなんです、と付け加えた。

芥洋介は、知ってるよ、それくらい、といささか鼻白み、それから、顔をしかめて、

「酒臭いな」

と言った。

安い酒を体温と気温で蒸し、毛孔《けあな》から発散させていた。

「すみません」

男は、掌《てのひら》にハアハアと息を吹きかけながら、臭いや、これは、ひどいなあ、と吐きそうな顔をして頭を下げた。

「東京温泉へ行こうか。俺も徹夜明けで、ザラザラしてるし」

「ぼくが行っちゃ、まずいでしょう」

「まあな。でも、酒臭いってのは、もっとまずいと思うよ」

「そうですね。東京温泉って、温泉ですか、銀座にあるんですよね」

「温泉だろ」

しかし、それも、大した話題ではなく、若い男は、どこかすっとぼけていて、

「タイム・カードがあると、ちょっと、いい気持なんですけどね」

と、妙なことに拘泥《こだわ》った。

「あるわけないよ。ところで、きみ、何て名前なんだ？」

芥洋介が訊ねた。

いろいろなことを観察し、いろいろなことは聞いたが、名前だけまだだった。

「上川一人《かみかわかずと》」

若い男は、また、薄い胸をそらして答え、

「本当は、上川大《だい》のつもりだったんですよね。親父《おやじ》は、ぼくが生れた時は六十歳で、その上、酒に酔って役所へ行ったものだから、届け用紙に、大と書くべきところ、手許《てもと》が狂ってバラバラになり、一人になってしまったんですよ」

と、訊《き》かれもしないことをしゃべり、おまけに、大欠伸をして、酒臭い息を吐いた。

それが、芥洋介と上川一人の初対面であった。

上川一人は、名乗りを上げ、名前の由来を語ったあと、芥洋介のデスクの、トレース台の上に置かれた徹夜の労作、シームレス・ストッキングの絵コンテを熱心に見ながら、

「絵うまいんですね。写真みたいですね」

と言った。

彼に何の悪意もない、むしろ、素直な感想とも思える呟《つぶや》きであったが、芥洋介は、何

故か、もう絵は描かないぞと決心し、そして、さわるな、と尖《とが》った声を出した。

妙な場面で、妙なタイミングで出会ったことを、単なる偶然で、何でもないと言ってしまえばそれまでだが、意味ありげに考えれば、因縁程度には解釈出来るものであった。

三

「従って、わがアメリカ国民諸君、国家が諸君のために何をしてくれるかを問わず、諸君が国家に何をなし得るかを問い給え。

世界中の市民諸君、アメリカが諸君のために何をなし得るかを問わず、われわれが、ともに人類の自由のために何をなし得るかを問い給え」

その年、昭和三十六年は、この演説から始まった。一月二十日である。

四十三歳の若さで第三十五代のアメリカ大統領となった、ジョン・F・ケネディの就任演説の終りに近い部分の一節で、この美文は、さまざまな場所で利用されそうだった。

それはともかく、四十三歳の若々しい大統領の出現は光に満ち、さわやかな風が吹き、理想という言葉の晴れがましさを伝えるに、充分であった。

一月にアメリカから理想と尊厳の風が吹いたと思ったら、四月十二日には、ソ連が初の有人宇宙飛行に成功、宇宙の彼方から神に代って、ユーリ・ガガーリン空軍少佐が、

「地球は青かった」という言葉を降らせた。

そして、六月四日、理想の風でも、神秘の声でもなく、ザ・ピーナッツとクレイジー・キャッツのバラエティ番組「シャボン玉ホリデー」が放送を開始した。

しかし、芥洋介にとってみれば、世間に対して何ら誇示するものもなく、いわば、どこから見ても地球は青いと感じる、憂鬱《ゆううつ》の季節でもあった。

芥洋介と上川一人は、それぞれ裸の美女を抱きかかえて、テレビ局への坂道を登っていた。

よく晴れた昼下りで、白昼の光景としては、それは異常に思え、江戸川乱歩《えどがわらんぽ》の妖異《ようい》な世界か、また、ある種の横溝正史《よこみぞせいし》の猟奇殺人事件の一幕を連想させるものがあった。

もちろん、二人が、生きてるにしろ、死んでるにしろ、生身の美女を運ぶ筈もなく、マヌカン人形であったが、すれ違う人をギョッとさせるくらいの衝撃はあった。

しかし、二人にとっては、風景の中でどう見えるかとか、他人の驚愕《きょうがく》がどうであるかとかより、本人たちの気恥ずかしさがかなわなかった。

「みんな笑ってますよ」

汗を拭《ふ》きながら、上川一人が言った。

そして、マヌカンの極端に小さい顔の凹凸を撫《な》でさすりながら、

「こいつら、しがみついてくれないから、運び難いんですよね。掌に汗をかいて滑るし、かといって、股《また》に手をさし込むのは、ちょっとね、気が咎《とが》めるし」

と、ぼやいた。

芥洋介も、一休みするかと裸の美女マヌカンを立たせ、肩を組み合うようにして支えながら、煙草を喫《す》った。

「記念写真でも撮って、両親に送るか」

ぼやきたいのは彼の方で、アルバイトの上川一人ならともかく、役に立つ正社員の芥洋介にとっては、屈辱に近いものがあった。

「芥さん、一等賞の人だと思うんだな。その芥さんが、こんな仕事をしてちゃ、もったいないですよ」

上川一人がそう言うのを、芥洋介は、素直に信じた。

彼は、この、老人に見え少年に見えするアルバイト学生——本人は嘱託と言っているが——の感覚や感性を、他の誰よりも信じていた。

たとえば、同じ言葉を、先輩の矢野伝や、同期入社の駒井秀樹から聞いても、どうということはないだろうが、上川一人がそう言うと、一等賞の人が、何かの保証のようにさえ思えるのであった。

上川一人の前歯は、相変らずなかった。

何とかしろよと芥洋介が言うと、飲んで撲られることがなくなったら、金歯を入れますよ、ピカピカの、と笑った。

芥洋介は、その、飲むと撲られるという話は半分信じていなかったが、もしかしたら、サディストの老人が人を怒らせ、マゾヒストの少年が怒りを受けるということはあるかもしれないな、とは思っていた。

「ぼく、撲られてぶっ倒れた格好から、そのまま、ヒューッと起き上れるんですよ」

上川一人はそう言い、それから、ちょっと遠い目をして、

「宣友に芥さんがいてくれて、よかったなあ。でなきゃ、とっくに辞めてますよ。何しろ、ぼくは、デザイナーなんだし」

と、また、初対面の時と同じように、デザイナーという言葉に条件反射的に胸をそらして、たとえば、戦時中、天皇陛下という言葉に直立したのと同じような、特別な意識を示した。

彼が、デザイナーとして世に出るために何かを期待しているとしたら、株式会社宣友の企画部は、必ずしも適当な場所ではなかった。

それに、そこでは、上川一人はあくまでアルバイトの学生で、彼にどのような才能があり、人と違った感性を持っているなどと考える人間は、芥洋介の他にはいなかった。あくまで、多忙を救う猫の手だった。

絵は確かに上手《うま》かった。

彼の絵を見ると、芥洋介が絵コンテに描いているようなものは、どんなに工夫をこらして美しく仕上げても、子供の頃に褒められたことがある、という程度のものであることが明らかであった。

才能とは、そういう絶対のもので、芥洋介は絵を描くことはやめたと思い、絵では満足出来る人生は送れないことを、告知に来た使者のように上川一人を見ていた。

「絵は、もう、きみが描けよ。一等賞になれないものな。二人いて、敵《かな》わないのが一人いたら、最高で二位だろう。最低は果てしなしじゃやってられない」

と、芥洋介は言い、宣友に俺がいてよかったって本当か、と訊ねた。

上川一人は、そうですよ、と答えた。

しかし、今の問題はそんなことよりも、裸体美女の運搬で、羞恥心を薄めるか、労働力を軽減するか、せめて、その一つでも解決しないと、どうにもならなかった。

妙にリアリティがあるから変な目で見られるので、いっそ上半身と下半身を分けて、振り分けにして担いだらどうだろうとか、裸だから猥褻《わいせつ》なのであって、ちゃんと下着をはかせたらどうだろうかと、いろいろ考え、パンティとブラジャーを着けさせてみたが、これは、かえって、エロティックに見えるだけであった。

「しようがない。このまま運ぼう。恥ずかしいたってどうにもならないし、なッ、手が滑りそうになったら、股に指をひっかけて持ち上げようや」

芥洋介が決心して言うと、上川一人は、そうですね、マヌカンだから、失礼があっても撲りゃしませんよ、と前歯から空気のもれる笑い声を出した。

二人は、まるでダンスでもするように、それぞれのマヌカンと対《むか》い合い、それから、気合を入れて持ち上げると、猟奇魔のように横抱きにした。

「ところで、このマヌカン、エレオノラ・ロッシ・ドラーゴに似てないか」

歩きながら、芥洋介が言うと、上川一人は嬉《うれ》しそうに笑い、鼻の孔がね、そっくりですよ、ぼく、鼻の孔の形にすごく拘泥るんだな、と張り切った。

エレオノラ・ロッシ・ドラーゴは、「人間魚雷」や「激しい季節」に出演したイタリアの美人女優で、知性と淫《みだ》らさが表裏になった成熟の魅力があった。

「似てるよな」

「似てますよ」

「じゃあ、運び甲斐《がい》があるよな」

彼らが運んでいるマヌカン人形は、下着メーカーの生CMに使用するものであった。

特製のマヌカンで、毎週こうやって、収録日に、芥洋介と上川一人が運び、スタジオ内のディスプレイと、タレントに対して簡単な演出を施すことになっていた。

番組は、アメリカン・ポップスを並べたヒットパレード形式のもので、「恋の片道切符」「ビキニスタイルのお嬢さん」「ベイビーフェイス」「悲しき雨音」「おお、キャロル」「ハロー・メリー・ルー」「悲しき街角」「小さな悪魔」「ボーイハント」、また、「ローハイド」「遥《はる》かなるアラモ」「アラスカ魂」といった映画やテレビの主題歌も、日本の若い歌手たちが、日本語で歌うのであった。

アメリカの歌なら、ハワイアンもカントリー・ソングも含めて、何でもジャズだと言っていた時代は終って、ジャズとポピュラー・ソングを区分けするくらいにはなっていた。

そのポピュラー・ソングの、もう一つ時代性を含んだ感覚の歌をポップスと総称していたが、最近では、それに日本語の歌詞を付けることが傾向になっている。

アメリカの歌というより、アメリカの匂《にお》いを持った日本の歌といった自然さで、若い世代に受け入れられていて、ジャズとも、流行歌とも、はっきり違う流れが生れていた。

それをブームにまで高めたのは、トランジスタ・ラジオの開発と普及で、この小型の高性能のラジオは、小さなポップスの伝道師でもあった。

そして、テレビにおける、その流れの噴出口がこのヒットパレード形式の番組で、スタジオには、不作法だが楽しげな活気が満ちあふれていて、ちょっと上の世代の人間を怯《ひる》ませるくらいの異次元を、作り出していた。

芥洋介と上川一人が、裸のマヌカンを抱えて入って行くと、ちょうどリハーサルのインターバルで、歌手たちに取り囲まれてヒットラーのように振舞っていた、ディレクターの松谷《まったに》がふり向き、

「アカぬけないCMはやらないでくれよな。ケーキの箱から沢庵《たくあん》が出て来たんじゃたまらないから、せいぜい洒落《しゃれ》たやつをな。なんせ番組は最先端なんだから、ポップスなんだから、頼むぜ」

と、大きな声を出し、ケーキの箱から沢庵ってのはいい喩《たと》えだろうと、周辺の中学生のような歌手を笑わせていた。

「あいつ、エレオノラ・ロッシ・ドラーゴって知ってますかね」

軽蔑《けいべつ》したような顔で上川一人は呟き、

「芥さん、一等賞取りましょう。あいつに高慢な顔をさせないようにそうしましょう」

と言いつづけたが、芥洋介は、そのうちなと暗い声を出した。

まだ広告代理店の立場は、その程度の扱いを受けるのが普通であった。

身構えることをやめると、萎《な》えてしまうため、彼らは、常に、胸の中に尖ったものを持ちつづけ、芥洋介も、また、それゆえの暗い声でもあった。

四

どこか夢見がちであったり、どこか横着であったりする若者が、新しいこと、面白いこと、珍しいことを求めて集まって来るのが、どうやら、この時代、テレビとか広告であったようで、その日、芥洋介は、テレビ局の地下の廊下で、意外な人物に会った。

倉田三成《くらたみつなり》というM大の同級生で、それほど親しくはなかったが、何かと悪く目立つ男で、顔と名前はよく知っていた。

大学の文学部にいながら、小説は一篇《いっぺん》も読んだことはない、という学生だった。小説なんて所詮は嘘《うそ》なんで、嘘につき合う人生は持ち合せていないと豪語していたが、じゃあ、何故に文学部なのかという素朴な問いには、それを答えちゃおしまいよ、ととぼけていたりした。

カミナリ族と呼ばれるオートバイ狂で、スピードと暴力を礼讃し、陶然とするタイプで、当然、文学部の連中からは敬遠されていた。

その倉田が、一時期パッタリ大学へ来なくなったことがあり、中退でもしたんだろう、と喜んでいると、驚くほど色白の顔になって帰って来て、

「白くなったろう。なんせ、壁厚き部屋ってやつでよ」

と、刑務所に入っていたようなことを匂わせて、同級生たちを恐《こわ》がらせていたが、それも裏では、どうせホラだよと噂《うわさ》されていた。

卒業後は、全く会うこともなかったが、情報通の話すところでは、六〇年安保の騒ぎには、デモ隊の切りくずしをやっていたとかで、まあ、不思議はないな、あいつの選ぶ道らしいや、と納得していた。

その倉田三成が、テレビ局の地下廊下にしゃがみ込み、何十足も靴を並べて磨いているのを見て、芥洋介は驚き、何か悪いものでも目にした気持で、通り過ぎようとした。

「芥洋介」

声をかけたのは倉田三成の方で、彼は、靴を磨く手を休めず、上目遣いに見上げながら、奇遇だな、と言った。

「どういうことなんだ」

芥洋介は、倉田の前にしゃがみ込み、それから、周囲をぐるりと見まわして、そのあたりが歌手の楽屋が並んでいる場所であることを確認すると、

「お前、歌手の付人か」

と言った。

「まあ、そういうこと。このハイヒールは、〝ハロー・メリー・ルー〟を歌っているお嬢ちゃんのもの。二十二センチ。こっちのちょっと大きいのは、〝ボーイハント〟のお

姉ちゃんのもの。二十三・五センチ」

「政治やってるんじゃなかったのか」

「政治なものか。ちょっとカンシャク玉破裂させただけよ。カミナリ族、壁厚き部屋、六〇年安保と、結構きびしく生きた青春の最後がこれよ」

「靴磨きか」

倉田三成はニヤッと笑い、お前だって、裸のマヌカン抱えてうろうろして、あんまり威張れた姿じゃないぞ、と言った。

「見てたのか」

「さっき、お前が、急いで通り過ぎようとしたように、俺も、あの時、お前に声をかけなかった。おたがい、プライドだけは人一倍だからな。まあ、当分は、ご内聞にってことにしようや」

「広告代理店にいて、今、ここの番組で、下着のCMをやってるんだ」

それから、芥洋介は、多少の照れ隠しもあって、下着の時代についての講釈を垂れ、ついでに、シームレス・ストッキングについての学も披露した。

下着が隠すから見せるに変り、ストッキングが、気にするから気にしないに変ってみろ、女は別人になってしまうぜ、とその場に関係のないことまで、浮き浮きと話した。

「若い歌手の付人をやるなら、下着には、ファウンデーションと、ランジェリーがあることぐらい、知っておけよ」

「わかったよ」

倉田三成は、すっかり芥洋介の気持の中を見透かしたように、余裕を見せた笑いを浮かべ、お前が、下着の生ＣＭをやってるのは知ってるんだ、俺も毎週来てるんだから、と言った。

「そうか、知ってたのか。まあ、俺のことはともかく、倉田、お前、何だって、デモ隊切りくずしから、こっちの方向へ来ることになったんだ？」

「用心棒なら、やってもいいよって言ったんだよ。そしたら、これだ。用心棒どころか、子守だな。けど、俺な、ちょっと先が見えてるんだ」

「何？」

「テレビだよ。音楽って言ってもいいか。要するに、出来たてのホヤホヤの社会だから、俺がやるって手を挙げりゃ、先達、権威になれるってものが、ゴロゴロしてるってことだよ。明治維新、文明開化よ」

誰かからも同じことを聞いたことがあると、芥洋介は思った。そして、それは、株式会社宣友の正社員になった日、訓辞に代えて部長の水原直也が言った言葉と、全く同じであることに気がついた。

もしかしたら、明治維新というのは、混沌とした不確実な業界の中で、希望を持たせる共通語として使われているのかもしれない。だからこそ、夢があるんだよと、誤魔化すには効果があると思えた。

「先達に、一等賞か」

芥洋介は笑った。

「そうそう。まあ、追い風が来るには、ちょっと時間がかかるかもしれないが、とにかく、手を挙げること、帆を張ることよ。芥洋介、お前も頑張れ」

「ああ」

その時、楽屋のドアが不作法に開いて、フランス人形のように脹らんだドレスを着た少女が現われ、何よ、これ、死ね、てめえ、と驚くべき言葉を吐いて、真赤な靴を倉田三成に叩きつけた。

赤い靴の磨きが足りないということで、中学生になったかならないかの年代の少女歌手が、六〇年安保阻止闘争のデモさえつき破った猛者の頭を、拳で叩きつづけるのであった。

いつものことなのか、それとも、付人としての心得なのか、倉田三成は、頭を抱えてうずくまり、その姿勢をだんだん低くしていった。

この姿で、一体何が見えるのだろう、何に対して手を挙げれば先達になれるというのだろうと、芥洋介は思った。

倉田三成は、芥洋介と目が合うと、俺、大学出てるんだよなと苦笑し、しかし、少女歌手に対しては、驚くべき忍耐で、無抵抗のままであった。

芥洋介は、黙って立ち上り、背後で、いいわね、コーラを買って来るのよ、と叫ぶ少女歌手の金切声を聞いたが、ふり向かなかった。彼は、見ないままで、ヒラヒラと手を振って、スタジオへ戻った。

スタジオでは、まだインターバルで、コンボ・バンドだけが自発的に音合せをやっていた。そして、エレオノラ・ロッシ・ドラーゴに似たマヌカンが、下着だけでポーズを取っているセットでは、上川一人が、不良少女のようなケバケバしい歌手の似顔絵を、真剣な顔で描いていた。

「芥さん。この女《ひと》、シモーヌ・シニョレに見えませんか？　見えるんだなあ、ぼくには」

と、彼は明るい声を出した。

シモーヌ・シニョレは、「悪魔のような女」などで知られる、フランスの演技派の女優であった。何ともいえない底意地の悪さを感じさせる個性が、特異の光を放つタイプだった。また、イヴ・モンタン夫人としても有名であった。

しかし、上川一人が、シモーヌ・シニョレに似ているという意味は、その底意地の悪さか、そうでなければ、肉がダブついていることと、鼻が上向いているぐらいのことで、必ずしも、褒め言葉のつもりでないことはわかった。

「ああ、そっくりだよ」

芥洋介は、気乗りのしない声で答え、それから、セットの隅に腰を下し、フウッと息を吐いた。何故だかわからなかった。

わからないが、こうしている間も、青い地球が回っていることがたまらない、ということだったかもしれない。

そんな日々が、律義に訪れてくる春から夏で、芥洋介は、時折、鳩村圭子を思ったりしていた。

五

芥洋介と鳩村圭子が、二度目の不定期な同棲《どうせい》生活に入ったのは、梅雨の季節になって間もなくであった。

よくよく雨に縁があるようで、一度目は、伊勢湾台風の影響で豪雨になった時、びしょ濡《ぬ》れの鳩村圭子が蒼白《そうはく》になって転がり込んで来たことから始まり、そして、二度目も、やはり、雨が降りつづく日曜日にやって来て、いわば、住みついた。

もしかしたら、鳩村圭子にとって、精神状態と雨は連動しているもので、偶然ではないのかもしれなかった。

一度目は、家庭に何かがあったようで、病的なまでにキリキリとして、こわれ物のガラス細工のような神経になっていた。

二十歳の彼女にとって、芥洋介のアパートの六畳間は、愛の巣というよりも、小鳥が、雨風や外敵を避けるために見つけ出した木の洞のようなもので、安心して身を潜めていられればいい、というところがあった。

一緒に暮していても、相変らずの半処女ぶりで、幼児がふざけ合ったり、じゃれ合ったりするような愛撫《あいぶ》は拒まなかったが、それ以上となると、以前にもまして、頑《かたく》なに身を縮め、痙攣《けいれん》した。

その時の同棲は三十五日間であった。

彼女が部屋を出て行った理由は二つあって、一つは、精神の平静を取り戻したことと、もう一つは、南京虫《なんきんむし》の異常発生に怯《おび》えたからであった。

全くそれは、異常としか言いようのないもので、夜、部屋に帰って電灯をつけた途端畳の全面を真黒に覆っていた南京虫の大群が、一斉に畳の隙間《すきま》や柱の割れ目に逃げ込み、そのさまが、砂丘の風紋の変化に見え、顕微鏡で覗いた細菌の動きに見えたと言って、鳩村圭子は半失神の状態になっていた。

とにかく、一年半前の、彼女が二十歳の時の芥洋介との愛は、南京虫の異常発生が、同棲解消の立派な理由になる程度のものであった。

二度目の始まりは、同じ雨でも、記録的被害を与えた台風の影響の豪雨と違って、如何《い》《か》にも梅雨らしい、心やさしい気分の雨が降りつづく日曜日で、午後の早い時間に、彼女は赤い傘をさしてやって来た。

洋介、洋介と、名前を呼び捨てにする声が執拗《しつよう》に響くので、ドアを開けて、吹きっさらしの廊下へ出ると、アパートの前の空地に、どういうわけか一本だけある紫陽花《あじさい》の木の横に、赤い傘をさした鳩村圭子が、おそろしく機嫌のいい顔で立っていて、

「ねえ、写真撮って。赤い傘と紫陽花と」

と、長い手脚の躰で、バランスの悪いポーズを取った。

「カメラ無いんだ」

「あったじゃないの。ペトリ35」

「質屋」

「何とかしてよ」

「何とかって、何が?」

「写真撮ってよ。厭《いや》だわ。このまま諦《あきら》めろって言うの?」

と、鳩村圭子は、相変らず無茶を言った。

何が何でも、今、撮らなければならないというものでもなかったが、それは確かに、いい色合いと、いい雰囲気の風景であった。

二階の廊下の手摺《てすり》に凭れて見下しているために、アングルは俯瞰《ふかん》であった。

細い繊維をさらに細かくほぐしたような、ほとんど霧に近い雨が降りつづいていて、銀灰色のフィルターがかかっていた。

紫陽花はこんもりと一塊り、銀灰色に馴染《なじ》みやすい水色の花をつけ、雨の滴に濡れて鈍く光るさままで含めて、花の色であった。

そして、紫陽花の花は、変化の期待に対しては控え目で、落着きのある風情を示していた。

その横に、どこまでも明るい赤の傘があり、右手に傘、左手にかなり大きい旅行鞄《かばん》を下げた鳩村圭子が、ポーズに疲れてよろめきながら立っていた。

それらを、あるフレームで区切って見ると、やわらかな色調のポスターになりそうな感じがした。

そして、芥洋介の目には、鳩村圭子が、しばらく会わない間に、ずいぶん大人びていることに気がついた。全体の印象がそうであった。

鳩村圭子は、ややしばらく、写真を撮ることに拘泥って、カメラを何とかしろだの、何かというと質屋に走るんだからと文句を言っていたが、とうとう諦めて、階段を昇って来た。

芥洋介は、パジャマのズボンに、上はランニング・シャツという姿で、鳩村圭子を階段の途中で出迎え、重い旅行鞄を運んだ。

ごく自然に、里帰りをした家族を受け入れるように、懐かしさや安心をただよわせて廊下を歩いたが、部屋の入口で、芥洋介は旅行鞄を下に置き、通せんぼのように入口を塞《ふさ》ぎながら、

「約束しなきゃ、部屋へ入れないぞ。きみだって、もう二十二歳の筈だし、大人の女の筈だからな」

と言った。

「何？」

「セックス」

「厭ね。いきなり、何よ」

「いきなりとか、いきなりじゃないとか、そういうことじゃないよ。それが大人のつきあいだし、礼儀だし、常識だし、楽しみだし、幸福だし、また、重荷でもある。重荷が厭だからといって、その他の全部を犠牲にするわけにはもういかないんだよ。大人だから。どうなんだ？　セックス、するのか？　しないのか？　するなら入っていいし、しないのなら、帰れよ」

芥洋介はしゃべりながら、これは、ずいぶんな言い分だと思っていたが、もう、それをはっきりさせないで、今までのように、半処女の鳩村圭子と生活をともにするのはかなわないと、思っていた。

それは、紫陽花の木の横にポーズを取って立つ彼女を、ポスターの構図のように見つめた時からの変化であった。

鳩村圭子は、思いもかけなかった理不尽な注文に、一瞬混乱したようであったが、いいわ、するわ、と言った。

そして、廊下で、そんな踏み絵をさせるなんて、ひどいと思わない？　と抗議した。

六

それが二度目の同棲生活、かといって、いつまでもつづくとか、つづけなければならないという、通常の同棲感覚とはいささか違っていたが、とにかく、多少意味合いの違う二人の生活の始まりだった。

セックスを約束させたからといって、いきなり、その日から、それが当然のこととして振舞ったわけではなかった。

「するのか、しないのかだって。デリカシーないんだから」

と、鳩村圭子は、いくぶんか感情を害したようなことを言ったが、気持の中では何パーセントか覚悟していた部分があったのか、それ以上のことは言わなかったし、不自然にいるという感じでもなかった。

芥洋介が、この約束をさせておいてよかったと実感したのは、三日目のことで、株式会社宣友から、少し酔って帰ると、狭い六畳の部屋が、巨大とも思える二段ベッドで占領されていた。

昨年発売されて、子供部屋の必需品にもなったもので、そんな知識は、広告代理店勤務の芥洋介としては充分に持っていたが、まさか、そのベストセラーの家具が、自分の部屋を占領することになろうとは、予想もしていなかった。

鳩村圭子は、二段ベッドの上段に、窮屈そうに躰を曲げて寝そべり、どういうつもりなのか、ブラジャーとパンティだけになっていた。

「どうしたんだ、これは」

芥洋介は、さすがに尖った声を出し、どういうつもりなんだよ、きみは、と責めた。

鳩村圭子は、二段ベッドの上段で、ゆっくりと躰を起すと胡座《あぐら》をかき、きまり悪そうに笑いながら、

「この部屋へ来る前に、注文してきちゃってたの。この部屋で、あなたと私とセックス無しで生活するには、これがいいと思ったんだけど、でも、あなた、その後ですぐ、あ

んな約束させるんだもの」

そして、彼女は、怒ってる？　と訊いた。

占領しているのは、畳一枚分の大きさだが、部屋全体を圧する感じがあって、芥洋介は、下段に腰を下し、多少不機嫌な顔で煙草を喫った。

その彼の頭を、鳩村圭子は上段から、足のおや指で悪戯につっつき、大して反応が無いと、逆さまにぶら下るようにして耳を噛《か》んだ。それが彼女の癖だった。要領が悪いので、耳に傷がつき、また、いつかのように、血が出た。

「服を着ろよ。散歩しよう」

芥洋介が言った。

二度目の同棲生活を始めて、二日が過ぎ、三日目になって、セックスはまだだったが、今夜だな、と彼は思った。

子供部屋の必需品の上で、窮屈な思いをしながらのセックスも厭なので、散歩と称して鳩村圭子を連れ出すと、駒込駅近くに何軒か寄り集まっている、温泉マークのついた旅館へ入った。

鳩村圭子は緊張していた。

半処女を絶対条件にしていると、無邪気で大胆であったが、実際に結ばれるとなると特別な思いがするのか、初対面の男を見るような目で、芥洋介を見つめていた。

蒲団《ふとん》に入って、いつものようにじゃれた。

じゃれていると気持がほぐれてきて、彼女は、今回彼のところへやって来た動機は、十歳も年長の男に失恋したからだと告白した。

そういうことがあったのなら、もう半処女でもないのかもしれないと思ったが、鳩村圭子は処女で、異常なほどに痛がった。

そして、あろうことか、救急車を呼んでくれと騒いだが、処女喪失や、新婚初夜の度に、救急車が出動していたのじゃたまらないだろうと、我慢させた。

二人がそんな仲になってしまうと、二段ベッドは全く無用の物になった。

家具屋に引き取って貰《もら》おうと交渉に行ったが駄目で、途方にくれていると、同じアパートの住人が、割安にするならという条件で買い取ってくれた。

鳩村圭子は、わずか数日で何千円か損をしたと言い、それは、まあ、それほど無念そうでもなかったが、二段ベッドの上段で、一度セックスをするべきだったと口惜《くや》しがった。

七

一度目の同棲と二度目の同棲の間に、大きな違いがあるとするなら、それは、真似《まね》ごとにしろ、生活感が生れたことであった。

アパートの六畳の部屋が、日に日に、家庭といってもおかしくない程度に整備されて行くと、芥洋介は、少し慌てた。保温装置付炊飯器や、ワンタッチ・ポットといった新製品の類や、他に、いわゆる鍋《なべ》釜《かま》、茶器の類が増えていく度に、くすぐったいような心地よさとともに、取り返しのつかない蟻地獄《ありじごく》にはまりかけているような恐怖感を覚えるのである。

かといって、まるきり迷惑かというと、くすぐったさもあるわけだから、いい気分で受け入れるところもあった。

鳩村圭子は、何故かかなりの金を持っていて、生活必需品や、ちょっとした贅沢《ぜいたく》品程度は彼女の勝手で買い込んで来て、それには、いささか抵抗を覚えるところもあったが、

「いいじゃないの。重荷なの？　重荷が厭だからといって、その他の全部を犠牲にするわけには、もういかないのよ。大人だから」

と、いつか芥洋介が、セックスを迫って言った言葉を、そっくり返してきた。

鳩村圭子は、明らかに前回と違って、芥洋介との生活を作ろうとするところがあった。もはや少女とは呼べない二十二歳になっていたから、その程度の変化は当然かもしれないが、芥洋介には意外だった。

彼女の魅力は、そして、同時に、どこか敬遠されるところは、非常識で、非現実的な

エキセントリックさにあった。

彼女の肉体が手脚もバラバラで、力の入れ方も心得ないところがあるように、精神もまた似たようなところがあって、普通に馴染むことを嫌悪していた。

しかし、何日か一緒に暮してみて、鳩村圭子が普通の面白さを実感しようとしているのではないかと、危惧《きぐ》することが何度かあった。これはいけないかな、と芥洋介は思った。

彼女が普通に馴染むことは、気苦労や混乱から解放されることであったが、そうすると、彼自身も普通の虜《とりこ》になるところがあり、それは、少々困ることであった。

そんな芥洋介の内面を察したかのように、鳩村圭子に変化が出たのは、アパートの六畳間に一通りの道具類が揃《そろ》い、もうこれ以上は入りきらないとなったのがきっかけで、十日目ぐらいだった。

彼女は、別人になったように、というよりは、少女時代に戻ったように理不尽な女になり、非常識に、芥洋介にからみ始めた。

鳩村圭子は、またしても、私は天才が好きで、普通の男は嫌悪するのだと言い、あなたは努力が足りないし、どこか井の中の蛙《かわず》でいたい気持が強くって軽蔑する、と荒れた。

芥洋介にしたところで、非現実的な二十二歳の女子大生に、努力が足りないの、軽蔑するのと言われて愉快なわけがなく、

「天才のところへ行きゃあいいじゃないか。二段ベッド担いでさ。そうだよ、天才なら、処女膜が破れたって救急車を呼んでくれるかもしれないよ。悪かったよ。常識人でさ。何が天才だよ。俺は、せいぜい、シームレス・ストッキングのＣＭ企画が、スポンサーに採用されるかどうか、それにドキドキしているサラリーマンなんだよ」

と、その程度の、みっともない言葉を声高に言うしかなく、言って空気が硬直すると、恥じたりした。

天才という言葉は、何も、本当の奇跡の人をさしているのではなく、言葉のアヤに過ぎないと承知していても、やはりこたえるものがあった。

「期待しているのに」

鳩村圭子は、必ずそう言った。

そして、それにつづいて、私は何にも出来ないけど、私の感性は天才が見つけられるし、それがあなたなのよと泣き、また、無茶苦茶に耳や肩を噛んで、血だらけにするのであった。

耳や肩が血だらけになると、きまって、セックスをした。

すると、たちまち夢中になり、その直前まで、二人が何で心を痛めたり、相手を傷つけていたかも忘れたように、いっそ滑稽《こっけい》なくらいに、六畳間の空間を全部使って、転げまわった。

鳩村圭子は、また別人になり、書店で立ち読みした性愛秘本から得た知識で、不感症をなおすにはこうするとか、妊娠しないにはこうするとか、キャッキャッ笑いながら、はしゃいだ。

芥洋介は、心が傷つくことに異常に怖《おそ》れを抱いている少女には、心の存在を気づかせないのが最大の好意だとばかり、まるで、荒くれ男のふりをして、下劣に振舞った。

二人のセックスは、健全な家庭のプログラムにそったものではなく、激情や興奮がきっかけだから、とんでもない時間であることもあって、隣りの部屋から抗議を受けることもあった。

そんな瞬間だけ、二人の間に居座っている実体のない天才は消えて、仲が良かった。

ところで、鳩村圭子は、まるで、いつか会社の先輩の矢野伝が、あてずっぽうのホラでしゃべったことが適中したように、感じない時には聖女を支持し、感じてしまうと妖女を理論化して、ふしだらの限りを尽す、というようになるのであった。

そういえば、わかる筈のない、恥骨が高く、毛深いといったことも矢野伝の言った通りで、そうなると、妊娠しやすいという占いも、信じた方がいいかと思ったほどだった。

鳩村圭子について、何を知っているかというと、実は、何も知らなくて、あれは面白いけど疲れるぜと、大抵の学生が尻《しり》ごみするタイプが、たまたま好きなだけで、もう三年近くもつき合っていた。

無責任なようだが、彼女がどういう家庭の娘で、彼女に備わっている性格が何によるものか、また、彼女に与えられている自由や気儘は、どんな環境によるものかさえ知らなかった。

いつも、目の前に現われたり、消えたりする彼女を、その時は、誠実に見つめたり、受けとめたりするだけで、それ以上に踏み込んで、鳩村圭子の正体を探ろうとしたことはなかった。

しかし、狭い部屋で寝起きし、食事したり、セックスをしたり、間の時間に未来についてしゃべっていたりすると、自然にわかってくるところもあった。

大体が思った通りであったが、思った以上であったのは、独占欲の強さと、嫉妬心《しっとしん》の深さであった。

この二つで気持が捻《ねじ》れると、もう、壮絶なセックスで息も絶え絶えになるか、あるいは、時間をかけて、彼女の我儘通りに従順になるしかなかった。

独占欲には、芥洋介の未来までも支配するという恐さがあった。

そして、独占欲と感じるのは芥洋介であって、鳩村圭子は、むしろ、神がかり的な自己犠牲と思っていることが多く、彼女は、私はあなたの役に立ちたいのだ、と言った。

たとえば、絵描きにモデルが必要なように、詩人に、最初に読んで聞かせる愛人が不可欠のように、私をあなたの才能のために使ってほしいと、くり返した。

彼女は、そうすることによって、芥洋介が、天才はともかく、何かで花開く、彼の口癖の一等賞は取れると信じているようだった。

鳩村圭子の言葉には、胡散臭《うさんくさ》さはなかった。それは、ずいぶん重いことであった。

彼女の独占欲と関連しているのだろうが、嫉妬心は異常と思えるほどで、不思議なことに、彼女が、今、いちばん嫉妬の対象にし、芥洋介の口から名前が語られることにも動揺するのは、株式会社宣友のアルバイト学生の上川一人であった。

八

冷房完備は、デパートか、大劇場か、大企業のビルくらいで、大抵のところは汗みどろになって働いていたから、この年発売されたホンコン・シャツは、たちまち大ブームとなった。

ホンコン・シャツの名の由来はわからないが、半袖のワイシャツのことで、ボタンダウンの襟とか、折り返しのついた袖とか、ファッション的に気を遣っていて、これにネクタイをすると、背広なしでも、一応の形は整うというものだった。

銀座四丁目の交差点を行き交うサラリーマンの流れを見ていると、誰もこのホンコン・シャツで、涼し気な夏の風物とうつるよりは、やはり、涙ぐましいほど健気《けなげ》な戦士と思えるものだった。

彼らは、日没とともにビアホールへ行き、多少開放的な酒の飲み方を覚えながら、たとえば、八月十三日、東ドイツ政府が、西側への難民流出防止のために、東西ベルリンの境界を閉鎖するベルリンの壁を構築したというニュースなどを、話題にしていた。


鳩村圭子が、上川一人に対して嫉妬心を抱くというのは、考えてみれば、妙なことで、彼女は、上川とは一面識もなかった。

それにもかかわらず、ヒステリーを起しそうになるほど意識するのは、芥洋介の口から、再三、彼のことが語られていたからで、それは、どこか、夢中になっていると感じさせるものがあった。

芥洋介は全くの無意識であったに違いないのだが、彼が語る上川一人とのエピソードは、聞く人間に妬《ねた》ましさを覚えさせるほど、他人を疎外した二人の世界、という感じであった。

「厭だわ。あなた、それは恋よ」

と、鳩村圭子は、その度に眉《まゆ》を寄せた。

それから、男になんか夢中にならないで、私のことを、絵でも、文章でもいいから、いっぱい、いっぱい描いてほしいわ、私、あなたを触発するためなら、どんな姿だって見せるつもりなんだから、と見当違いのことを言ったりした。

そんなスジ違いの鳩村圭子の嫉妬はともかくとして、その頃、事実、芥洋介は、上川一人と一緒にいることが、楽しくてしようがない、という気持になっていた。

そして、ずいぶんと理不尽な要求をし、無駄な時間も遣わせたが、上川一人は、何故か芥洋介に対してだけは柔順で、ほとんど厭な顔一つせず、何に対しても、いいですよと言った。

株式会社宣友における彼の評判は、必ずしもいいものではなく、さすがに絵は上手いねとは言われていたが、それを活用する仕事がないとそれまでで、得体の知れない奴だと思われていた。

少年に見え、老人に見えという個性は、複雑さや深味を感じれば魅力だが、そうでないと不気味な印象だけで、最も下世話な観察者の素質を備えている受付の木村由美などは、

「あのひと、芥さんには、ぼくって言うでしょう。けど、私たちには、おいらって言うのよ。おいらよ。そして、私にも、あたいって言えって言うのよ。失礼しちゃうわ」

と、不快がり、デスクを並べている矢野伝にしても、何か気配を感じるのか、口もきかない状態だった。

その上川一人と、芥洋介は、一瞬たりとも離れない感じでいた。

芥洋介にとって彼は、初めて出会った同じ言葉を有する人間で、彼を手放したら、二度と同じ言葉で話すことが出来なくなるのではないか、とさえ思っていた。

それは、上川一人にしても同じようで、

「芥さんは、忍耐強い人だなあ。この会社に二年もいるんですよね。ロビンソン・クルーソーか、巌窟王《がんくつおう》だなあ。ぼくなんか、芥さんがいるから我慢してるけど、とても駄目ですよ。二年もいたら、失語症になってしまいますよ」

と言っていた。

二人は、何やら、二人だけが都会からの疎開児童であるような気持で、ほとんど言葉が通じない教室から脱出して、めいっぱい東京弁を語り合うような、そんな日々を送っていた。

妙なもので、芥洋介は、上川一人が驚くような提案をしてみせなければと思い、上川一人は上川一人で、どう応えれば芥洋介が喜ぶかと、懸命に考えているようなところがあった。

そう考えると、鳩村圭子の上川一人に対する嫉妬も、まんざら、見当違いとも言えなかった。

時折、顔を合せることのある総務部の久能原真理子の、如何にも彼女らしい冷ややかな皮肉にも、それを感じさせるものがあった。

ある日曜日など、二人は、写真部の荒畑明夫《あらはたあきお》を誘って休日出勤し、猥写真の大量複写をしたことがあった。

営業部の駒井秀樹から一セット貰ったもので、複写して密売しようなどという魂胆があったわけではないが、何百枚もの男女の絡み合い、ということは、何百組かの性器の結合があるわけで、それを会社中にひろげてみたら面白いだろう、というだけのことだった。

企画部に十近くあるデスクの上に、まだ充分に乾ききっていない猥写真を並べると、猥褻や妖《あや》しさはかき消えて、灰色の世界に埋め込まれた道化の呻《うめ》きを聞くのであった。

上川一人は、陰毛の形とセックスの癖の関連についての解説を口にし、芥洋介は、女の年齢について拘泥り、荒畑明夫は、ペニスの勃起《ぼっき》の具合について興味を示していたが、それも数十分のことで、部屋中に充満した見えない霊魂に圧せられるように、無口になっていった。

煙草だけをやたらに喫った。滑稽なほどに溜息をついた。

仕方がないので、レコード・プレーヤーで、いつもの、アート・ブレイキーとジャズ・メッセンジャーズの「モーニン」をかけ、まるで人工呼吸を期待するように、パッパ、パラリヤ、パッパパとメロディをなぞった。

少し気持が楽になり、このての写真の女の顔が、何故、平べったくて大きいのか、鼻が低く、唇がぶ厚いのに、眉だけ細く剃《そ》っているのはどういうわけか、また、臍《へそ》から下の腹の面積が広く、肥満体にもかかわらず、太腿《ふともも》が細く、曲って、貧弱なのはどうしたことかと、話し合った。

しかし、大して盛り上った話にはならなかった。

「なあ、印画紙の使用の伝票は、ちゃんと出してくれよな。立派な理由を付けてさ」

荒畑明夫は、やっと現実に戻り、それから、

「儲《もう》けたら、少しリベートをよこせよ」

と、さもしい根性を出してニヤニヤ笑い、でもさ、これどうする気だよ、と呆《あき》れた。

「いいや。これ全部やるよ。もういいんだ。なッ、もういいよな。何百枚もこうやって見てると、吐きそうだ」

芥洋介が言うと、全部貰ってもしようがないよ、困るよと尻ごみし、しかし、結局、荒畑明夫が持って帰ることになり、彼は、それからしばらくの間、

「家に置いとけないし、会社に置いて帰るわけにもいかないし」

と、何百枚もの猥写真が入った鞄を、片時も手放さずに持ち歩く、ということになってしまった。

それはともかく、そんな馬鹿げた遊びをしていても、上川一人は、芥洋介の思いは何

だろうと見ているところがあり、一方、芥洋介も、上川一人は驚いただろうかと、いつも考えていた。

その日も、荒畑明夫が、徒労の日曜出勤をぼやき、しかし、鞄一杯の猥写真を爆弾のように抱えて、よろめくような足取りで帰った後、二人は、銀座七丁目の老舗《しにせ》のスキヤキ屋で、鍋をつっついた。

芥洋介の奢《おご》りだった。

貧しい者が、より貧しい者にご馳走した程度のことであるが、二人の雰囲気は、笑い出したくなるような感じだった。

「ぼくと芥さんの関係は、このスキヤキで決定的なものになりましたよ」

「何故?」

「何故って、メシを食わせるって言うでしょう。これ、思っているほど楽なことじゃないんだな。メシって、凄《すご》い響きでしょう」

「そうかな」

「そうですよ」

などと、上川一人は、くすぐったそうに言っていたが、ふと、芥洋介の目を見ると、熱っぽい顔をニヤッとくずし、

「ペニスとヴァギナの霊魂が、ワンワン舞ってましたよね」

と、急に少年の顔になった。

「浮世絵描けよ」

芥洋介は、鍋の中の肉を上川一人の方に押しやりながら、自分は、焼き豆腐を食べて、半ば冗談めかして言った。全くの思いつきであった。

「そうですね、浮世絵ですよね」

と、上川一人は、今度は老人の顔になって嬉しそうにうなずいた。

何故とか、どうしてとか、また、自分の気持はどうであるといったようなことは、一言も言わなかった。

上川一人は、芥洋介所有の一セットの中から、数枚の猥写真を持って帰り、

「徹夜しちゃいましたよ」

と、翌日、寝不足の赤い目をしてやって来ると、見事な筆致の、極彩色に染め上げられた浮世絵風猥画を見せて、芥洋介を満足させたのであった。

春画の構図を取っているが、人物の顔や肢体は、あのようにバランスの悪いものではなく、どこか、アメリカのピンナップ画を感じさせるものがあった。

やはり、絵は、圧倒的に上手かった。

しかし、その絵をどうするというわけでもなく、芥洋介の要求に、上川一人が応え、それがどこかで、奇妙な信頼を作り出している遊びに過ぎなかった。

芥洋介は、仕事は仕事として、特に近頃は番組企画に興味を示して、ドラマやテレビ映画の企画書を、ほとんど一日一本のペースで書きまくっていたが、それ以外の時は、上川一人に投げ与える難題について考えていた。

芥洋介が、その次に難題として考えたのは歌であった。

上川一人が、フラメンコ・ギターの名手で、青山《あおやま》のクラブで弾き語りをやっていたことがある、フラメンコ・ギターの弾き手としては、東京で五本の指に数えられる、と自慢したことからの思いつきであった。

芥洋介は、それこそ、夜を徹して歌謡曲の詞を書き、翌朝、上川一人の姿を見かけると、写真部の現像室の暗がりにひっぱり込んで、

「ギター弾けるんだろう。それなら、作曲も出来るだろう。やってみてくれよ。これが詞だよ」

と、数篇の詞をひろげて見せ、呆然《ぼうぜん》とさせた。

夏のおもいでは　痛い　痛い
愛の数だけ　傷がある
砂に転がした　トランジスタ・ラジオ
ボリウム上げて　聴いてたよ

ああ……
海がまっかで
濡れたあの娘もまっかで
キスした俺もまっかで
ギラギラギラ　夏の海
アタマに来るな
アタマに来ちゃうな
キンとアタマに来ちゃうぜ

東京の空の下　春歌が流れる

一

　鳩村圭子の不器用さと非常識さには、呆《あき》れかえることがあった。不器用と非常識を並列していいものかどうかわからないが、この二つが重なると、驚きが倍になることは確かだった。

　その時もそうだった。

　芥洋介は仰天し、危うく悲鳴をあげるところだった。

　アパートのドアを開けると、六畳の部屋の中央に鳩村圭子が蹲《うずくま》っていた。膝《ひざ》をつき、頭《こうべ》を深く垂れ、背中を向けていた。

　背景はガラス窓で、晩秋の黄昏の色が透けて見え、寒々とした夜気に移行する直前の濁った紫が満ちていた。

天井からぶら下った百ワットの裸電球の光が、唯一の明るさになりつつある時間で、その下に鳩村圭子は影の塊のような形でいた。

「何してるんだよ」

芥洋介が感じたのは異変だった。

部屋の入口の柱に手をつき、気忙《きぜわ》しく足をバタつかせて靴を脱ぎながら、何故《なぜ》か、心臓の鼓動を除いて凍りついていくような、厭《いや》な予感を覚えていた。

六畳の部屋の、二畳とちょっとの畳の部分のほとんどを、黒いゴム引きの合羽のような物で覆い、鳩村圭子はその上で、尖《とが》り気味の肩を震わせながら、荒い呼吸で作業をしているのだった。

ゴム引きの合羽は濡《ぬ》れ、ところどころ、折れ目なり、窪《くぼ》みの部分には水溜《みずたま》りも出来て、電灯の光に鈍く黒く光っていた。

「圭子」

芥洋介が強い声で呼ぶと、鳩村圭子は初めて気がついて、何だ、もう少し早いか、もう少し遅いかだといいのに、間《ま》が悪いんだからとブツブツ言いながら、ノロノロと立ち上り、こっちを向いた。

仰天し、悲鳴をあげそうになったのは、その瞬間だった。芥洋介は、自信なさげに指をつき出し、何を指さすでもなく上下させながら、きみはとか、馬鹿《ばか》とか言った。

鳩村圭子は、壮絶な姿をしていた。

芥洋介の目にどちらが早く入ったかわからないが、刃先から血が滴る出刃庖丁《でばぼうちょう》をだらりと下げ、放心したような足取りで近づいて来るさまか、それとも、返り血で顔面から胸まで紅《あか》く染めた形相の方か、いずれにせよ、狂乱で、雪が舞うなり、半鐘が鳴るなりの舞台の装置が必要だと思えるほどだった。

「何やってるんだ？」

「解体」

鳩村圭子が無感動に答えた。

「バラバラか？」

「そう、バラバラ。なかなかバラバラにならないけど。見て、これ、みんな返り血よ」

「人間ってことはないよな」

「馬鹿ね」

「何？」

「鰤《ぶり》よ。スーッと切れないんだもの。格闘していたら、美味《おい》しそうなところはミンチになっちゃった」

それから、また、鳩村圭子は、ゴム引きの合羽の血溜りの中に膝をつき、出刃庖丁の柄を両手でしっかりと摑《つか》むと、頭上に高々と振り上げ、鰤のカマの部分に刃先を何度も突き立てるのだった。

鰤の頭を切り落そうとしていた。しかし、それほど鋭利でない出刃庖丁のせいか、鳩村圭子の非力のせいか、それとも、不器用のせいか、切り傷を残酷に増やすだけで、解体に至らなかった。

鳩村圭子は意地になっていた。いや、熱中し、夢中になっていて、どこか恍惚《こうこつ》とした表情を真紅に染った顔に浮かべながら、その動作をくり返した。

「やめろよ。何だってこんな部屋で、鰤の解体をやるんだよ。全く、きみは非常識なんだから」

「え？」

「え？　じゃないだろ。見てみろよ。警察に踏み込まれたら、言い訳も出来ないような惨状だぜ」

「貰《もら》ってきたのよ。一メートルの鰤一本。こういうの喜ぶと思ったのよ。運ぶのだって大変だったのよ。出刃庖丁だって無いし、このゴム引きの合羽を借りて来るのだって大仕事だったんだから。ねえ、面白がってよ。常識的なことを言って不機嫌にならないでよ」

気がつくと、狭い六畳の部屋には、生温かいような血の匂《にお》いが立ち籠《こ》め、まともにそれを吸い込むと吐き気がしそうで、芥洋介は、立て付けの悪いガラス窓を開け、外気を入れた。

そして、煙草《たばこ》を喫《す》いながら、低い声を喉《のど》の奥にからませて笑った。

作業の手を休め、顔をふり向けて、何？　と鳩村圭子が問うので、

「誰かを殺して、バラバラにしてるんだと思ったんだ。さっきさ、帰って来た時」

と答え、全くな、そういう感じだったぜ、鬼気迫るってやつでさ、と言った。

一瞬だが、芥洋介が、そんな風に思ったことは事実だった。

たとえば、鳩村圭子の非常識は、六畳の座敷にゴム引きの合羽を敷いて、鰤を解体するということで、決して、殺人を犯すといった種類のことではなかったが、しかし、何か潜在的に怖《おそ》れるものがあるのか、芥洋介は身震いした。

「バラバラにするなら、あなたよ。芥洋介だわ」

鳩村圭子は真顔で言い、それから、裂帛《れっぱく》の気合といいたい声でエイッと叫ぶと、出刃庖丁を振り下し、とうとう鰤の巨大な頭を切り落すことに成功した。

彼女は、そこで初めて笑い、お風呂へ行こう、帰りに何か食べよう、それから、土曜日だから、温泉マークへ行こうとはしゃいだ。

部屋はどう見ても殺人現場だった。あるいは、死体を切り刻む、バラバラ事件凶行の場だった。

黒いゴム引きの合羽の上に、無残な形になった鰤が、シュールな絵の配置のようにアナーキーに並び、赤い魚肉がところどころ、ピラミッドのように盛り上っていた。

「食べるのか、これ?」

鳩村圭子は首を振り、明日はわからないけど、今日はね、今日は絶対に食べないと、きっぱりと言った。

何て馬鹿なことをとか、何て無駄なことを、と言っても仕方なかった。これが鳩村圭子だった。どこまでも不器用で、非常識であった。

「食えやしないよな。この中でさ」

芥洋介は言い、それから、あとで、俺《おれ》が刺身と切身ぐらい作るから、近所に配ろうと、とりあえず、流し台の方へバラバラの鰤を移動させ、ゴム引きの合羽を片付け始めた。

腹立たしくはなかったが、溜息《ためいき》は出た。

芥洋介と鳩村圭子の同棲《どうせい》生活は、こんな風に、家庭の擬似体験とは無縁の非常識さ、理不尽さで、今度は比較的長くつづいていた。

最初の時は三十五日間であったから、それに比べると数倍の日数になっていた。

もっとも、鳩村圭子が、ずっとこの部屋にいたかというとそうでもなく、二、三日、あるいは、数日いなくなることは再三で、そんな時、彼女は、父のところへ行っていたと言うことが多く、それは、どうやら、家へ帰っていたと同義語ではなさそうだった。

芥洋介は、それらの事情に関しては、鳩村圭子の方から話さない限り、何も訊《き》かなかった。しかし、父のところと家とが、別の場所であるぐらいの察しはついた。

梅雨の季節に始まった二度目の同棲が百日を超えても、結婚生活とか、家庭とかとは似て非なる非現実さが、芥洋介には救いだった。

そういう意味では、彼は、女と同棲生活を送っているという後ろめたさも、ましてや、罪悪感なども全くなかった。

鳩村圭子と一緒にいることは、刺激的で面白く、ただ、時折、こんなようにひどく疲れることはあった。

「バラバラにしちゃうから」

鳩村圭子は、流し台で血まみれになった顔を洗い、濡れたタオルで首から胸への血を拭《ふ》きながら、嬉《うれ》しそうに言った。

それから、彼女は、狭い空間に爪先立《つまさきだ》ちながら、血まみれのブラウスやスカートを脱ぎ、ほとんど裸になって、黒のトックリ・スウェーターとジーパンに着替えた。

そして、いつものように、手脚がチグハグな不思議な歩き方をして近寄ってくると、どういう意味か溜息をつき、生意気な手付きと表情で、薄荷煙草のセイラムを喫った。

窓は開け放しだった。

十一月の第一土曜日の黄昏が、雨に光りながら夜になりつつあった。それほどの寒さではなかった。

「鰤一本ね。父に買って貰ったの」

「あなたのこと。芥洋介は、結婚する人だって言ったの」

「へえ」

「何だって？」

「会いたいって、あなたに。父が」

「待てよ」

鰤一本と結婚にどういう関係があるのかと、芥洋介は憮然《ぶぜん》とし、結婚なんかしないよ、俺、バラバラにされたってしないからなと言い、きみだって似合わないよ、なッ、そうだろうと鳩村圭子の顔を覗《のぞ》き込んだ。

「父も非常識な人だから、大丈夫よ」

「父は父さ」

それから、芥洋介は、風呂だ、帰りに屋台でおでんを食って、熱燗《あつかん》を飲んで、温泉マークへ行こうと、鳩村圭子の肩を抱いた。

二

翌日の日曜日はよく晴れた。

透明な晩秋が初冬に変りそうな寒さが、急激に満ちていた。

鳩村圭子は、「さよならをもう一度」を見たいと言い、日比谷の映画街へ出ることをせがんだが、芥洋介には仕事があった。

「さよならをもう一度」は、フランソワーズ・サガンの小説「ブラームスはお好き」を映画化したもので、主演は、イングリッド・バーグマンとイヴ・モンタン、監督は、アナトール・リトヴァクで、ダイアン・キャロルのテーマソングも知られていた。

今日は駄目だと芥洋介が言うと、鳩村圭子は不機嫌になり、それなら、一人で見て来るとか言っていたが、隣りの部屋の学生が麻雀《マージャン》を誘いに来ると、嬉々《きき》として行ってしまった。

昨夜から、少し不機嫌だった。

予定通り銭湯へ行き、屋台のおでん屋で熱燗を飲んで、おでんを食べ、駒込駅近くの温泉マークで二時間ほど過したが、ずっと口数は少かった。

その間二度ばかり、私が結婚してはおかしいかなあ、二十二歳になるんだけど、と呟《つぶや》くように言ったが、目は笑っていて、とても本気とは思えなかった。

しかし、その都度、冗談言うなよ、きみのような天才がさ、といった口調でからかっていたが、そのあたりから、明らかに不機嫌さは増した。

芥洋介が、どうしたんだと訊くと、鳩村圭子は、疲れたのよ、鰤で、と言っていた。

その鰤は、深夜から明け方にかけて、芥洋介が器用にさばき、隣り近所に気前よく配り、二人もまた、朝から、鰤づくしを食べた。

鳩村圭子が麻雀に出掛けたあと、芥洋介は、机に対《むか》って仕事を始めた。時折、結婚が気になり、彼女の真意はどこにあるのだろうかと思った。

しかし、それもすぐに忘れ、原稿用紙のマス目を次々と埋めて行く作業に没頭した。

仕事は、株式会社宣友の社内親睦誌を編集することであったが、原稿がさっぱり集まらず、編集どころか、全ての原稿を芥洋介が書くことになった。

編集発行人は企画部長の水原直也、ただし、彼は、全くの名義人で、実際は矢野伝が責任を負うことになっていたが、例によって、きみがやれよ、きみにはチャンスだとか何とか言って、すっかり押しつけてきた。

当初は、編集会議も開き、原稿の執筆者もそれぞれのセクションの人間に割り当てていたが、何だかんだと忙しがって原稿が集まらず、芥洋介も馬鹿馬鹿しくなって、

「下手な原稿に、何で俺がお願いしなきゃならないんだよ」

と腹を立て、それなら、全部俺が書く、座談会も、インタビューもみんなデッチ上げてやると、腹を決めた。

しかし、粋《いき》がるほど楽なことではなく、今日の日曜日に、死に物狂いで書かなければならないところまで、追い込まれていた。

考えてみると馬鹿な話で、現に、仕事を押しつけた矢野伝ですらが、

「きみな、そのうち、インポになるぞ」

と、必ずしも感謝も評価もしていないようなことを言った。

薄い壁ごしに、麻雀のパイをかきまわす音と、けたたましい笑い声が響き、その中に、鳩村圭子の悲鳴に似た嬌声《きょうせい》が交っているのがわかった。

芥洋介は、巻頭の、株式会社宣友製作の銀座のネオンを称《たた》える「空に大きなほほえみがある」という詩を書き、社長になりすまして、「ちょっと一言」という社内誌創刊に際してと題するメッセージを書き、「つれづれ」という欄に、社員の日常雑感をエッセイ風に書き、女子社員の爆弾座談会「男性社員にもの申す」というのをデッチ上げ、それから、色どりに、ショート・ショート・ストーリーも書いた。

人混みにハートを捨てよう

最近K子と会っていても、退屈することが多い。どうしてそうなのか、Qにはわからない。そんな時でも、K子から、私を愛しているかと問われれば、たぶん、愛していると答えるに違いないのだが。

★

西銀座の人混みの中で、K子は、ハートを拾った。

ハートはアルコール漬けにされ、目立たぬ色の化粧箱にきちんと収められていた。箱には、黒いリボンがかけてあった。

「誰か失恋した奴《やつ》が捨てたんだぜ。きっと」

と、Qが言った。

「捨てろよ。気味が悪いや」

「でも」

K子は渋った。K子の目は、ガラス瓶の底に陽光から逃れるようにへばりついている海綿体の真赤なハートを、凝視したまま動こうとしなかった。

「海の底のサンゴみたい」

「真赤なハートが黒いリボンをかけてるなんてのは、グロテスクでいけねえ」

ハートは時々動いた。その度に、もの悲しいキュッキュッという鳴き声を立てた。

「俺たちの話がわかるらしいぜ」

Qが顔をしかめた。

「話をする度に、キュッキュッ鳴かれるなんてのはごめんだぜ。俺は」

「可哀相だわ。どうして捨てられたのかしら」

「捨てて来いよ、元の場所へ」

「いや」

「なら、俺が捨てて来てやる」

「駄目よ」

K子は何故かかたくなに、瓶を摑もうとしたQの手を、はげしくふりはらった。

「本気で、その誰のものともわからない臓物を飼うつもりなのか?」

「本気よ」

K子は、ハートの入った瓶をQからかくすようにして持つと、いとおしそうな目で見つめ、チッチと歯の間で舌を鳴らして愛情を示した。ハートは、それに答えるようにゆっくりと瓶の底を一回転し、キュッと鳴いた。

「勝手にしろ」

Qが苦々しく吐き捨てた。

「あなたが悪いのよ。最近のあなたが」

立ち去ろうとするQに、気弱げに、K子がいった。

★

K子は勤めから帰って来ると、その日一日の出来事を、瓶づめのハートに話して聞かせるのが日課になった。ハートは、それぞれの話に対して、微妙な変化を色や姿態に見せて反応を示した。

最初の頃は、見て来た映画の話だとか、買い物の話、会社での噂《うわさ》話などを語って聞かせていたが、だんだんQの話題が多くなり、今ではほとんど彼の話ばかりになっていた。

K子は、Qとはあれ以後会っていなかった。この冷却の原因がハートにあるとは思えなかった。少し以前から、二人の間には退屈な空気が流れてい、いつかはこんなことになるのではないかという予感が、何とはなしにK子にはあった。それが当った。予感の当ったことがK子は淋《さび》しかった。

K子はQを愛していた。一日一度は、Qの名を口にしないではいられなかった。それには、このハートは絶好の聞き役といえた。K子がハートに語って聞かせるQの話は、祈りにも似たものだった。Qの姿は、彼女の願望ですべて美化され、完全無欠な男の像として瓶の中のハートに伝えられた。

それが何日も何日もつづいた。

やがて、Qの話が栄養素のように、ハートが大きく輝いて見えるようになった。

そして、ある夜、K子の部屋からハートが消えた。

★

ハートが消えて三日目、K子の部屋をQが訪れた。

あまりの嬉しさにK子は、あのハートがなくなったのがよかったのかなどと思った。はしゃぐK子を見ながら、Qは具合悪そうな顔をした。Qは一人ではなかった。K子より一つ二つ若いきれいな娘が後ろに立っていた。

「わかる？　この人」

Qがいった。

「いいえ」

「きみが拾ったハートの持ち主だよ」

「じゃあ、あのハートは」

「ちゃんとこの人の胸に返しておいたさ」

娘は、一度は虚《うつ》ろになった胸をおさえて、恥ずかしそうに笑った。

「俺」

と、Qが口ごもった。

「この人と結婚しようと思うんだ」

K子は耳を疑った。そして、えッと問い返した。

「私、Qさんと結婚しますの」

今度は娘が答えた。西銀座の雑踏の中へ自分のハートを捨てた時は、どんな顔をしていたろう。今はそんなかげりもなく、晴ればれとした顔だった。

「だって、あなたから、あんなに毎晩、Qさんのいいところばかり聞かされたんですもの」

娘は含み笑いをしてQを見た。

K子は、自分のハートが、音をたてて分離するのを感じた。

★

西銀座の雑踏の中へ、K子は自分のハートを捨てた。ハートはアルコール漬けにし、目立たぬ色の化粧箱にきちんと詰め、箱には黒いリボンをかけた。

三

その日、鳩村圭子は麻雀で大敗を喫し、貞操で支払うという騒ぎになった。

あろうことか、半日の間に、国士無双を二回と字一色《ツーイーソー》を振り込んだというのだから、大負けになるのも当然で、芥洋介は、夏のボーナスで質受けしたばかりの35ミリカメラのペトリ35を、また質屋の蔵へ戻し、鳩村圭子の貞操を救った。

夜、鰤の刺身と照焼きを、ゲップの出そうな顔で食べながら、

「捨ててくれたらいいのに。私のことなんか救うことないのに。天才なら、そんな平凡なことはしないのに」

と、鳩村圭子は、全く身勝手な腹立たしいことを言っていたが、どういう感情の昂《たかぶ》りか涙を流した。

昭和三十六年の晩秋から暮にかけて、広告とかクリエイティブに関わる人間にとって、見過しに出来ないものが二つあった。

一つは、女性の生理用品アンネ・ナプキンが発売されたことで、そのキャッチフレーズは、「40年間お待たせしました」というものであった。

つまり、「欧米では40年も前から、そして、今では85パーセント以上のご婦人が、このタイプの製品を愛用しています。ところが、三千万日本女性は、この面では古めかしい明治以来の方法しか提供されておらず、知らぬ間に40年間も遅れていたわけです」というのが新聞広告のコピイで、女性の生活と意識を変える新製品と評判を呼んだものであった。

芥洋介が感心し、衝撃を受けたのは、製品の質もさることながら、アンネというネーミングで、この一つによって、何やらおぞましいイメージの生理日が、軽やかに語ることの出来るものになり、暗い宿命的な観念から解き放されたように思えたことであった。

生理日がアンネの日に結びつく必然性が、何なのかはわからないが、アンネ・ナプキンという製品名も含めて、これの果した役割は大きかった。

月経帯、生理バンドといった呪縛《じゅばく》や拘禁を思わせる響き、お客様、旗日、アレといった隠語からの解放を果していて、言葉とは凄《すご》いものだと思った。

とすると、芥洋介がこの夏に取り組んだシームレス・ストッキングのCMも、単なる製品広告を超えて、もっと女性の生活や意識の変革に食い込むべきではなかったかと、新たな反省や悔いが生れたりした。

シームレス・ストッキングのＣＭは、苦労の甲斐《かい》あって採用され、ハイスピードの美しい映像のフイルムとなって放映されているが、アンネのような一言を考え出せなかった無念さが、今では、芥洋介にとって色褪《いろあ》せた仕事に思わせていた。

もう一つのクリエイターの衝撃は、アメリカのミュージカル映画「ウエスト・サイド物語」の封切であった。

この、ロバート・ワイズとジェローム・ロビンスが共同で監督し、レナード・バーンスタインが全曲作曲したミュージカルは、従来の音楽劇のイメージを一変させるパワーを持ったものであった。

ニューヨークの下町を舞台に、貧しい白人層とプエルト・リコからの移民との対立、つまり、人種問題を核にした現代の「ロミオとジュリエット」で、歌といい、ダンスといい、まさに現代そのもので、これまでのミュージカル映画が特色としていた非現実な空想と、華麗な現実逃避は此処《ここ》にはなかった。

いわば、タブーだらけであり、タブーこそが新しさだと教えていた。

芥洋介は、この映画を、クリスマス・イブに久能原真理子と見、強い衝撃を受けて、映画館を出たあと、ほとんど口もきけない状態になっていた。

「がんばってね」

どういう会話のつづきなのか、久能原真理子がそう言ったが、芥洋介にとっては、次

元の違う空間で希薄な空気に喘《あえ》いでいるような状態で、

「がんばりたいけどねえ」

と、情ない答え方をしたものだった。

「ウエスト・サイド物語」の中で歌われるナンバーの、「トゥナイト」「クール」「アメリカ」は、たちまちにしてヒットパレードの上位にランクされ、ブームとなった。

「アンネ」に感心し、「ウエスト・サイド物語」に衝撃を受け、言葉の威力や価値や、新しさを求めることの重大さを意識はしていたが、広告代理店宣友の社員に過ぎない茶洋介は、それによって何かが変るということはなく、相変らず、嘱託――アルバイト学生であったが――の上川一人と連れ立って、馬鹿なクリエイティブ遊びをしたり、飲み歩いたりしていた。

馬鹿なクリエイティブ遊びとは、茶洋介が思い付きで詞を書き、ギターが得意の上川一人に作曲を強要することで、既に十数曲が完成していた。

ぼくにあるのは
あくびするよなポンコツ車
腹を空《す》かせた　あひるのダッキー
それだけがぼくのもの

それだけがぼくの仲間さ

といったものがあるかと思うと、「親不孝ひろっぱ」などという詞は、歌らしくもない不良少年の群像を描いたもので、たとえば、

親不孝ひろっぱ
ドラム缶のジルジャン
暗闇をぶったたいて
ぶさいくなドラム合戦

と、どこまでが本音なのか、かなり鬱積《うっせき》したものを吐き出そうとしている。

そういえば、ポンコツ車に乗って、あひる一羽を相棒にどこかへ行こうとしているのも、それの裏返しと思えないこともない。他に、「宝島見つけた」とか、「女の童話」とか、「えれじい」とか、「ちゃんちゃらおかしい」とか、「危険な恋」というのがあった。

いずれにせよ、必ずしも統一された詞ではなかったが、上川一人は、それらの強要に対して不満を言うでもなく、律義に作曲をして、芥洋介を喜ばせようとした。

しかし、それらの作品は、詞があり、曲が付き、一応の完成をみるとそれで終りであ

った。

「出来ましたよ。いいと思うんだがなあ」

と、上川一人が少年のような顔をし、さらに、口を開いて前歯の欠けた老人の顔に変《へん》貌《ぼう》させながら、ギターを弾いて歌って聞かせるのがたった一回の発表の場で、時折、受付の木村由美や、総務の久能原真理子が聞き役に加わっているくらいのものであって、どうするというものでもなかった。

それにしても、上川一人は、芥洋介に対しては不思議なほどに従順で、何を言っても厭がらなかった。

お世辞もあるのだろうが、芥さんがいるから宣友にいるんだと、くり返し言いつづけていた。

四

秋から、二人連れ立って飲みに行くことが多くなった。

会社では、全てが芥洋介の主導で進んでいたが、夜の街に出ると、圧倒的に、この二十歳そこそこの美大生の方が顔ききで、あっちこっちへ連れまわした。

芥洋介がサラリーマンになって三年目が過ぎようとしていたが、相変らずの薄給で、

そうそう毎夜飲み歩くほどの余裕もなかったのだが、そんな時、上川一人は、

「平気ですよ。出世払いの店をいっぱい知ってますから。それに、芥さんとぼくなら、出世払い間違いないんだから平気ですよ。威張って飲みましょう」

と、渋谷《しぶや》や恵比寿《えびす》あたりのバーへ連れて行った。

これは、よほど馴染《なじ》んでいないと言えない言葉で、芥洋介は、出世払いか、もうひとつ自信がないけどな、と言いながら感心していた。

それにしても、出世払いだからと甘えているわけにもいかず、月給日などには、借金払いをする意志を一応見せると、

「あの店ね、潰《つぶ》れちゃいました。それから、恵比寿の方も。何だか、芥さんとぼくが行くと、みんな潰れちゃうみたいですよ。得しちゃいましたね」

そんなことを言って、欠けた前歯を見せ、ひどく老けた顔をして大笑いするのであった。

それでも、一軒だけ潰れない店が青山の裏通りにあった。

上川一人は、そこでも、二十歳を一つ二つ過ぎたばかりの青年とは思えない、老成した遊び人ぶりを発揮し、出世払いにもかかわらず、大事に扱われていた。いわば、人気者であった。

芥洋介には、多少気がひけるところもあったが、彼の人気者ぶりに便乗し、珍しく気楽に遊んでいた。全くもって、上川一人には敵《かな》わないと思えるところがあった。正直言

って、主導権をすっかり奪われ、面倒を見られている感じもどこかにあって、いまいましく思わないでもなかったが、それは大して重大なことではなかった。

それに、上川一人の態度が別人のように変ったということではなく、芥洋介に対しては礼を失したり、敬意を忘れたりということは全くなかった。ただ、彼の方が顔がきいた。

上川一人は、驚くほど飲んだ。

ウイスキーがほとんどだが、時々、ジンとかウォッカとか、喉が灼《や》けそうな酒も平気で飲み、人生の多くを酒とともに過した放浪者のような顔をした。

アルコールは躰《からだ》に馴染みやすいようで、いくらでも飲み、飲んだだけ細胞にしみわたり、まるで海綿体のように柔らかくなったが、酔うことも酔った。

そのバーには、彼のためのものなのかどうか、ギターが置いてあって、ある程度酔うと、上川一人は実に尊大な態度で、

「おい、ギター」

と、店の女に命じ、持って来させると、フラメンコ・ギターを披露するのが常だった。

店の奥まったところの角に躰を押し込み、仏像のような形で片脚を胡座《あぐら》にすると、まるで琵琶《びわ》のようにギターを立てて構え、五本の指を弾《はじ》いて、激しいフラメンコを弾くのであった。

ギターの弾き語りで金を稼いでいたとか、東京で五本の指に入る腕前《うでまえ》だと言うのも、

まんざら嘘《うそ》ではないことを実証出来るテクニックで、弾き終ると、

「どうだ」

と、女たちに威張ってみせ、それから、芥洋介に、こいつら、湯の町エレジーしか知らないんですよと、軽蔑《けいべつ》したような顔をすることもあった。

フラメンコ演奏が終ると、献上品を受けるような胸をそらした態度で酒を貰い、それをジュースのように飲み乾《ほ》すと、

「おい、コースター」

と、また尊大ぶりを発揮して、新品のコースターを持って来させ、それをトランプのように切ると、一枚一枚テーブルの上に並べて、そこからは、歌麿か北斎かという顔つきで、春画を描き始める。

それが枯れたと見える筆致で、なまめかしさにニタつきながら何枚も仕上げていくさまは、とても、まだ美大に通うアルバイト学生とは思えなかった。

店の女たちがキャアキャア騒ぐのは、春画の猥褻《わいせつ》さに対してで、これは大き過ぎるとか、この体位は無理だというものであったが、中には感動する者もあり、芥洋介もその一人であった。

芥洋介は、全くの脇役で、チビリチビリと飲んでいるしかなかった。そういう彼に気を遣ったのか、上川一人は、ある時、

「ねえ、芥さん、この春画の横に、エロチックな都々逸《どどいつ》を書いて下さいよ。そうすると、値打ち物なんだがなあ」

と、甘えたような声で言い、それから、店のママやら女たちに、芥洋介は大変な才人だから、即興で都々逸だって何だって作れる、と無茶を言った。

「都々逸なんて知るかよ」

芥洋介が言った。

「出来ますよ。いつかやったじゃないですか。お題拝借で、七・七・七・五のエロチックなやつ」

そういえば、企画部の小規模な宴会の時、隠し芸を強いられて、即興都々逸をやったことがあった。しかし、得意技というよりは、その場の雰囲気への反発みたいなものがそうさせたのであって、値打ち物だと言われても、困るしろものだった。

「都々逸って古いものだけど、考えようによってはポップだと思うんだ。芥さんがやった時、そう感じたんだがなあ」

上川一人は、とまり木の上に猿のように腰かけ、上体を少し揺らしながら、春画に春歌、いいじゃないですかと笑った。

「馬鹿言え」

そこで、店の女たちからヤンヤの声が上って、ウイスキーだ、氷だ、グラスだ、アタ

リメだ、割箸《わりばし》だと題が出され、

「しょうがねえな。落語家の大喜利じゃねえんだから」

なんて渋りながらも、芥洋介は、いくつかの猥褻な都々逸をものしたりした。

そんな時、少々の得意とそれに倍するほどの空しさがあって、芥洋介は、嬌声と卑猥な笑いの中で道化を意識し、だから何なのだ、と思うのであった。

〽舐《な》めて　とろけて　焦《じ》れてるよりも
　いっそ嚙《か》まれて　砕けたい
〽あなた好みに割られるよりも
　わたし好みに　ストレート
〽罪なカクテル　だまして飲ませ
　朝は朝とて　サイドカー
〽尻《しり》に敷かれて、ビショビショ濡れて
　声も立てずに　コースター

上川一人は酔うと、躰の関節がはずれてしまったかのように柔らかくなり、足首を摑んで後頭部の方に回してみせるという芸も出来た。四十キロ台の痩《や》せた躰は、インドあたりの行者のようで、四肢をクネクネとからませたりしていると、その方の能力もあるかと思えた。

また、彼は、太った年上の女にしなだれかかる癖があり、

「ぼく、こういう醜くて、無神経な、年上の女が安心出来るんだなあ。芥さんはどうですか?」

などと言いながら、女の腋《わき》の下や膝に涎《よだれ》を流して眠ってしまうのが常だった。

そうなると、芥洋介は、その後の上川一人につき合うことをやめ、一人で店を出て帰った。

大抵、即興都々逸を褒められたり、愛想よく送り出されるのだが、そこから、駒込のアパート、鳩村圭子がいる筈《はず》の部屋へ帰るまでの時間の、心の寒さといったら、どう表現していいかわからないほどのものであった。

かといって、鳩村圭子をあの太った老けた女に見立てて、しなだれかかって眠るということは、芥洋介には出来なかったし、また、鳩村圭子もその役を考えると、明らかにミスキャストであった。

彼女は、やはり、出刃庖丁を振り上げて、巨大な鰤と格闘している方が似合った。

どちらかというと、久能原真理子の方がまだしも適しており、彼女は美しく、年上とはいえ若かったが、もしかしたら、頭を撫《な》ぜながら眠らせてくれるかもしれないと、ひ

そかに思ったりした。

そういう帰り道、東京の空に熱帯の果実のような月を見ることがあった。月が実体であると思えることもあったが、逆に、月が空虚に透けて見えることもあって、そんな時には、「トゥナイト」や「クール」よりも、春歌が妙に息づいて心に満ちたりした。

とにかく、昭和三十六年の暮、芥洋介は、我儘《わがまま》に日を送りながら、それと同じ分量の焦りを感じ始めていた。

五

昭和三十七年が明けて間もなくの話題は、東京の人口が一千万人を突破し、世界で最初の〝一千万都市〟が誕生したことであった。

九百五十万人が一千万人になって、実際どの部分に変化が表われるのか、それを知ることは到底不可能であったが、おかしなもので、人間の気配を察する能力は、それを可能にするところがあった。

空の色といい、空気の匂いといい、ラッシュ時の電車の混みぐあいといい、昼食時のレストランの待ち時間といい、鼻毛の伸びるスピードといい、ワイシャツの汚れ方といい、そして、人間の表情の隠しきれない不機嫌さといい、逆に、狂信的に没入する晴れやかさのない情熱といい、明らかに、一千万人の人間が吐き出す炭酸ガスのせいだと思えるものが、実感された。

世界で最初の一千万都市という呼称が、敬称なのか、蔑称なのかわからないままに東京は膨張し、しかし、信じ難いほどのエネルギーが渦巻き始め、それに乗ると高く上り、遠くへ行くことが出来、それに乗りそこなったり、落ちたりすると、そのまま呑《の》み込まれそうな感じがする〝都市の時代〟と、〝経済の時代〟が本格化した年だった。

一千万分の一かと、芥洋介は思っていた。

大都会の中の一千万分の一は、どれほどの値打ちだろうと考えることもあったが、それは、しょせん無駄な思考で、彼は、やがて二十五歳という年齢を、どう価値づけたらいいのかと思うのが、せいぜいだった。

仕事は面白かった。

毎日がカルチャーショックのような応接の忙しさは、つづいていた。

その中での才は、思いがけないほど発揮され、得意に感じることもあったが、それが名声や富につながるものとは、まだ到底思えなかった。

同期入社の営業部の駒井秀樹は、彼らしい時代の匂いの嗅《か》ぎ方をしていた。

彼は、急に、自動車教習所へ通い始めて運転免許を取り、外人女性をガールフレンド

にして英会話をマスターし、また、有名なタップ・ダンサーのスタジオへ通って、社交ダンスやリズム・ステップまでものにし、

「この三つがな、時代だよ」

と、駒井秀樹は二枚目らしく笑い、この三つが無いと落ちこぼれだよ、とも言った。

自信に満ちていた。

「自動車《くるま》も無いくせに」

芥洋介は言った。ついでに、外国へも行けないのにとも笑った。

「俺は、運転手になるつもりもないし」

芥洋介は、この三つが、自分の生活に関わりを持って来るとは、とても思えなかった。

だから、東京の人口が一千万人を超えたということも、芥洋介には、豊かな楽園として人が群れ集うと考えるより、限りなくスラムに近づくと予感する方が強かった。

しかし、そう思いながらも彼は、株式会社宣友が、赤坂に大きな広告塔を製作すると、それをイメージして、こんな詩を書いたりしていた。

　情緒を
　ムードという言葉に変えた街
　赤坂

赤坂がアカサカになり
やがて
AKASAKAになるかもしれない
きらめく夜空に感傷はない
眠りを知らぬ地上に陶酔がある
アカプルコ・デ・ファレスも
コパカバーナも
凝縮されてこの夜に花開く
もはや　夜ではなく
ノーチェと称《よ》びたい
若者は
アカサカで恋の遊びをし
それが真物《ほんもの》であると気づいた時
アカサカで泣いた
しっとりと満ち満ちた空気が
アカサカを包む
目を上げると

紺青の空に十字の紗《しゃ》がかかり
このままいつまでも
夜がつづく気配を見せている
いつも夜で
そして
夜は終りそうもない

四年も前にアメリカで作られ、二年前から大流行していたツイストが、ようやく日本に上陸して、ブームになる気配を見せ始めていた。
「ザ・ツイスト」は、ハンク・バラードが作詞、作曲した曲を、養鶏場で働いていた二十一歳のチャビー・チェッカーが歌って、百万枚のヒットとしたもので、何やら久々に、踊れる歌として歓迎された。

六

総務部の混血のような美人の久能原真理子が、結婚を理由に退職したのは、二月に入って間もなくであった。

そのさよならパーティが、銀座七丁目にある美人喫茶「モン・プチ」を夜だけ借り切って開かれた。

それに熱心だったのは、意外なことに矢野伝で、彼は、美人喫茶の交渉から、看板屋、仕出し屋の手配、当夜の出席者の人数の確保まで懸命に動き、やむを得ない理由で欠席の社員からも、餞別《せんべつ》として会費を徴収した。

横着な貧乏神のような矢野伝が、こんなに働いたのは、おそらく入社以来初めてのことだろうと言われ、それだけに、彼の、久能原真理子への想いがうかがわれて、涙ぐましくもあった。

矢野伝は、芥洋介と初対面の時から、久能原真理子を話題にし、

「久能原真理子っていい女だろ。俺に惚《ほ》れているらしいのだが」

なんてことを言って唖然《あぜん》とさせたり、かと思うと、

「まあ、俺は、ああいうガリガリしているのより、巨大な乳房が好みでね。たとえば、喫茶店〝ナイアガラ〟の小杉らん子のような」

と、たちまち逆のことを言って混乱させたりで、これは相当に屈折した愛だと思えていた。

一貫しているのは、久能原真理子は俺に惚れてるで、決して、俺は久能原真理子に惚れてると言ったことはなかった。

　そして、彼の口ぶりからは、それは大変迷惑な状態で、時々、久能原真理子も可哀相に、というようなことを言った。

　自惚《うぬぼ》れ屋のおめでたい戯言《たわごと》だと、矢野伝を知るほとんどの人は思い、

「いいよなあ。あんな風に誰からも惚れられていると思えて。幸福者だよな」

　と、羨《うら》やましがられたり、笑われたりしていたが、芥洋介の感想は違っていた。

　矢野伝には、いささか自虐の趣味があるようで、屈折したプライドと重なって、誰からも惚れられている、という言い方をあえてしているに違いなかった。

　芥洋介が、この三年間観察しているところによると、決して、久能原真理子が矢野伝を愛しているとは思えなかったし、また、彼女が、矢野伝の屈折した愛を汲《く》み取っているとも見えなかった。

　彼女は、どちらかというと、冷静で、冷淡で、おそらく何もないままに、会社を辞めていく日が来たと思えた。

　それにしても、矢野伝の張り切りようは異常であった。

　彼は、上川一人を脅迫するようにして、〝久能原真理子さんの幸福を祈る夕べ〟というポスターを描《か》かせた。

「ひどく個人的な感じがしませんか？」

　と、芥洋介が言うと、

「幸福を祈って悪いか。彼女なら、きみだって幸福を祈るだろうが」

どうやら、矢野伝は完全に逆上しているようで、考えてみろよ、あの久能原真理子を、単なるおつかれさんで送り出せると思うか、と怒った。

芥洋介は、多少の異論もあったが黙っていた。それもそうですね、と言った。

そして、矢野伝の、この逆上なり情熱は、例の彼特有のポーズなのだろうか、それとも、純粋な愛によるものなのかと、判断を出しかねた。

ただ、ポスターを描かされた上川一人だけは、ひどく不機嫌で、

「ぼくはもう、この会社を辞めますからね。どうせ嘱託なんだし」

と、妙に子供っぽい拗《す》ね方をした。

さよならパーティ、矢野伝流に言うと、〝久能原真理子さんの幸福を祈る夕べ〟が開かれた日は、よく晴れてはいるが気温の低い土曜日だった。

会社は半ドンで、パーティが六時からなので、芥洋介は、その間に、黒澤明監督作品の「椿三十郎」と、黒澤明の「七人の侍」を原作としたハリウッド映画、ジョン・スタージェス監督の「荒野の七人」をハシゴで見た。

ここのところ、映画館の客は激減しているというのがもっぱらの噂であったが、この日見た二本に限っていうなら、なかなかの客入りで、土曜日の午後の時間潰しとしては、充実した気分を味わえた。

映画館を出ると、寒さは増し、何かのはずみに雪が舞いそうだった。

少し早いと思ったが、芥洋介が、五時過ぎに美人喫茶の「モン・プチ」へ入って行くと、結構広い店内に何故か久能原真理子が一人いて、ブルーフレームの石油ストーブに両手と顔をかざしていた。

その瞬間の印象は、何やら、旅先の駅の待合室で途方に暮れている女のような、妙に不幸を感じさせる淋しげな雰囲気が漂っていて、芥洋介を驚かせた。

しかし、彼に気づいて、姿勢を正してスッと立ち上った久能原真理子は、さすがに彼女が今夜の主役であるから、アイボリー・ホワイトのパーティルックで気品もあり、色気もあり、堂々としていた。

ブルーフレームの石油ストーブから遠ざかれば遠ざかるほど、彼女は優雅に見え、美しく見えた。

「一人？」

芥洋介は訊《たず》ね、そのついでのような動作で、円筒型のストーブの余熱で煙草に火を点《つ》けた。

「矢野伝さんと、駒井さんと、何人か若いひとが会社へ行ったわ。飾り付けの道具や、レコードを取りに行くんだって」

「へえ、声かけてくれたら手伝ったのにな」

「いいじゃないの」

久能原真理子は笑い、それから、寒いからストーブに寄りなさいよ、と席をすすめた。

また、手と顔を青い炎のストーブにかざし、少し不幸の影をチラつかせ、それに息を呑みながら芥洋介も、同じようなポーズで手と顔をつき出した。

「矢野伝さんが、どうしても、〃久能原真理子さんの幸福を祈る夕べ〃にするってきかないんだ」

「不幸そうに見えるのよ。きっと」

久能原真理子が言った。さらに、ねえ、そうでしょうと言うのを、芥洋介は、そういう言い方するんだ、やはり、と笑った。

「矢野伝さんだけど。愛しているんだよ。久能原さんを死ぬほど愛してるんだ。時間はたっぷりあったのに、よけいなポーズを取ってる間に追い込まれちゃったんだ。そういうひとだよ。馬鹿だよ」

「私に惚れられて困ってるって言ってたでしょう?」

「ああ、ずっとね」

「私には何も言わないのよ。変なひと」

それから、久能原真理子は、でも、嬉しいのよ、困るけど、嫌な気分じゃないわ、とも言った。

「結婚で辞めるんですか？　ちょっと意外だったな。何故って言えないけど、結婚しないひとかなって思っていたし。ごめん。でも、どういうひとかな、久能原さんが結婚する男性は」

「あなたにいつか言ったでしょ。私のこと」

「何だったかな」

「言ったわよ。あなたが愛を告白してくれそうになった時。覚えてない？」

「ああ、あのこと」

それは、芥洋介が株式会社宣友に入社したばかりの頃、ポーランド映画の「灰とダイヤモンド」を見に行き、イタリア人のレストランでワインを飲みながらしゃべったことで、どういうきっかけだったか、彼女は突然暗い表情をして、私となんか寝てごらんさい、あとは地獄よ、と言ったことだった。

また、その時、彼女は、キスしたことのある女が会社の中でチラチラしているって、鬱陶《うっとう》しい話じゃないの、とも言っていた。

ということは、結婚による退社は全くの口実であって、他に劇的な理由があるのだろうかと、芥洋介は思った。

そんな目をすると、久能原真理子は薄く笑って、

「いいわね。今夜は、あなたも、私の結婚を祝い、幸福を祈るのよ」

と言った。

それから、彼女は、珍しく煙草を欲しがった。彼女が煙草を喫う姿は、あまり見たことがなかったが、一本抜き取って渡すと、なかなか慣れた様子で細い煙を吐いた。

もうそんな風になると、彼女の退職理由や結婚観には、全く口を挟めない感じで、クリスマス・イブに二人で見た「ウエスト・サイド物語」の話や、芥洋介が一冊まるまるデッチ上げた社内親睦誌のことに話題が行った。

久能原真理子は、「ウエスト・サイド物語」を見終ったあと、口もきけないほど衝撃を受けていた芥洋介のことを、ショックを感じる人って素晴しいわよと褒め、それから、社内親睦誌の中の、女子社員の爆弾座談会「男性社員にもの申す」に関しては、私の言ってることが知的で立派過ぎるわ、ご好意は嬉しいけど、と笑った。

その時、矢野伝と駒井秀樹たちが、飾り付けの大道具を持って入って来て、ストーブの前の二人を見かけると、

「上川一人って役に立たない。困った奴だ」

と、矢野伝が、まるで芥洋介に責任があるように言った。

「彼は天才だから」

芥洋介が弁解すると、

「天才なんて、めったにゃいないもんだよ。きみ、卑屈になるなよ」

と、見当はずれのことで不機嫌になった。

七

その夜の終りは、泥酔し、号泣する矢野伝を連れて、彼のアパートまで送って行くことで、芥洋介にとっては、とんだ貧乏クジであった。

要領のいい駒井秀樹は、パーティがお開きになるや否や、騎士ぶりを発揮するように、久能原真理子を横浜の自宅まで送り届ける大役を引き受けましたなどと、チャッカリ宣言し、出席者を納得させてもいた。

それに比べて、矢野伝の面倒を嬉々としてみる人間がいる筈もなく、結局、同じ課の後輩である芥洋介が、吉祥寺《きちじようじ》だか三鷹《みたか》だか、えらく遠いところまで運ばなければならなくなった。

矢野伝は、全く正体をなくしていた。

とても、中央線の電車に乗せて連れて行くことなど出来そうにもないので、芥洋介は、総務部の神林保課長を半ば脅迫し、半ば懇願してタクシー代を出させた。

その夜の救いは、長距離を引き当てたタクシーの運転手が、馬鹿に機嫌がよく、親切であったことで、これで、運転手にまで仏頂面されたら、たまらないところであった。

タクシーに乗せると、数秒も経たない間に、矢野伝は大鼾《おおいびき》をかいて眠ってしまった。

芥洋介は、此処へやって下さいと、矢野伝の住所を書いたメモを運転手に渡した。

それは、久能原真理子の総務部員としての最後の仕事で、全社員の住所を諳《そら》んじているのか、それとも、矢野伝が特別の何人かの一人なのか、送り届け先がわからずに困っていると、スラスラと書いて渡してくれたものだった。

「私が有能だったってことが、これでわかるでしょう」

久能原真理子は、そんな風に威張ってみせ、それから、今夜はありがとう、いえ、今までいろいろありがとう、と深々と頭を下げた。

その久能原真理子は、今ごろ、駒井秀樹に送られて、横浜へ向っている筈であった。

それは、芥洋介が矢野伝を送り、駒井秀樹が久能原真理子を送るという、単なる役割と思えないものがあった。

パーティの最中からそうで、二人の親密さと濃密な雰囲気は、気持をザラつかせるものがあって、矢野伝の悪酔いの一因も、そこらへんにあったと思えるほどだった。

ふと、芥洋介は、久能原真理子は駒井秀樹に対しては、私となんか寝てごらんなさい、あとは地獄よ、と言わなかったのだろうかと気になった。

それとも、とうに言っていて、しかし、駒井秀樹の方がそんなことに怯《ひる》むことなく、地獄を背負うとでも答えたのだろうかと、動揺した。

駒井秀樹は、どこから見ても都会の青年で、二枚目で、しかも、自動車の運転と、英会話と、ダンスが、これから最も必要になると感じ、実行する行動派で、羨やましいくらいの自信家だった。

芥洋介が少々圧倒されるものがあるとすると、その自信家の晴ればれとした笑顔と饒舌《じょうぜつ》で、同じ三種の神器にしても、ハーモニカと、二十四色のクレパスと、野球のグローブではずいぶん違うな、と思わせられるところがあった。

ハーモニカとクレパスとグローブは、芥洋介が最初のボーナスで買った物だった。

その駒井秀樹が、年上とはいえ知的な美人の久能原真理子に、興味を示していたのは周知の事実で、だから、パーティで、ぴったりと頬を合せて踊っている姿を見せられると、只《ただ》の関係でないと感じるのも、無理はなかった。

駒井秀樹が、ぼくが送って行くと宣言した時にも、誰も、それはないよ、とは言わなかった。当然の成行きと思い、そして、間違いなく二人は男と女として、あとの時間を過すだろうと思っていた。

〝久能原真理子さんの幸福を祈る夕べ〟のラストシーンが、それで正しいのか、希《のぞ》ましいのか、それは何とも言い難いものがあったが、仕方ないか、そういうことか、と芥洋介は思っていた。確かに苦いものもあった。

タクシーが新宿を過ぎたあたりで、矢野伝は突然目を覚まし、不思議なことには目を

覚ました時には、かなりの正気を取り戻していて、

「小便するから、停《と》めてくれ」

と、運転手に命じた。

中野《なかの》を過ぎて高円寺《こうえんじ》に近いというあたりで、周辺は真暗で、時折、車が行き過ぎるへッドライトに景色の有無を知るだけだった。

芥洋介は、それじゃ俺もとタクシーを降り、矢野伝と並んで小便をした。

二月の寒気が冷え冷えと満ち、空気自体が凍《い》てついた感じがしていたが、風はなかった。見上げると、一千万都市の空からは消えかかっていた星が、わずか数十分離れた此処からは、プラネタリウムよりももっと鮮やかに見えた。

二人は、パーティの間中溜るだけ溜っていたアルコールの類《たぐい》を、長々と放出しながら、上を見ていた。

「何だってあんなに泣いたんですか。あれは、もう、号泣でしたよ」

芥洋介が言った。

「総務部の神林保課長な。神林のオッサンの、文字通り幸福を祈る挨拶《あいさつ》を聞いていたら、泣きたくなってきたんだ。あのオッサン、久能原真理子の結婚退社という口実をまるまる信じて、夫婦の幸福、家庭の幸福を長々としゃべっていたろう。久能原真理子もまた嬉しそうな顔をして、幸福な妻になり、幸福な母になるというふりをしていた。それが

悲しくてね」

「彼女、結婚しないのかな」

「しないな。出来ないんだ。家庭にそういう事情があるらしい。私の希望は守銭奴よって言ったことがあるよ。いつだったかな、もうずっと前だったかな」

「守銭奴？」

そして、芥洋介は、彼女の言っていた地獄とは、そういう事情をさすのだろうか、と思った。

「ところで、きみ、久能原真理子とは、一度ぐらい寝たのか？」

「いえ」

芥洋介は首を振り、残念だけど、一度も、と言った。

「そうか。駒井秀樹はどうだろう」

「さあ、どうかな。知りたくもないし」

「知りたくもないか。俺は興味津々だな。彼女、あんな風だけど、乳首は黒かったぜ」

矢野伝は恍惚とした顔をした。そして、いや、黒じゃないかもしれない、珈琲《コーヒー》色かな、とも言った。

「何です、それ？」

「いや、見たんだ。いつか、みんなで海へ行った時な。何だか上から覗き込むような形になった時、水着にたるみが出来て、乳首が見えた。知性や理性や、潔癖な性格や、皮肉屋のしゃべり方とは無縁の乳首の色だった」

「それで?」

「それでって? 俺は幸福を祈った」

そこで、やっと、二人の長い小便が終った。小便が終ると同時に、どうしたわけか、また矢野伝に酔いが戻ってきて、腰抜けの状態になり、芥洋介の腕の中に倒れ込んだ。

矢野伝は、また泣きそうだった。

顔をクシャクシャにし、頭をかきむしりながら、結婚もいかん、守銭奴もいかん、しかし、彼女の絵はいいぞう、そりゃあもう素晴しいものだった、と鼻を詰まらせた。

タクシーの運転手も小便をした。そして、煙草を喫い、星空を仰ぎ見、クシャミをして、身震いした。

「失恋ですか?」

と、よけいなことまで訊ねた。

〝久能原真理子さんの幸福を祈る夕べ〟は、入れ替りはあったものの、ほとんどの社員が顔を出した。

飾り付けは、クリスマス・イブの使いまわしと思えるところもあったが、結構華やかで、美人喫茶「モン・プチ」の天井や壁を彩っていた。

アイボリー・ホワイトのパーティルックの久能原真理子は、やっと小豆色のスモックから解放されたというように、美しく、あでやかであった。

当然のことに彼女を中心に人の輪が出来ていて、よく響く笑い声が湧《わ》き起っていたが、彼女の輪を離れたところでは、妙に静かで、黙々と飲んでいる男たちが多かった。

矢野伝もその一人で、さすがにこの場では、彼女は俺に惚れている、とは言わなかった。

もう一人主役がいたとすると駒井秀樹で、彼は、自分が持って来たチャビー・チェッカーの「ザ・ツイスト」をかけ、受付の木村由美を引っ張り出して、ツイストのステップを教えたりした。そして、

「おい、芥洋介、レコードを変えてくれ。ムーディなやつを頼む」

と注文し、芥洋介が「ムーン・グロウ」を選んでかけてやると、今度は久能原真理子と二人で、まるで、「ピクニック」のウィリアム・ホールデンとキム・ノヴァクのように、スローなステップを気分を出して踊ってみせた。エロティックでさえあった。

矢野伝の泣きっぷりがひどくなったのはそのあたりで、女子社員たちの趣向の「私の選んだ人を語る」という、久能原真理子の結婚相手に関する質問コーナーなどは、ほとんど聞いていなかった。

芥洋介にとっても、妙に胸の痛くなるパーティで、失恋かといわれると、彼もまた失恋だった。

八

ふたたび泥酔状態に陥った矢野伝を、三鷹市のはずれのアパートへ運び込んだのは、もう十二時を過ぎていた。

驚いたことに、矢野伝の部屋には、銀座の喫茶店「ナイアガラ」の巨大な乳房のウエイトレス、小杉らん子がいて、完全に妻のように振舞っていた。

矢野伝が盲腸を患い、おまけに栄養失調で傷口が塞《ふさ》がらず、長期入院をしたことがあったが、その時、甲斐甲斐しく世話を焼いたのが彼女だった。だから、考えてみると、今更驚くことではなかった。

しかし、その後、話題にすらならなかったので、あれはあれだけのこと、盲腸炎と栄養失調は〝矢野伝の悲劇〟、小杉らん子の甲斐甲斐しさは、〝矢野伝の一瞬の春〟と笑いとばしたのが最後で、すっかり忘れていた。

「奥さん?」

顔見知りだけに気安げに、芥洋介は、そんな調子で訊ねた。

　小杉らん子は答え、バスト一メートルはある巨大な乳房を揺すり、そして、脹《ふく》らんだ腹を撫ぜてみせた。彼女は妊娠し、しかも、やがて産み月という腹だった。

「矢野伝さん、何も言わないんだから」

　正体をなくし、軟体動物のようになった矢野伝の躰を、四畳半の炬燵《こたつ》のある部屋へ運び、自らも炬燵に足をつっ込むと、芥洋介は言った。

「久能原真理子さんが好きで、好きで、彼女がいる限り、正式な結婚はしてくれそうにもないわ」

　お茶をいれながら、小杉らん子が言った。

「彼女、会社を辞めましたよ。結婚するって。今夜は送別会だったのだけれど。でも、もう大丈夫じゃないかな。彼女は結婚する、あなたには子供が出来るし」

「そうね」

　小杉らん子は、海老《えび》のようになっている矢野伝の小さな躰を抱え上げ、ヨッコラショッと膝枕《ひざまくら》をさせると、彼の髪の毛を撫ぜさすりながら、

「コンドームに穴があいてたって言うのよ。さもなければ、お前の浮気の子だって」

　と、笑った。

「照れてるんですよ。偽悪的なところがあるから」


「のようなもの」

「そうね」

アパートの部屋は、二間あった。

炬燵のある部屋と、もう一つは襖《ふすま》で仕切られた寝室で、その他のスペースとしては、二畳の台所と、入口近くにトイレもあった。

充分ではなかったが、今の時代の安月給取りとしては上等の部類で、あの貧乏神が金を持っていたとは思えないから、小杉らん子が貯金をはたいたと考えるのが妥当だった。

炬燵の上に、小説雑誌のオール文芸が三冊重ねて置いてあって、どういうわけか、易者のような天眼鏡もあった。

俺は、夜になると飲み屋で占い師をやっていると言っていたことがあったが、もしかしたら、あれは本当で、この天眼鏡はそのためのものかと思った。

矢野伝は鼾をかき、時々、周辺の空気をかき集めるような大きな欠伸《あくび》をした。

どうして、タクシーから降り、小便する時だけ正気でいられたのか、不思議に感じた。

小杉らん子は、蜜柑《みかん》をむいて、芥洋介にさし出し、それから、小説雑誌三冊のそれぞれのページを開いて見せた。

いずれも、同じような内容のページで、「オール文芸新人小説賞・第一次予選通過者」とあり、三冊はどうやら一年おきになっているようであった。

小杉らん子は、天眼鏡を芥洋介に持たせ、この辺を見て、このあたり、そして、こちらは此処と、指さした。

三鷹市・矢野伝とあった。二冊は普通の活字であったが、一冊は矢野伝の文字が太字であった。

「この太字はね、第二次予選通過者ってこと。もっとも、そこまでだったけど、嬉しかったわ。私、毎日、このページを開いて、天眼鏡で見てるのよ」

「矢野伝さん、小説書いてたんですか。知らなかったな。意外だとも言えるな」

「真面目《まじめ》なのよ。不器用だけど」

小杉らん子は、また天眼鏡で、相撲の番付の序の口のように小さい名前を探し、探し当てると恍惚として見ていた。

「電車は無いし、泊って行きなさいよ。この炬燵に入って寝るといいわ」

ふと、顔を上げて、小杉らん子が言った。

そうしなければしようがないだろうと芥洋介は思っていたので、お願いしますと言い、それから、つくづくという感じで小杉らん子を見た。

喫茶店「ナイアガラ」の名物ウエイトレスだった頃を知っていた。とにかく大きな乳房をしていて、重いのか、見せびらかしているのか、カウンターの上にのせていた。

それが評判だった。女優志願で、ウエイトレスであると同時に小さな劇団にも所属しているという話で、顔付きも、どこか派手で、日本人離れした妖女《ようじょ》タイプであった。

それが、今は、乳房の大きさに変りはなかったが、まるで人の良い女になり、せり出して来た腹を抱えていた。

不思議なものだと、芥洋介は思った。

この変化は、久能原真理子や、また、切実なところでは、鳩村圭子に当てはまるだろうかと考えた。

「えらいですよ。それに凄いですよ。予選通過は確実なんだし、これなんか二次予選通過だし、少くとも、世間や社会に通じるか、つながる糸が此処にあるのだし」

突然激したように芥洋介が言うと、小杉らん子は嬉しそうに笑い、

「同じことを、世間とつながる糸って言葉を、矢野伝も口にしたわ」

と言った。

「こんなことがあったの。矢野伝ね、会社の定期健康診断でレントゲンをとった時、検査の医者から、あんたのことを学界に発表していいかって言われたのよ。世にも珍しい、世界でもわずかな例しかない躰だって。普通だと、ショックを受けるでしょう。でも、矢野伝は嬉しかったんですって。これで、世間につながる糸が出来たって。学界でも何でもどうぞって言ったそうよ」

「珍しい躰って？」

「内臓が全部逆についてるんですって。心臓が右にあるとか、胃袋の向きが反対だと

か」

「まさか」

「でも、それも、世間とつながる糸にならなかったの。注目もされなかったし、重要な人にもなれなかったの。何のことはない、矢野伝がドジで、レントゲンに反対の方を向いて入ってたんだから。逆にもなるわよ」

それは大笑いだった。

大笑いだったが、世間とつながる糸を期待したと思うと切なかった。そう言うと、だから、小説を書いて応募して、天眼鏡で名前を探すようになったのよ、と小杉らん子は言った。

芥洋介の、世間とつながる糸は何だろうか、と思った。何にしろ、何かを探して、それを摑み、強く引っ張らなければ埋もれてしまうとは思っていた。

しばらく、小杉らん子と世間話をした。

炬燵は熱かったが、部屋は寒かった。

ふと、鳩村圭子はどうしているだろうかと気になった。不思議なことに、久能原真理子と駒井秀樹のことは思い出さなかった。

小杉らん子にいくつと年齢を訊かれ、ああ、今日で二十五歳になるんだと、誕生日を思い出した。

「いいわね。まだ、若いから。いろいろ間に合うわよね」

小杉らん子の言葉は、矢野伝と比べているようであった。

そろそろ寝ようかと言っていると、矢野伝が突然目を覚まし、酒臭い息を盛大に吐きながら、

「なあ、芥洋介。言ってくれれば、巨大な乳房を片一方ずつ吸って一緒に眠ったのに。惜しいことをしたな」

と、相変らずのことを言った。

しかし、小説雑誌の、オール文芸新人小説賞予選通過者のページが開いているのを見ると、急に不機嫌になり、

「きみな、あれは全くのシャレだからな。小説書いてるなんて言うなよ」

と、強い口調で言った。

また、飲んだ。日本酒を湯呑で飲み、芥洋介もつき合わされた。

号泣したことは、すっかり忘れてしまっているように見えた。しかし、印象は、ますます貧乏神だった。

そのうち、矢野伝は、三鷹まで送って貰ったお礼に、きみの人生を占ってやると、天眼鏡で手相を見、

「芥洋介。きみは、どうやら、例の困った女子大生と結婚することになるぞ。そして、

身も心もボロボロになる。それ以外の、何ら輝やかしい未来も、楽しみな運命も出てこない。とにかく、毛深い、恥骨の高い、妊娠しやすい女と結婚する。まあ、うまくやれ」と、嬉しそうに言った。

それから、間もなく、白いだけの寒い朝が訪れ、アパートの窓に雀《すずめ》がやって来て、チッチッと鳴き始めた。

芥洋介は、もう始発電車も走っているだろうからと、矢野伝と小杉らん子のアパートを出、身震いしながら三鷹駅へ急いだ。

何ら輝やかしい未来も、楽しみな運命もない明日のために、芥洋介は歩いているようなものだった。

二月の日曜日だった。

久能原真理子が、小さいながらも銀座でバーを開き、そこのママにおさまったという噂を聞いたのは、四月の上旬で、同じ頃、駒井秀樹は株式会社宣友を退社し、ちゃっかりとスポンサー側の宣伝部に入社、芥洋介たちから見ると、お得意様の立場になった。

巨大迷路の真中で

一

株式会社宣友へ同期入社で、今はちゃっかりとクライアントの側、一流の下クラスの家庭電機メーカーの宣伝部に鞍替《くらが》えした駒井秀樹から、呼び出しがあった。

銀座六丁目のバー「ナビ」で七時に会いたいと言うので、芥洋介は、取り敢《とあ》えずは、承知しましたと丁重に返事をした。

元は同僚とはいえ、現在では、仕事の発注側と受注側に立場を変えており、それは妙な話だが身分の上下のような関係にさえなっていた。

「銀座六丁目の〝ナビ〟ってバーだけど、高いかな」

芥洋介は受話器を置くと、社内を見回して言った。

先方からの呼び出しだから、常識的には勘定の心配をすることはないのだが、そこはそれ、元同僚であってもお得意様のことであり、いつ何どき、此処《ここ》な、きみよろしくな、と言われないでもない。無理ヘンに厚かましいが、スポンサーという字だというくらいだから、一応の備えは必要だろうと思えた。

「〝ナビ〟？　よせ、よせ。そりゃあ、身の程知らずっていうものだ。俺《おれ》たちからカンパかき集めて行っても、到底間に合わない」

そう答えたのは、貧乏神のような風貌《ふうぼう》の先輩の矢野伝だった。

「行ったことあるんですか？」

「あるわけないだろう。銀座六丁目のバーに出入り出来るくらいなら、芥洋介の煙草《たばこ》をくすねたりしない。なッ、そうだろう。こうやって一本二本とくすねる度に、俺は俺なりに傷ついているんだからな」

矢野伝は勝手な理屈を並べ、それと同時に手を動かしながら、芥洋介の煙草、二十本入り七十円のハイライトを二本引き抜き、一本を銜《くわ》え、一本を耳に挟んだ。

何が傷つくだ、いつものことじゃないかと、芥洋介は思ったが、貰《もら》った煙草は肺癌《はいがん》になりやすいって知ってますか、と言うだけにした。

「まあ、いざとなったら、名刺に頼るしかないのだけど、我が社の名刺ってどのくらいの信頼があるのかな」

芥洋介がそう言うと、矢野伝は、鉛筆の尻で耳の穴をほじくりながら、無いな、全く信頼無いなとニべもなく吐き捨てた。

「誰と飲むんだ、〝ナビ〟なんてバーで」

「駒井秀樹」

「駒井秀樹様だろうが」

「そう、様、殿でもいいけどな」

それは、広告主と広告代理店の人間関係をよく表わす会話で、様とか、殿とか、揶揄《やゆ》を含めて言いながら、どこか屈折や羨望《せんぼう》が潜んでいることを互いに意識し、矢野伝は、まあ頑張れと意味不明のことを呟《つぶや》き、芥洋介は、シニカルに笑っただけで、急に無口になった。

それから、二人は、目くばせして立ち上ると、企画部に配属されたばかりの女子社員の瀬尾洋子《せおようこ》に、

「資料調べ。本日ノーリターン」

と宣言して会社を出、ちょうど出先から帰ったばかりの写真部の荒畑明夫と、同行の営業部の田村圭一《たむらけいいち》を誘って、麻雀《マージャン》クラブへ入った。

駒井秀樹との約束の七時まで時間を潰《つぶ》すには格好で、千点五十円の麻雀を二荘《リャンチャン》やり、芥洋介は三千円ばかり勝った。しかし、現金で入ってくることはなく、全ては帳面だった。

「今日だけ、現金払いってことは、無理な話だろうな」

芥洋介が言った。バー「ナビ」の支払いのことが気になっていて、千円でも多くポケットへ入れておきたかった。

「守銭奴みたいなことを言うな」

矢野伝の一言で、芥洋介のささやかな申し入れは却下され、おまけに、居心地のいい会社にいるんだ、貧しくて当然だろうが、と窘《たしな》められた。

妙な理屈だが、確かにそうで、居心地のよさだけを思えば、今の宣友以上の会社はないであろうと考えられた。しかし、そのことと、未来を託すに値するということはまた別で、居心地と貧しさは比べるものではないのじゃないかな、と芥洋介は反発した。

「こいつさ、今夜、駒井秀樹様のご指名で飲むんだ。様だぞ。殿でもいい。こいつに、卑屈さの重要性を教えておかないと、我が社としては多大な損害を被《こうむ》ることになるぞ。おい、営業部、頭の下げ方と、お世辞の使い方、感情のコントロールの仕方を教えてやれ」

と、矢野伝は、営業部の田村圭一に言ったが、彼は、こいつにゃ無理だよ、怒ってばかりの奴《やつ》だからなと無視し、それから、駒井秀樹なあ、いい暮ししているみたいだぞと、ちょっと羨《うら》やましげな顔をした。

「プリンス・スカイライン・スポーツに乗ってるって話だ」

「嘘《うそ》だろ」

自動車《くるま》に興味のある荒畑明夫は、それがどのくらい価値あることか、一瞬で響くようで、ジョバンニ・ミケロッティがデザインしたプリンス自慢の新車だから百九十万円はする、駒井秀樹に買えるわけがないとムキになった。彼は、三万円で買った廃車寸前のオースチンに乗り、宣友の平社員で唯一のオーナー・ドライバーだった。

芥洋介は、つくづくもの哀《がな》しい会話をしていると厭《いや》になり、しかし、いくら居心地がいいと嘯《うそぶ》いていても、電機メーカーに入社した駒井秀樹がサクセスに思える立場なんだと、溜息《ためいき》をついた。

「もう半荘《ハンチャン》はいける」

どうだ、復讐戦のチャンスを与えるよ、やらないかと芥洋介は言い、今五時十二分だから時間は大丈夫だと、時計も見ないで言った。それが最近の芥洋介の特技だった。ラジオ番組のタイム・テーブルが全部頭に入っていたから、ラジオの音さえ流れていたら、ほとんど誤差なしで時間をあてることが出来た。質流れで腕時計をなくしているという現実的な事情もあって、その特技はますます磨かれ、女子社員の中には神がかり的に敬意を払うものもいたくらいである。

「五時十二分、あってら」

荒畑明夫が自分の腕時計で確認して感心し、それも才能かなと呟いたが、矢野伝は、

「才能なもんか、芸だよ。しかも、その程度の芸じゃ、世の中へ飛び出すわけにはいかない。まあ、悲しき特技さ」

と笑った。

そうか、みんな飛び出したいんだ。プリンス・スカイライン・スポーツへの羨望も、時間あての特技への軽蔑《けいべつ》も、飛び出す、飛び出せないに関わってくるのだと思い、

「最後の半荘、千点百円にしてみないか」

と、芥洋介は妙に苛立《いらだ》って言った。

「千点百円はやめとこう。負けたら、コンドームも買えなくなる。目下、女房とのセックス以外に楽しみがないんだから、買えなくなると困るんだ」

と、新婚の田村圭一が言い、疲れてさ、つながったまま眠ってることがあるんだ、よく折れないもんだと感心するよ、と馬鹿《ばか》を言った。

結局、麻雀のレートは千点五十円のままでやり、また、芥洋介が勝った。

「六時二十八分だな」

芥洋介は、麻雀クラブの中に低く流れる民間放送の軽音楽番組、レイ・チャールズの「アンチェイン・マイ・ハート」、ナット・キング・コールの「ラムブリン・ローズ」、フォア・シーズンズの「シェリー」、プラターズの「ユール・ネバー・ノウ」などのヒット曲の数を換算して言うと、じゃあ、駒井秀樹様に会ってくると、ゲーム代の小銭を

雀卓に置いて立ち上った。

駒井秀樹様、ジョークにしろ、そういう言い方は腹の底から厭だった。

二

銀座六丁目のバー「ナビ」は、意外なほど簡単に探しあてられた。

同業の広告代理業でありながら、宣友の社員たちから見ると巨大な帝国にも思える電広の銀座ビルの裏で、日本一の化粧品会社のパーラーや、有名な和菓子屋の本店に囲まれるようにして立っているペンシル・ビルの地下に、バー「ナビ」はあった。

芥洋介は、チャコール・グレイで、三つボタンの背広をきちんと着ているし、服装に不足はないと思いながら、狭い階段を降りて行き、漆黒の塗りの木の扉を、少し気負っているかなと気にしながら開けた。

バー「ナビ」は、それほどの広さはなかった。いや、むしろ、狭苦しいと言った方が当を得ているくらいで、カウンターにとまり木が四つ、あとは、壁にそってソファーが作られていて、移動可能のテーブルが三つあった。

カウンターの中にバーテンが一人、外にホステスが一人いるだけで、時間のせいか、客も壁ぎわに二人いるばかりで、若いホステスが、いらっしゃいませと、気乗り薄の声で芥洋介を迎えた。

おそらく、お馴染《なじ》み以外の客がふらりと立ち寄るということはないのであろう、若いホステスは、値踏みするように芥洋介を見ていたが、駒井さんの？　と訊《たず》ねた。

そうだと答えると、若いホステスは、もういらっしゃると思います、それまでこちらでどうぞと、とまり木に腰掛けさせ、水割りでいいかしらと勝手に決めると、その注文を大声でバーテンに伝えた。

「クルミです」

若いホステスが小さい名刺を出して自己紹介するので、芥洋介も名乗り、それから、駒井君は、いや、駒井さんはよく来るのかと訊ねた。

「そうねえ。よくってほどでもないけど、いや、よくのうちに入るかな。ママとわけありみたいよ。わけありったって、何がどうしてどうなったってものじゃないと思うけど、つまり、知り合いね。で、まあ、よく来るわ。お友だち？」

「いや、お得意様」

「そう、疲れる酒になるのね。お気の毒。そういえば、接待する人ともよく来るわよ。駒井さん、駒井さんて大変。お殿様みたいにされてることがある」

「それ、電広の人？」

「言えない」

クルミと名乗った若いホステスは身を捩《よじ》るようにして笑い、駒井さん、あなたのこと、友だちが行くからって電話してきたのよ、と言った。

それから、水割りを一杯空にするくらいの時間があって、駒井秀樹が姿を見せ、ワイシャツのダブルカフスを少し捲《まく》って時計を見ながら、悪い、悪い、十分遅刻だなと屈託のない声で詫《わ》びた。

ラジオの音が途切れているので、芥洋介の頭の中のタイム・テーブルがかき消え、特技を発揮することが出来なくなっていて、いや、別にと曖昧《あいまい》に答えた。

駒井秀樹とは半年近くも会っていなかった。要するに、彼が宣友を退社して、家庭電機メーカー、星雲電機の宣伝部に入社して以来、全く顔を合せたことがないということで、営業部の連中は再々クライアントとしてもてなしているらしいが、芥洋介が同席することはなかった。

半年というわずかの月日であるが、若い男の立場と環境を変えると、こうも違って見えるものかと驚くほど、駒井秀樹は自信に満ち、颯爽《さっそう》としていた。

元来が長身で、都会的な風貌の持ち主で、人を圧するところもあったが、受注する側から発注する側に移ったためか、それとも、星雲電機という知名度の高い会社に身を置くためか、また、よほど仕事の内容に誇りを持てるところがあるためか、スターを見ているような眩《まぶ》しさがあった。

身に着けている物も、一目で高級とわかる品物で、これは、宣友の給料の十倍は貰わなければ、こうは出来ないだろうと思えるほどだった。

「懐かしいなあ。同期生だものなあ」

と、駒井秀樹は握手を求め、それから、運ばれて来た水割りで乾杯し、きみも元気そうで、と言った。

「今日は、俺にとっても、きみにとってもいい話で来て貰ったんだ。友人としてな。だから、星雲電機宣伝部の駒井秀樹って立場を忘れて、話してくれないかな。どうも昔馴染みに持ち上げられるのは気持悪くてな」

「そうさせて貰うよ。昔のつもりでしゃべるから、無礼者なんて言わないでくれ」

「無礼者か。芥洋介に言ってみたいな。正直な話、俺は、宣友なんて会社はクソだと思っているけど、どうも、きみ、芥洋介にだけは不思議なコンプレックスがあってな。つまり、才能か。まあ、そういうものに対しての劣等意識だよ」

そして、駒井秀樹は空になった水割りと、アタリメにマヨネーズのかかったのをとクルミに注文し、話ってのはそれと関係あることだけど、ぼちぼちな、今夜はゆっくり飲もうや、いいだろう？　と言った。

「この店は馴染みなのか？」

芥洋介が訊ねた。

「接待が半分、自前が半分ってとこかな。今夜は自前の巡り合せだから、心配しないでくれ」

何だか見透かされたようで居心地が悪くなり、しかし、内心ではほっとしながら、高そうだな、俺の手に負える店じゃなさそうだと、正直に言った。

「ほどほどにな。ほどほどに高い」

「やっぱり、これも、サクセスのうちかな」

「そうも言える。そう思う」

それから、駒井秀樹は、水割りの氷を口の中で転がしていたが、

「宣友の営業部の連中にも、何度か連れて来て貰ったよ。沢谷《さわたに》部長とか、梶原《かじわら》課長とか。半年前まで駒井って呼び捨てにされていた人から、酒の酌はされるわ、煙草に火を点《つ》けて貰うわ、料亭でブルー・フィルムを見せられるわ、女の世話までされるわじゃ、ちょっと妙な気がしてな。される俺が妙な気がしてるんだから、してる側はもっと複雑で、妙だと思うんだけど、これが、さすがといおうか、プロでね。平然と俺の靴をそろえたりするんだよ」

と、半分困惑のような、半分得意のような顔をした。

「それも、言ってみれば、サクセスだ」

「正直に言えば、そう思ってるよ」

ホステスのクルミが、水割りのお代りを運んで来、アタリメに、ニューッなんて言いながらマヨネーズを絞り出しているので、話は途切れた。

「ママは？　遅いじゃないか」

駒井秀樹が、クルミの髪に悪戯《いたずら》しながら、全くこの店に馴染んでいることを誇示して、言った。

「ちょっと他をまわって、もう来ると思うんだけど」

「けしからんな。出勤前の情事だろう」

「駒井さん、妬《や》いて」

「馬鹿言え。ところで、クルミ、お前さん、今夜予定は入ってないだろうな」

「誘ってくれるの!?」

「違うよ。この店でしっかり働いて貰おうと思ってさ。ママが来たら、鮨《すし》でも食いに連れ出すから、あとは頼むぞ」

「わたしも行く。鮨食べたい」

「三人でなきゃ駄目なの。ママと俺と、この芥洋介と」

「勝手にしやがれだ」

クルミは、テーブルの客の方へ行き、ふり向くと、ベエッと長い舌を出して甘えた。

「話があるって？　わざわざ呼び出したんだから、よほどだと思うんだけど、何？」

芥洋介が言った。

接待でもなく、友好でもなく、こうやって酒を飲んでいるのは息苦しかった。

「星雲電機へ来ないか。俺が推薦したんだ。才能のある人間だって。宣友なんかに置いておくのは全く勿体《もったい》ないって。俺と二人組ませて貰えると戦力になるって言ったら、部長もその気になってね。どうだ？　いい話と思わないか」

「そりゃあ無理だろ。才能たって、星雲電機の評価は、覚えているだろう？　俺の描《か》いた絵コンテは、紙飛行機にされて、窓から飛ばされたんだぜ」

「根に持ってるのか。馬鹿。あれも一つの儀式だってことが、クライアントになって初めてわかったよ。だから、俺もやってる。毎日紙飛行機にして飛ばしてる」

「儀式か」

「そうよ。まあ、そのことは別にして、どうだ、これ以上のいい話はないと思うぜ。俺は、広告代理店からクライアントの側、つまり、向う岸へ渡るために、それなりの涙ぐましい努力をしたわけだけど、きみの場合、スカウトされるわけだからな。恵まれた話だと思わないか。渡って来いよ。こっち岸へ来いよ。今のところにいたって花咲くことは絶対にないぜ」

「バー〝ナビ〟に、プリンス・スカイライン・スポーツか」

「そうだ」

「月給も高くなるし、世間の目も違ってくる。保証された未来もある」

「そうだよ」

「考えさせてくれないか。そこまで気にして貰えて、感謝の言葉もないのだけど、ちょっと考えさせてくれ」

芥洋介が丁重な口調でそう言うと、駒井秀樹は、明らかに意外だという顔をした。一も二もなく感激して、是非話を進めてくれと懇願すると思っていたようで、何を考えるんだ、何を考える必要があるんだと、不機嫌な声を出した。その時は、業界に絶対の君臨をしているスポンサーの顔だった。

「すまない」

芥洋介は言った。

三

バー「ナビ」のママが入って来たのは、その時だった。

木の扉の開閉とともに十月の風が流れ込み、ふり向くとそこに、久能原真理子の姿があった。

先刻来、ママのことが話題になる度に、もしやと思っていたが、その予感はあたった。

ママの久能原真理子は、何年も馴染んだような職業的な目配りで、店内の客に素早く挨拶《あいさつ》を送り、その泳ぐような視線の最後を、駒井秀樹と芥洋介で止めた。

彼女は、声には出さず、しかし、唇はそれとわかる形に開いて、あらッと言った。

駒井秀樹とは半年ぶりであったが、久能原真理子とは八カ月ぶりであった。

彼女が株式会社宣友を退社し、その送別会、〝久能原真理子さんの幸福を祈る夕べ〟を社員一同の主催で開いたが、その夜が最後で、あとは、風の噂《うわさ》を二度三度聞いただけだった。

広告代理店からクライアントに立場を変えただけで、すっかり垢《あか》ぬけた駒井秀樹の変《へん》貌《ぼう》にも驚かされたが、久能原真理子の変りように比べたら、まださささやかだった。

「驚いたな」

芥洋介は溜息をつき、いや、参ったな、とも言った。

「何が？　何に驚いたの？」

と、久能原真理子は笑い、その驚きは、羨望かしら、軽蔑かしらと、これは以前の彼女らしい皮肉屋の言い方をした。

「羨望に決ってる。サクセスだなあって」

「ありがとう」

そして、久能原真理子は、嬉《うれ》しいわ、来ていただけて、駒井さんに感謝しなくてはね、と言った。それから、三人で何故《なぜ》か目を熱くして乾杯し、同窓会みたいなものだと笑い合った。

それにしても、久能原真理子の変貌は見事で、変化《へんげ》と言ってもいいほどのものだった。もともと混血風の美貌の持ち主であったが、株式会社宣友の総務部勤務の時は、小豆色のスモックを着せられ、どちらかというと、美しさも、華やかさも封じ込められていた。

それが八カ月の間に、野暮の封印が剝《は》がされたように、みずみずしく艶《つや》っぽくなり、淡紅色の花のように、品良く香っていた。

変化であり、あでやかであっても、下卑たところも、媚《こ》びたところもどこにもなく、ただ遠慮なく美しく存在しているというだけで、この変りようは好ましいものであった。

髪をアップに結い、そのために小さめの顔がキュッと緊張を帯びたように、多少きつめに見え、長い首と、細い肩と、薄い胸は、美人画の精緻《せいち》な筆先による描写のように滑《なめ》らかで、枯葉色のシンプルな和服が似合った。

こうなると、彼女に数年間、小豆色のスモックを着せた株式会社宣友の行為は、犯罪であるともいえた。

「〝ナビ〟って、もしかして、絵画の〝ナビ派〟から取った名前？　預言者って意味だったと思うけど」

芥洋介が言うと、久能原真理子は嬉しそうに笑い、その通りよ、正解者はあなたが三人目よ、一人は画家、一人は大学教授、そして、芥洋介、大したものだわとはしゃいだ。

駒井秀樹は、そういう奴なんだ、役に立たないことはよく知ってる奴なんだ、全くどういう奴かね、と同じように感心していたが、どこか不快そうだった。

バーの名前に「ナビ」と付けるところなどは、如何《いか》にも久能原真理子らしいと、芥洋介は、駒井秀樹の不快などは無視して喜んでいた。

彼女は、画家志望であったと言っていた。それがどうして、小さな広告代理店の総務部に勤務することになったのか、彼女は、才能の無いことに気づいたから、才能ってあることはわからないけど、無いことはわかるのだと苦笑していたが、それも本心かどうかわからない。

あの矢野伝は、久能原真理子に恋い焦がれていて、その彼が、彼女の絵はいいぞう、そりゃあもう素晴しいものだったと絶賛していたから、少しは描いていたのだろうし、いずれにしろ、彼女の絵に対する造詣《ぞうけい》や思い入れの深さは、並々ならぬものがあると思えた。

その久能原真理子が、小豆色のスモックを脱いだと思ったら、銀座のバーのママにおさまってしまったことに関しては、どういう気持の変化があったのか、また、どういう現実的なからくりがあったのか、芥洋介にはわかる筈《はず》もなく、ただ、ナビという言葉に妙に魅《ひ》かれているだけだった。

十九世紀の末、モーリス・ドニや、ポール・セリュジエらが、新しい時代の預言者（ナビ）たらんとして、象徴主義の色彩の濃いナビ派を興す。

タヒチでお馴染みのポール・ゴーギャンの影響を強く受けていると言われ、中でも、「我々はどこから来たのか、我々は何者なのか、我々はどこへ行くのか」というゴーギャンの作品が、新時代の幕開けの記念碑的なものであるとされている。

「こんな説明をしたって仕方がないのだけれど、まあ、私の、厭らしい自慰行為かな」

と、久能原真理子は言い、ナビはともかく、我々はどこから来たのか、我々は何者なのか、我々はどこへ行くのか、って全くそうだと思わない？　ねえ、あなた、あなたと駒井秀樹と芥洋介を指さした。

その通りだと芥洋介は思っていた。

肝心なのは、我々は何者なのかわからないところで、それさえわかれば、どこへ行くも決められるだろう、問題は、何者かを早く知ることだと、水割りを一気に飲み乾《ほ》した。

「どこへ行くか。いや、その前に、何者であるかだ」

「だから、星雲電機へ来いって言ってやってるじゃないか。何者と、どこへ行くを、俺が友情で解決してやるって言ってるんだ」

駒井秀樹が見当外れの解釈で芥洋介を責めると、

「何？　何のこと？」

と、久能原真理子が二人を見た。

「こいつを底辺から救ってやろうと思ったのにさ。馬鹿が、考えさせてくれだって言いやがる。株式会社宣友から、天下の星雲電機への道を開いてやったのに、それがどのくらい凄《すご》いことか、こいつには全く理解出来ていないんだ」

あの件に関して、駒井秀樹は本当に腹を立てているようで、そう言ったあとも、サクセスだぞ、サクセスを望まなくてどうすると、カウンターを叩《たた》いた。

「俺が思うサクセスって、どうやら違うらしいんだ」

「どうやら？」

「ああ、どうやらだ。俺にもよくわからない。けど、違うってことは確かだよ。あんたの好意は嬉しいけど、俺には、宣友から星雲電機というコースが上昇にも思えないし、出世にも思えないんだな。悪いけど、宣友が底辺で、星雲電機が頂点というあんたの思い込みにも賛成出来ない。そういうわけだよ。よく考えて、礼儀正しく返事をしようと思ったけど、考えることもなかったんだ。すまん。無礼者と言いたいなら、怒鳴ってくれてもいいよ」

芥洋介は、そこで初めて深々と頭を下げ、この通りだと言った。

そこまではっきりと言われると、駒井秀樹も、それ以上の説得を諦《あきら》め、いや、もともと説得を必要とするとも思っていなかったから、どうすれば優位を保ったままで過せるかを考えながら、ハハッと空笑いし、

「紙飛行機にして飛ばされたいのか。あの紙飛行機がお前自身だと思わないのか。暗殺名簿を作って、飛ばした奴に呪《のろ》いをかけながら、小《ち》っぽけな広告代理店で卑屈に生きるのか。勝手にしろ。もう声はかけないぞ」

と、二枚目の顔の眉《まゆ》を意識的に寄せ、お前な、企業の時代が来てるんだぞ、もう一度世の中を見てみろ、上場会社に属していないと人間扱いされなくなるんだぞ、と嘆いた。

ママの久能原真理子は、テーブルの客の方へ行っていた。しかし、二人のやりとりが気になるのか、時々、目を上げて見ていた。

「怒らせついでに言うなら、感覚の相違だな。俺は、日本一の会社に属していても、日本一だと思えない体質なんだ。俺自身が日本一でなきゃそう思えない。何で日本一になれるかわからないけど、俺は日本一になる。個人で。俺自身の評価で」

それは、芥洋介自身にとっても、思ってもいない言葉だった。何やら漠然と夢想することはあっても、確固とした意志として、日本一などということを思ったことも、ましてや、他人に対《むか》って語ったこともなかった。

しかし、今は、駒井秀樹の誘いに刺激されて、曖昧模糊《あいまいもこ》としたものが形を整えてき、もしかしたら、これが、我々は何者の答、我々はどこへ行くの答かと思えて、滑稽《こっけい》なほどに昂揚《こうよう》していた。

駒井秀樹は大笑いした。

それじゃ、お前、「ニッポン無責任時代」の平均《たいらひとし》だよ、とも言った。まるっきりの「スーダラ節」でさ、俺だからいいようなものの、他では口にするなよ、ただの馬鹿か、ホラ吹きに思われるぜ、と肩を揺すったのだ。

「まあ、見ててくれ」

芥洋介が言った。躰《からだ》のどこかが震えるような感じがした。

「ニッポン無責任時代」は、この年、昭和三十七年七月二十九日に東宝映画系で封切られ、クレイジー・キャッツの植木等が扮する平均の、傍若無人の無責任ぶりが大きな喝采《かっさい》を得、一種のブームになっていた。

駒井秀樹の言う、企業の時代が来るんだぞを証明するような、個人の感動や幸福とは無縁の社会構造の中で、陽気に、明るく、無責任に居直る主人公を、植木等が実にいきいきと演じていた。

植木等の平均は、映画の始めから終りまで、走りつづけ、飛び上りつづけていた。もしかしたら、無責任を通すには、それくらいのエネルギーが必要だということであったかもしれない。

ただし、この底抜けのナンセンス映画が、ナンセンス以上の評価をされるのは、三十年も後のことになる。

芥洋介は、彼が言った日本一という言葉が、駒井秀樹の頭の中で、平　均《たいらひとし》のホラと重なるとは思ってもいなかったので、思わず苦笑し、それは、また、決意にもなった。いずれにせよ、駒井秀樹は本気にしていなかった。

「おい。宣友。今日は約束通り俺が奢《おご》る。しかし、広告代理店社員として、ママを取り持つぐらいの働きをしてみたらどうだ」

駒井秀樹はそう言い、一度は寝た女だから、話はそれほど難しくはないと思うぜ、お前、感謝されるかもしれない、やってみろよと耳許《みみもと》で囁《ささや》くのを、芥洋介は、テーブルの久能原真理子に強い視線をあてながら、ことわるよ、日本一に傷がつく、と言った。

「冗談にきまってるだろ」

駒井秀樹は、通りかかった若いホステスのクルミの躰を引き寄せ、二人そろって肩を揺すりながら大笑いした。

それで、日本一が空《くう》を切った気がした。

その夜、芥洋介と駒井秀樹と久能原真理子は、旧交をあたためる感じで飲んだ。

昭和三十七年十月三日。阪神タイガースが、甲子園球場で広島カープを破って、十五年ぶりのリーグ優勝を決めた夜で、銀座にも、それに浮かれた客がチラホラ見られた。しこたま酔った挙句、駒井秀樹は、九段《くだん》の高級アパートの久能原真理子の部屋で、三人で雑魚寝をしたいと無茶を言ったが、彼女はことわった。

「何故だよ。禿《はげ》でも来るのか」

と、駒井秀樹がからむと、

「禿も、デブも、進駐軍も来ますよ」

と、久能原真理子が言った。

四

日本一は、芥洋介にとって蜃気楼《しんきろう》となってしまった。売り言葉に買い言葉、その場の勢いで口走ってしまったことだからと、とぼけてしまっても一向に差し支えなかったのだが、彼は、責任を感じようとした。

当然のことに、駒井秀樹も鼻先でせせら笑っていたから、日本一はどうした、と請求してもこなかった。彼は、芥洋介の才能を惜しんでいると言いながら、それが日本一とつながるものとは考えていないようだった。

だから、責任を感じ、重荷に思い、身悶《みもだ》える必要は何もなかったのだが、芥洋介は、あえて、崇高な自身との約束のように、それを守ろうとした。

日本一はお題目であり、蜃気楼であった。

しかも、何かの道での日本一というなら努力のしようもあるが、道を拒むような性格では、砂漠の中からいきなり宙空に吊り上げられるようなもので、実現を願うことは不可能であった。

それを承知していながら、日本一は、かなり魅力的な言葉で、たとえば、小説家になる、画家になる、映画監督になるといった具体的な、個別の目標よりも、よほど心ときめかせる魔力があった。

一緒に寝ながら、鳩村圭子のひょろ長い脚を腰に巻きつかせ、めり込みかげんの乳首を弄《もてあそ》びながら、

「俺、日本一になるからな」

と、かすれた声で言うと、彼女は、何故か異常に興奮して、涙さえ流し、

「天才が好きだって言ったでしょ。好きだって、好きだって」

と、譫言《うわごと》のように叫び、それから不器用に躰を動かすと、二人のセックスでは初めての騎乗位になって、ワンワン泣きながら激しく動いた。

そして、その夜を境に、明らかに鳩村圭子の芥洋介を見る目が変り、それまでのエキセ

ントリックな苛立ちではなく、どこかうっとりと見つめているようなことが多くなった。

それは希望ではあったが、また、とんでもない重荷にもなりかねないもので、芥洋介は、どこか非常識な鳩村圭子を裏切らないためにはどうすべきかと、新たな悩みを抱え込んだ。

魔力は感じたが、今のところ、「ニッポン無責任時代」の平　均《たいらひとし》のホラ以下で、彼には、次を考えない行動力があったが、芥洋介にはなかった。

我々は何者なのかじゃないが、芥洋介は、彼自身が何者なのか全く解しかねていた。

それで、日本一を志向するのもおこがましいが、とにかくわからなかった。

早い話、自信があるのかないのか、希望があるのかないのかさえわからない状態であった。株式会社宣友にさえいれば、自信も希望も曖昧に存在するという感じで、しかし、この居心地のいい空気の中で、少しずつだが、確実に老けていっていた。

居心地のよさというのは、精神の老化につながるようで、気のきいた人間はそれを逸《いち》早《はや》く察知し、その甘ったるい空気から逃げ出していた。

星雲電機宣伝部へ行った駒井秀樹もそうだし、銀座のバーのママになった久能原真理子もそうだし、嘱託という名のアルバイトの上川一人がいつの間にか来なくなったのも、この湿度の高い、睡魔の満ちた空気を怖《おそ》れたからに違いない。

他にも、条件的な意味合いで、月給が千円高いだけで同業他社へ移ったのが何人もいるし、入社わずか四年の芥洋介の周辺はすっかり入れ替り、矢野伝は例外として、古参になりつつあった。

そして、出て行った彼らに共通しているのは、出て行くことが甲斐性《かいしょう》であり、サクセスであると思っていることで、株式会社宣友に居残る芥洋介たちを、横着者か、無能力者と見るのであった。

「きみな、今に見ていろなんて気負いは、早目に捨てた方がいいぞ。今に見ていろなんてのは、長い期限の手形みたいなもので、額面は大きいが、割引いたら、どうってことのない金額なんだ。額面で夢見るな。今、手に入る金額で考えろ」

なんとなく苛立っている芥洋介の心中を見抜いたように矢野伝は言い、サクセスなんて、きみ、それほど美《お》味《い》しいものじゃないかもしれないぜ、ジトッと生きよう、ジトッとさ、などと笑った。

そのジトッと生きる矢野伝は、内縁の巨大な乳房の小杉らん子に子供が生れ、俺は死んでも宣友を動かないと居直っていた。

だが、芥洋介は矢野伝ではなかった。

今に見ていろとは思わないまでも、いつか、そのうち、とは思いつづけていた。ジトッはごめんだった。

二十五歳を過ぎ、いつか、そのうちというモラトリアムは、だんだん選択の幅が狭められていて、このままでは、いつかも、そのうちも、木乃伊《ミイラ》になってしまうだろうと思い始めていたので、駒井秀樹相手に偶然発した日本一は、格好の刺激でもあった。

また、刺激にしなければならなかった。誰が笑おうと、無視しようと、たとえば、鳩村圭子が違う体位のセックスをやりたがるというだけでも、信じられる刺激と思うべきだった。

さて、何かを、それこそ死に物狂いになって、日本一という蜃気楼を追わなければと決意をしたら、皮肉なことに、株式会社宣友企画部での仕事が猛烈に忙しくなった。

テレビのゴールデン・アワーの番組企画に、大仰に言うと、社運を賭《か》けたプレゼンテーションに、芥洋介の企画が、広告業界の帝国電広が提出したものと並んで、最後の二つに残ったのである。

社内では、「月光仮面」に始まる一連のシリーズ以来の昂揚で、もしかしたら、芥洋介は救国の英雄であり、救世主であるという扱いを受けかねない状態であった。

そのため、芥洋介の頭の真中に据えていた日本一が、いつの間にか片隅に押しやられ、やがて消えてしまうということになった。

銀座八丁目界隈《かいわい》を中心に、芥洋介たちが、夢想したり、絶望したり、ささやかな人間の葛藤《かっとう》をくり返している頃、たとえば、個人が思う日本一などを何の価値もないものにしてしまう大きな出来事が、世界に起ろうとしていた。

昭和三十七年十月二十二日（日本時間二十三日）、アメリカのケネディ大統領は、全米ネットワークのラジオ、テレビで、「キューバにソ連のミサイルが持ち込まれている。これらの攻撃的兵器の輸送を阻止するために、事実上の海上封鎖を行う」との緊急演説を行い、声明を発表した。

「われわれは、勝利の果実も、敗北の灰に等しくなるような世界的な核戦争の危険を、不用意にも、また、不必要にも冒すことはしない。しかし、これに直面しなければならない時は、いつでもこの危険から尻ごみはしない」

これもまた、ケネディ大統領の演説である。そして、この前後の一週間は、もしかしたら、世界中が、恐しい核戦争を崖《がけ》っ縁《ぷち》から覗《のぞ》き込んだ、最も危険な一週間ではなかったかと言われている。

この時の主役は、アメリカはケネディ大統領、ソ連はフルシチョフ首相、キューバはカストロ首相であった。

五

芥洋介の提出していた番組企画は、「どら猫キャプテン」というミュージカル・バラエティであった。

この企画には下敷きがあって、昭和三十年封切のアメリカ映画「ミスタア・ロバーツ」を換骨奪胎し、もっとナンセンスに、もっといいかげんなスラップ・スティックを演じさせようという狙《ねら》いがあった。

「ミスタア・ロバーツ」は、もともとブロードウエイのヒット舞台劇で、それを、ジョン・フォードとマーヴィン・ルロイ監督が映画化、ヘンリー・フォンダ、ジェームス・キャグニー、ジャック・レモンが主演した。

第二次世界大戦の末期。およそ第一線で活躍出来ない老朽艦が、艦隊用の日常物資補給で、辛うじてお国のお役に立っているという状態の中で、出世大事の艦長と、それに批判的な、愛国心の強い副長のミスタア・ロバーツと、新人の横着者の士官を中心にくりひろげられる人間喜劇が「ミスタア・ロバーツ」であった。笑わせもし、泣かせもした。

しかし、「どら猫キャプテン」が借りているのは、戦争でも、軍隊組織でも、愛国心でもなく、ただただボロ船が、本来の役目でない役目で動きまわり、従って、乗っている人間も、全くボロ船に似合いのキャラクターばかりというところで、平和な現代、南《なん》氷洋《ぴょうよう》の捕鯨船団や、南太平洋《みなみたいへいよう》の遠洋漁業船団に、トイレット・ペーパーや歯磨きや、時には、手紙や人間を配達して歩くという設定にした。

放送時間が七時台。舞台形式の公開放送というのが条件で、毎回、ボロ船が接触する船や、停泊する港を巻き込んで、ドタバタがくりひろげられることになっていた。「どら猫キャプテン」というタイトルにしたのは、芥洋介の頭の中にクレイジー・キャッツがあったからで、彼らがまだ「ニッポン無責任時代」で時代の寵児《ちようじ》になる前、ほんの小さい帯番組で風刺コントをやっている時に、立てた企画であった。

クレイジー・キャッツは、キューバン・キャッツというのが前身で、その頃から、ブレイクに洗面器で頭を叩くというナンセンスを取り入れていた。その後、メンバーも変り、名前もクレイジー・キャッツと変っても、それは受けつぎ、テレビの時代になって、ようやく、コミック・バンドとして売り出した。

ナンセンスといい、ギャグといい、根本に音楽があるということが新しく、時代の生理とも合っていた。顔を歪《ゆが》めたり、地口落ちのギャグを飛ばすだけではウケなくなり、肉体そのものに音楽を備えている動きの速さと心地よさが、気持を解放させていた。

芥洋介は、毎日のように書いていた企画書の一本として、彼らを起用したミュージカル・バラエティを立案し、ファイルの中に入れて置いた。

それが、陽《ひ》の目を見るかもしれないというところまで来ていた。

企画書とは、ファイルに綴《と》じ、あるいは、デスクに積み上げるだけのもの、何やら、御詠歌を歌いながら石を積み上げる信仰に似ているなどと、シニカルに思っていたが、取り出され、評価され、さらに、肉体化していくとなると、ちょっとした興奮もあった。

営業部の沢谷部長、梶原課長をはじめ、相手クライアント担当の大西五郎《おおにしごろう》という、元ラグビー選手だった古参の営業部員も、何やら、甲子園《こうしえん》を目ざす球児たちのようになっていて、

「三回戦突破、準々決勝だな」

と、肩を叩きに来たり、何日かすると、うっすらと涙を浮かべるような感激を示して、

「おい、やったぞ。決勝戦進出だ。相手は電広。手強《てごわ》い敵だが戦うに不足はない。さて、これからだ。どういうプレゼンテーションをやるか。ちょっと、きみ、考えておいてくれないか」

などと言った。

それを言ったのは、威圧的な体格の大西五郎で、感激いっぱい、喜びいっぱいのあとに、不安なことも付け加えた。

「ところで、ちょっと相談だが、あの企画な、南氷洋を巡ることになってるよな。もしも、スポンサーが、つまり、クライアント様がだ、南氷洋じゃ馴染みが薄いから、瀬戸《せと》内海《ないかい》にしてくれないかって話になったら、そういう風に書き変えてくれるか。今日は高松《たかまつ》、明日は松山《まつやま》って感じにさ」

全くそれは言いそうなことで、少々の覚悟はしていたが、しかし、それをOKと言っ

てしまうとおしまいなので、

「駄目ですよ。高松でウロウロしている船に、トイレット・ペーパー届ける必要はないでしょうが。雑貨屋で買えば済むことだし。お願いしますよ。このまま通して下さいよ。俺、老舗《しにせ》の店先とか、大衆食堂とか、雑居アパートとか、そういう設定嫌いなんですよ」

と、芥洋介はきっぱりと言った。

「しかし、お前。お前が嫌いったって、金出して番組を作るのは向うなんだし。そりゃあ、雑貨屋で買えば済む話だから駄目、というのも理屈だけど、南氷洋だろう、海ばっかりだよ、何か言うよ、きっと。その時は、なッ、つっぱるなよ。お前、ただの社員で、大作家先生じゃないんだから。言っとくぞ。言っとくぞ」

それが、営業部員大西五郎の最大の不安であるようであった。

しかし、企画提出先のクライアントの理解があったのか、まだその段階ではないと判断したのか、何日か過ぎると、企画書だけでは充分に理解が出来ないので、もっと具体的なものを提出してくれ、という話になった。

「かぐや姫だな、こりゃ。次から次へと条件を出されるぞ。そのうち、足腰弱い我が社はクタクタになり、ギブアップって訳だ。具体的にというと、パイロット版を作れってことだろうけど、そんな予算は無いぜ。それに、この段階で、クレイジー・キャッツが

ＯＫしてくれるかどうかもな」

　新人事で、部長の水原直也は脚本専門で映画部の方へ行き、課長の伊吹典子も社長室長になり、その空席を埋めるために、クライアント側から天下りのようにやって来た椙《すぎ》本達造《もとたつぞう》部長を中心にした企画会議で、矢野伝が言った。

　矢野伝はその発言のあと、きみ、ここまでよくやった、天晴れだって言ってやるから諦めろ、と横を向いた。

「やりますよ、俺。パイロット版の脚本は俺が書くし、主題歌の作詞もセットのデザインも俺がやりますよ。俺がやる分には只《ただ》なんだし、あとは、クレイジー・キャッツの出演交渉だけど、うちだって、〝月光仮面〟で一世風靡《ふうび》した会社なんだし、それなりの立場の人が行けば、門前払いってことはないでしょう。面白がってくれますよ」

「しかしな、芥洋介。それで見事勝ち抜ければ、パイロット版の費用ぐらい取り戻せる。だが、負けたら、まるまる大損で、お前、減俸だぞ。もしかしたら、とばっちりで、俺も減俸かもしれん。それは困る。俺はミルク代が必要なんだ」

「やめて下さいよ。そういう話じゃないでしょうが」

「いや、俺にとって、世界とは小杉らん子の乳房、俺にとって人類とは赤ん坊なんだ」

　どこまで本気か分からないが、矢野伝はかなり真剣に言い張り、残業も、日曜出勤も困るんだ、これ以上慌しく、忙しくさせないでくれと芥洋介の意欲を殺《そ》ぎ、そのくせ、煙草だけは、彼のハイライトを抜き取った。

新部長の椙本達造は、陽当りのいい席で、パイプをくゆらしながら文芸雑誌を読んでいたが、中篇《ちゆうへん》小説を一つ読み終ると、ゆっくりと本を閉じて、

「芥君。三日間で脚本と作詞を上げてくれ。脚本が上ったら、昔この会社の嘱託だった映画監督の八女慎之助を呼んで打ち合せをする。彼に撮って貰う。クレイジー・キャッツは、私と会社の方で何とか交渉する。しかし、言っとくけど、芥君。きみが脚本を書いたり、作詞をしたりするのは、あくまでもパイロット版のみ。もし、番組が決定した時には、プロの脚本家なり、作詞家なりが書くことになる。それが、クライアントや、クレイジー・キャッツに対する礼儀というものだからな。素人が頑張りましたじゃ、こりゃ失礼というものだ。そこを、よく理解して、しかし、現段階では、全力を尽くしてくれ」

と、女性的な口調ながら、逆らえない威圧をこめて、まさに、言い渡した。部長以下十人いた会議室は、急に静かになった。

芥洋介は、ただ呆然《ぼうぜん》とした感じで、はあ、と答え、ここに失礼が加わってくる必然性があるのかと思っていたが、頑張ります、と言った。

会議が解散になると、矢野伝が肩を叩き、

「多くの教訓を得たようだな。俺の親切がわからんからこうなる」

と嘲笑《あざわら》ったが、芥洋介は、その日から七十二時間、不眠不休で脚本を書き、作詞をし、さらに、二十四時間で撮り上げる突貫作業の撮影にも立ち会って、それなりの昂揚は感じたが、結局、企画は、決勝戦不参加の別の広告代理店の、美人女優の時代劇に決ってしまった。

営業部の大西五郎は、巨軀《きょく》を震わせながら、南氷洋が敗因だと言った。

六

久能原真理子から、銀座の画廊で油彩画の個展を開くから、ぜひ見てほしいという葉書を貰ったのが、開催日ぎりぎりの前日で、芥洋介は、その日曜日、義理固く足を運んだ。

有楽町駅から歩いて銀座四丁目へ向い、交差点を右へ折れてというコースを選んだが、銀座の道路は全くの板張りで、よく見ると、ハイヒールで歩行に難渋する女性も何人かいた。

板張りで覆われた下は空洞で、地下鉄の工事が突貫で行われているということであった。

昭和三十八年の十月になっていて、オリンピックまであと一年、東京は、この銀座の板張り道路に限らず、近代都市に生れ変るために、どこもこういった有様で、掘り返され、埋め立てられていた。

関東大震災、東京大空襲についで、もしかしたら、今が三度目の廃墟《はいきょ》の時代ではないかと思えるほどだったが、どうやら希望のための解体であるようで、一年後には、全く風景の違う、従って、生きる人間の心情も異なる大東京が誕生するようであった。

おそらく、来年以後、東京はあの日に似て、あの日とは別の物であると、人々は気付く筈であった。

秋の日、よく晴れて、うららかであり、しかし、空は春のように霞《かすみ》がかかって半透明に見えた。

銀座五丁目のあたり、古びたビルの一階に、目立たない、小さな画廊があって、そこが久能原真理子の個展会場であった。芥洋介は、一瞬の躊躇《ちゆうちよ》を見せたあと、そこへ入って行った。

狭い会場は、花で埋もれ、社交場のような人のにぎわいがあって、そして、当然のことに、久能原真理子の絵があった。

彼女は、自分のバーの名前に「ナビ」と付けたくらいであるから、いくぶんかは、ナビ派と言われる絵を志向しているのかと思ったが、芥洋介にはわからなかった。

絵の知識の無い芥洋介には、系列も傾向も不明だが、どちらかというと、素朴派と称《よ》ばれるアンリ・ルソーの絵に似ていると思えた。久能原真理子の絵にも、子供の夢の世界のようなものがあった。

客は、男がほとんどだった。悪く思うと、バー「ナビ」の常連の義理のおつきあいかとも考えられたが、著名な小説家の顔もあった。そういう人に久能原真理子は囲まれていて、絵よりも華やいでいた。

芥洋介は、絵を見ていた。

「金魚」という題の作品で、水槽の中の水藻の代りに極彩色の花が咲き誇るというもので、水底に指環《ゆびわ》と首飾りが沈んでいた。

彼はふと、この個展を開く環境を手に入れるために、久能原真理子は、バーのママになったのではないかと思った。そして、果してそれは、夢を実現したのか、夢を捨てたのか、どちらの意味を持つのだろうと考えた。

その次には、しばらく会っていない上川一人のことを思い出した。

上川一人にこそ、個展の機会を与えてやりたいものだとも思った。

芥洋介は、上川一人と最後に会った夜のことを、久能原真理子の絵に重ね合せながら、思い出していた。

一週間も無断欠勤がつづいたことがあって、会社では、どうせアルバイトなんだし、このまま辞めてしまうのだろうと、あまり気にもしていない様子だったが、芥洋介は、届け出の住所を頼りに訪ねて行った。

目黒《めぐろ》の駅に近い繁華街の中に、彼のアパートはあった。独立したアパートというより、普通の住宅の二階を貸し部屋にし、外階段を付けたもので、階段の途中から見まわすと、温泉マークやバーのネオンが見えた。

貧乏たらしい生活を予想していたが、上川一人の部屋は、芥洋介よりもはるかに裕福で、画家のアトリエを思わせた。

板張りの広い部屋で、病院にあるような金属のベッドが、意図的に寒々とした気配を作ったように置かれ、その下の空間にいくつかのクッション、それを枕《まくら》にしたようにギター、壁にくっつけてハイファイ・セットと何十枚かのレコード、壁には自作と思えるアメリカン・ポップ・アートのような、オートバイに乗った女の絵、窓ぎわに製図台のような仕事机、そして上川一人は、その部屋の何もない空間に、大の字に寝ていた。

誰かが運んで来たらしい、お膳《ぜん》にのっかった、豚カツとマカロニ・サラダ、味噌汁《みそしる》に香の物、それに何種類かの瓶詰、丸ごとの林檎《りんご》、土瓶に入ったお茶という料理が、手付かずであり、ウイスキーの丸瓶だけが空になりかけていた。

芥洋介が顔を見せ、どうしたんだと言うと、彼は、ムックリと起き上って胡座《あぐら》をかき、

「日広美、落っこちましたよ。落選ですよ。同級生の才能のない奴が受かったのに、ぼく、落選ですよ」

と、前歯の無い口を開けて、見たこともないような暗い顔をした。

日広美とは、日本広告美術展の略で、商業デザイナーにとっての唯一の登竜門とされていた。

しかし、上川一人が、日広美に応募していたとは知らなかったし、彼との短いつきあいの間で、それが彼の重大な目標になっているとは、思ってもみなかった。むしろ、それらを拒否しているとさえ感じられた。

「いいじゃないか、日広美ぐらい。どうせ、マキャベリストたちが選んでいるのだろうし、天才には必要ないものだよ。そんなことで、拗《す》ねて、会社にも来なかったのか」

芥洋介は、上川一人の前にしゃがみ込み、へえ、誰方《どなた》か食事を運んでくれるお坊っちゃんなんだ、と厭味を言いながら、関係ないよ、日広美なんか、会社へ来いよ、と言った。

「会社はもう行きませんよ。あんなとこ行ったって、どうしようもないし。ねえ、芥さん、あんたが悪いんですよ。ぼくが日広美に落ちたのも、あんたのせいですよ。何だって、ぼくを玩具《おもちゃ》にしたんですか。毎日毎日、何十曲も作曲やらせたり、春画を描かせたり。あんたですよ。芥さんですよ。ぼく、芥さんを好きだし、尊敬してるし、だから、宣友にも行ってたんだけど、面白いことばかりやらせるんだものなあ。面白過ぎて、ぼく、駄目になっちゃったんですよ。どうしても、今年、日広美に入選しないといけなかったんですよ。ぼく、いや、おいら、デザイナーだから」

こんな饒舌《じょうぜつ》な上川一人を見るのは初めてで、それは、彼の落胆と絶望が並々ならないものであることを証明していた。

その夜、芥洋介が誘って、上川一人と、目黒、恵比寿、渋谷、新宿と山手線を回るようにして飲み歩き、最後は、また、いつかの青山のバーで、フラメンコ・ギターと、エロ都々逸と春画をくり返した。その間、上川一人は時々正気になり、日広美に落ちたことを嘆き、芥洋介と審査員を罵《ののし》った。

それから、上川一人には会っていない。噂も聞いていない。

あの部屋を訪ねてみようと思ったことが一度あって、部屋へ行くと、粋《いき》なタイプの中年の女性が掃除をしていて、

「今、家を出てるんですよ」

と言ったことがあった。

それらを、今、銀座の画廊の中で連想するのも妙だった。

芥洋介は、展示されている絵を一通り見終って、久能原真理子に視線を投げた。

ちょうど、華やかな笑顔が真顔に戻った瞬間で、息を吸い込むようにすると、彼女は、足を急がせて近寄って来た。そして、笑っちゃ駄目よ、と言った。

有名な果物屋のパーラーで、珈琲《コーヒー》を飲んでいた。

久能原真理子は和服で、ますますバーのママらしく、あでやかになっていたが、やはり、彼女は彼女であると思えるところが残されていた。

「来週の週刊誌のグラビアは、絵を描く銀座ママだな」

芥洋介が言った。

「馬鹿にして。でも、あれは儀式なの。儀式。一度やっておかないと、なかなか先へ進めないから」

久能原真理子はそう言うと、目を細めて煙草を喫《す》った。青い煙がゆるやかに波形を描いて流れ、秋の陽をため込んだガラス窓にひき寄せられて行ったが、やがて消えた。

「先へ進むってどういうこと？」

「被害者の意識を捨てることとかな。これまで、どこか自分を可哀相だと思っていたから、それをなくしたいの。抽象的ね。でも、そうなの。もっと生臭くなる必要もあるし、タフにもならなきゃいけないし。わかるでしょう？　で、あなたは？　日本一は忘れていない？」

「日本一って、日本で一番ってことだよな。日本で一人じゃ駄目かな」

「いいんじゃないかしら」

「そっちの方が好きだけどな。しかし、俺、まだ宣友にいるんだから、何とも言いようがないけどな。日本で一番にしろ、日本で一人にしろ、全く恥ずかしくもなくよく言うよ、ってもんだよ。みんな偉いよ」

久能原真理子は、芥洋介の自嘲《じちょう》には答えないで、株式会社宣友ね、面白かったわね、小豆色のスモックを着て、野暮だと思っていたけど、今から考えると青春よね、月並みな感慨だけど、と遠い目をした。

「あなたにも口説いて貰えたし、あれ、口説いてくれたんでしょう？　〝灰とダイヤモンド〟を見た帰りかな」

「寝てくれるかなって思ったんだけどな」

「デイトに、テロリストの映画なんかに誘う人と寝るものですか」

久能原真理子は笑った。

「面白かったわ。とっても面白かった」

「訊《き》いていいかな」

「何？」

「〝久能原真理子さんの幸福を祈る夕べ〟が終ったあと、駒井秀樹が送って行った。俺は、ベロベロの矢野伝を送って行ったんだけど、もし、あれが逆になったら、俺と寝てくれたかな？」

「難しいことを訊くのね」

「訊いておきたいんだ」

「日本一の方が大事な問題よ」

「いや」

「そうね、寝たかもね。私の方から口説いて寝たかも。駒井秀樹には口説かれたんだけれど」

「そう。ありがとう。それでいいんだ」

するとと、久能原真理子は、あれも儀式かなと笑い、今日は来てくれて嬉しかったと、深々と頭を下げた。

その後頭部から、華奢《きやしや》で白いうなじを秋の陽が染めるさまを見ながら、何故か唐突に、芥洋介は、日本一を思い、不思議な連想で、鳩村圭子をいとおしく思った。

それは、久能原真理子に会うことも、思うことも、もうあるまいという気持で、いずれにせよ、何をするにしても、どこへ行くにしても、いろいろやることがあるということだった。


通信衛星リレー一号による、日米初のテレビ宇宙中継が行われたのが、昭和三十八年十一月二十三日の早朝。

ただし、この、新メディア時代の幕開けを予想させる記念的な放送は、第三十五代アメリカ大統領ジョン・F・ケネディ暗殺という悲報にプログラムを変え、世界が揺れた。

七

このままでは時代の中で取り残されてしまう、そればかりか、下手をすると、何もしないままに老いてしまうと、ようやく焦り始めた時に、芥洋介は黄疸《おうだん》になった。

最初はただの風邪、思いがけない高熱に喘《あえ》いで、これは普通じゃないと感じたら、そうなった。

黄疸とはよく言ったもので、本当に全身が真黄色になり、蒲団《ふとん》をめくって見ると、発汗の跡が、くっきりと黄色い人形《ひとがた》になって、シーツに残っていた。

芥洋介は、かすんだ目と、朦朧《もうろう》とした頭でそれを見つめながら、一つの人格が脱《ぬ》け出《で》たような、また、肉体から分離した幽体の形を見るような、そんな気持になっていた。

黄色い人形は、そのうちに起き上り、どこかへ行ってしまいそうであった。

鳩村圭子はいなかった。

出たり入ったりの何度目かの同棲《どうせい》のあと、彼女が大学を卒業し、就職を決めた時をきっかけに、目白の方にアパートを借りていた。

目白から駒込は、山手線を使うとすぐで、同棲時代と同じように顔を合せていたが、しかし、同棲ではなかった。

病気になると心細く、彼女がいてくれたらと思ったが、こういう時に限って現われないもので、三日目にようやく顔を出し、黄色い木乃伊のように衰弱している芥洋介を見て、号泣した。

翌日から、鳩村圭子は、勤務先の映画輸入会社を休んで、つきっきりの看病をしてくれた。

医者も連れて来てくれた。医者は、過労と不規則な食事と神経症による肝臓の障害だと言った。

そして、鳩村圭子に、病人用の食事のメニューを渡し、その他にも、日常生活での、さまざまな禁止事項を書いたものを置いて行った。禁止事項には、飲酒、喫煙とともに、セックスも入っていた。

急性の肝炎を患うということは、どうやら、妊婦の悪阻《つわり》と似た症状になるようであった。匂《にお》いに対して異常に過敏になり、数軒先の家で焼いている魚に吐き気がし、そればかりか、食欲は皆無でありながら、酸味の強い蜜柑《みかん》だけは、いくつでも喉《のど》を通った。

「出来たらしい。ご懐妊らしいや」

芥洋介は、網膜まで黄色になった視界の中に、鳩村圭子のひょろりとした姿を捉《とら》えながら、せいいっぱいお道化《どけ》たが、ムカつきはそれどころではなく、洗面器に吐いた。

「私、悪阻より、お腹《なか》が西瓜《すいか》みたいに脹《ふく》らむのが厭だな。子供は卵で産む」

それから、ふと真顔になり、男と女って、こういうことがきっかけになって、平凡な結びつきをするのよね、と不快がったが、鳩村圭子は、実に甲斐甲斐しく世話を焼いた。買い物に出る度に、酸味の強そうな蜜柑を山のように買い込んで来た。また、時間をかけてお粥《かゆ》を作り、古典的な療法を信じて、蜆《しじみ》汁なども作った。

有難かったが、意外な印象で、芥洋介は鳩村圭子に、甲斐甲斐しさを期待したことなど、長いつきあいで一度もなかった。

熱も下り、少し正常に近くなって来た時、芥洋介は、黄色い人形の話をし、どうやら、これが、俺の儀式であるらしいと言った。

「儀式?」

「俺は、シーツにはりついていた黄色い人形に、ジャックと名付けたんだ。〝旅立てジャック〟だよ。レイ・チャールズだよ。いつまでも動かない俺に業を煮やした神様が、ジャックを使って旅立ちの儀式をやってくれた。踊ったんだぜ。黄色い人形がさ」

「熱があったのよ」

鳩村圭子はそう言い、大丈夫よ、そんな風に言わなくても、私、あなたのことを駄目な人だとは思っていないから、と慰めた。

非常識で、不器用な彼女も、だいぶ大人になっていた。それから、私の儀式は、鰤《ぶり》の解体かな、それとも、初めての騎乗位かな、と笑った。

十日ばかり会社を休み、年末だからということで、少し無理をして勤務に戻った。当然のことに、鳩村圭子も、映画輸入会社の年末年始公開映画のために忙しくなり、会えなくなった。

しかし、彼女は、時々電話を入れてきて、芥洋介の体調を気遣い、食事に注文をつけ、涙ぐましい思いにさせたりした。ところが、彼女のことだから、そんなしおらしいことだけでは終らないで、

「宣伝で知り合った写真家に、ヌード撮られちゃった。ひょろ長くて、肉付きが薄くて、ノンセックス的なところがいいんだって。黄疸なおったら、無修整のを見せるから」

なんてことをしゃべり、それはそれで、芥洋介をどこかで安心させていた。

暮の二週間で、四国の造り酒屋と、鳥取のデパートのCMソングの詩を書き、業績を上げた。造り酒屋の方は、「南国土佐を後にして」に似たものという注文を、似ることのつまらなさを説いて違うタイプのものにし、デパートの方は、社長の娘の趣味が、弘田三枝子から九重佑三子に変ったりでぐらぐらしていたが、夢のようなニュー・ライフの詩を書いた。

これも、また、「どら猫キャプテン」のパイロット版の脚本と同様、プレゼンテーションまでは社員である芥洋介、決定したあとはプロに依頼するというのを、彼は珍しく

強硬に拒み、そのまま通した。

そんなことをしているうちに、年末の慌しさに巻き込まれ、またまた、黄色い人形が〝旅立てジャック〟を踊り出しそうな気配がして来たので、クリスマスをきっかけに、ふたたび病気欠勤の届けを出した。

そして、大晦日《おおみそか》から正月三が日、芥洋介と鳩村圭子は、神奈川《かながわ》県丹沢《たんざわ》山系の奥まった温泉宿で、のんびりと過すことにした。

都心からそれほどの距離でもないにもかかわらず、厚木から北の山中へ入ると秘境めいて、ひどく人里離れたところまで来た気がした。

丹沢の吹きおろしか、チラチラと雪の交った風が吹き、底冷えのする感じで、澄んだ空気は同時に、針を含んだように鋭い、凍《い》てついた冬でもあった。

静かで、山の音が聞こえ、時々、木が裂けるような悲鳴がこだましていた。

そこに、大体が猪《いのしし》料理を食べさせることを看板にした温泉宿が点在し、暮から正月にかけてのせいであろう、泊り客も大勢見られた。しかし、その中で、芥洋介と鳩村圭子は圧倒的に若い客であった。

昭和三十九年は、そこで、犬の遠吠えと、長尾鶏の長声で明けた。

今年は、オリンピックのある年であった。

それは、久能原真理子の個展のように、芥洋介の黄疸のように、鳩村圭子の鰤の解体のように、日本という国としての大きな儀式であった。

炬燵以外に暖房がなく、部屋の中にいても猛烈に寒かったので、芥洋介と鳩村圭子は、ずっと抱き合っていた。

躰を温めに大風呂へ行けばいいのだが、これは道中で凍える。

部屋の風呂へ入ろうと思うと、これが不思議なシステムで、まず湯槽《ゆぶね》に水をはり、それから帳場へ電話を入れ、

「風呂へ入ります。よろしく」

と申し入れる。

そして、しばらく待っていると、座敷の下をカッカッと音を立てて何かが通り過ぎて行き、湯槽の中の水がボコボコと泡立ち始める。どうやら、熱風を送り込んで来て、温泉質か鉱泉質の水を沸騰させているようであった。

一応型通りの挨拶と食事のあと、ちょうど風呂が沸く時間になり、二人は震えながら、まだ、ややぬる目の湯に入り、裸の躰で対《むか》い合って、

「俺たち、いつの間にか、いい年齢《とし》になったんだ」

と、芥洋介が言った。

すると、鳩村圭子は、お湯を両 掌《りょうてのひら》ですくって顔を濡《ぬ》らし、ついで芥洋介の顔もゴシゴシこすって、

「黄色くなくなったわね」

と笑った。それから、いい年齢なんて言わないで、そんなのは、凡才の感傷だわ、平凡よ、普通よと顔をしかめ、もう一度顔を濡らすと唇を寄せてきた。

二人は、狭い湯槽の中で、洗濯機の中のシーツのように捩れながら、これが新年の挨拶よね、セックスはいけないと言われたけど、ご挨拶ならいいわよね、と抱き合った。

パイプを通して、熱風はまだ送られつづけていて、爆発音がバリバリと響き、湯はやっと湯気を立てながら、泡立ち始めていた。

元日は、ほとんど眠っていた。

つけっ放しのラジオからは、昨年度のレコード大賞受賞曲の「こんにちは赤ちゃん」と、今年のビッグ・イベントを煽《あお》り立てる「東京五輪音頭」が鳴りつづけていた。

夜になって、決意表明のつもりでもないが、日本一の話を少しした。

芥洋介は、何故か、職業名で目標を定めることは出来ない、結果として、そうなるのは嬉しいことだがと、曖昧にしか伝えられない気持を言い、一つのジャンルでは表現しきれないし、欲求も解消出来ないし、そういう時代が来ると思うし、そう生きたいと考えている。だから、今のところ、日本一としか言いようがないんだと焦《じ》れた。

鳩村圭子は、ちょっと考えていたが、

「猪料理、あなたは駄目でしょう？　食べちゃいけない。けど、私は食べたい。一人で食べちゃいけないかな」

と、とんでもないことを言い、それから、

「わらしべ長者みたいなのがいいんじゃないかな。最初はつまらないとか、目立たないとか思っていたことが、時代とともに価値観を備えてきて、いつか世の中の陽が当り、それをやっていたあなたが日本一になるの。どう？　わらしべ長者でしょう？　それがいい」

と、相変らずレザーカットの短い髪の頭を、得意気に振った。

髪といえば、鳩村圭子は何故か少し赤くしていて、温泉旅館の男の子に、お姉ちゃん、日本人か？　と確かめられてくさっていた。

ところで、この、わらしべ長者という言葉は、芥洋介の気持をひどく楽にさせる名言であった。

わらしべ長者は、新しい時代や、彼の未来を開く鍵《かぎ》にも思え、それは、仕事や未来の選択に従来の観念を持ち込まないで済む、ということであった。

わらしべ長者かと、彼は笑った。

正月二日、書き初めをするからと、帳場から筆と硯《すずり》、半紙を借りて来て、芥洋介は、

「書き初めを頼む。かっちりとした楷書《かいしょ》で書いてくれないか」

と言った。

「私が？　書き初め？」

「ああ、頼むよ。俺たちは敗戦で習字を禁じられ、それ以後、筆を握ったこともない世代だから、全く駄目なんだ。で、きみは？　書ける？」

鳩村圭子は、得意なものよ、と胸を張った。それから、紫檀《したん》まがいの座卓に対《むか》い、きちんと正座をすると、ゆっくりと時間をかけて墨をすり、半紙を広げ、また、あらためて姿勢を正して、肘を張った。

「書くわ。何て書くの？　日本一？　それとも、わらしべ長者？」

部屋は暗かった。

芥洋介は、立ち上って電灯を点けると、鳩村圭子の背にしゃがみ込み、

「いいか。辞表。私儀、芥洋介、この度一身上の都合により」

と、読み上げるように言うと、鳩村圭子は、いい書き初めね、と嬉しそうに笑った。

晴れているのか、曇っているのか、山の蔭にあって沈んだような弱い光で、それでも、障子に時折、山鳥がぶつかるようにかすめる影が映った。

芥洋介は、鳩村圭子の、意外に男性的な楷書の辞表の文字を恍惚《こうこつ》とした思いで見つめながら、「旅立てジャック」を口笛で吹いた。

嵐の羽田にビートルズ

一

リバプールってったって、東京に比べりゃ田舎だよ。人口だって、五十万と一千万。その田舎町の兄ちゃんたちが、リバプール・サウンドって世界へ出られるのだから、一千万の東京を背にして、トウキョウ・サウンドを名乗ってごらんよ。どうなる？　何てったって、去年の東京オリンピック以後、世界のスターは東京なんだから、リバプールなんて、小さい、小さい。

テレビの公開番組の収録を主な目的にしたホールは、有楽町のデパートの七階にあった。デパートは、七年ほど前に出来たもので、当時としては珍しく、映画とレコードと雑誌がタイアップし、「有楽町で逢いましょう」という開店キャンペーンをやった。

キャンペーンは成功し、フランク永井《ながい》が歌った歌も、京《きょう》マチ子《こ》が主演した映画も大ヒットしたが、どういうわけか、そこで歌われたり、語られたりする有楽町と、デパートが結びつかなかった。誰もデパートの歌だとは思っていなかったのである。

ただ、〝あなたを待てば雨が降る〟という歌詞に魅せられて、有楽町駅で待ち合せをする恋人たちは増えた。芥洋介が広告代理店へ入った当初、キャンペーンと広告の成功・不成功の実例として、このケースを教えられたことがある。

その有楽町のデパートの七階のテレビ・ホールは、この日、いつものアットホームな演芸番組やクイズ番組の収録と違って、明らかに異様であった。

ホールでは、「世界へ飛び出せ！　ニュー・トウキョウ・サウンド」という番組のパイロット版の収録が、始まろうとしていた。

異様さは、その番組が、エレキ・バンドを多数出演させることから発していて、およそ社会の良識の敵と思われるような風体の少年たちが百人も集まり、おまけに、モンキー・ダンスを死ぬほど踊らせるという条件で、同様の少年少女が二百人もかき集められていた。

芥洋介は、ホールの観客席のど真中に腰を下し、擂《す》り鉢《ばち》の底のようになったフロアを見下していた。

今、主として動いているのは照明のスタッフであるが、大道具、小道具の連中も、徐々に気忙《きぜわ》しさを加えながら、セットの組立ての仕上げに入ったり、持ち道具の点検をしたりしている。

カメラマンは、それぞれのカメラの台に腰を下し、台本に書き込まれたカメラ割りを頭に入れている。

司会役の巨軀《きよく》のコメディアンが、近眼の眼鏡を光らせながら、鵜《う》が魚を呑《の》み込むようにして進行の台詞《せりふ》を暗記し、時々、芥洋介と目が遭うと、段取りってのが苦手でさあ、と言った。

まだリハーサルも始まる前であったが、充分に緊張が満ちているのは、新番組のパイロット版、すなわち、レギュラーとして放送されるもされないも、これの出来にかかっているということと、本邦初のエレキ番組という不慣れさにあった。

「文句言ったって、しょうがねえだろう。初めてなんだから」

何かというと、そういう言葉がフロアに響き、

「初めてが不服かよ。三味線の入った流行歌にゃうんざりだって言ってたの、お前だろうが」

なんて言葉も返されている。

こういう緊張を、芥洋介は嫌いではなかった。おそらく、放送作家になって以来初めてという昂揚《こうよう》を、躰《からだ》や神経に感じながら、彼は、観客席で何本も煙草《たばこ》を喫《す》い、貧乏揺すりに近い震えを全身で表わしていた。

「かかるぜ、今日は。俺《おれ》の見るところ、三十分番組一本上げるのに、まず十二時間、下手すると二十四時間」

そして、まあ、飲めよ、とコカ・コーラをさし出したのは、M大で同級であった倉田三成で、彼は、テレビ局の不思議な位置にいて、この番組にも関わっていた。

「何で？」

「エレキの兄ちゃんと、モンキー・ダンスの姐《ねえ》ちゃんたち合計三百人、素人ばかりがうろうろしてる番組だぜ。おまけに、忠誠心や、協調の心なんてまるでない世代だよ。号令一つで動くもんかね。そのうち、何十人かは、ラリってヘロヘロするのも出るだろうしさ。黙って帰る奴《やつ》や、下のデパートで万引きする奴や、もっとも、そうなってからが、俺の働き場所だろうがな」

そして、倉田三成は、アメリカで覚えた特技を見せようかと、コカ・コーラ一本を九・五秒で一気飲みし、炭酸に噎《む》せるようじゃ、民主主義を理解してないとよ、と笑った。

倉田三成は、大学時代は、スピードと暴力に取り憑《つ》かれ、級友たちに威圧を加えていたカミナリ族、卒業後は、六〇年安保のデモの切崩しなどに、右翼の片棒を担いで出向いていたということだが、芥洋介と会ったのはテレビ局で、その時、彼は、少女歌手の付人になって、廊下で靴を磨いていた。

その後消息不明の時があって、彼の言うことを信用するなら、アメリカへ行っていたということである。ジャップの罵声《ばせい》を背に受けてアメリカ大陸を二年放浪し、それが倉田三成が陶然と語るアメリカで、何のつもりがあったのか、何の意味があったのかさっぱり理解出来ないが、彼は、今、テレビ局に入り込んで、便利屋をやっている。

社員ではないが、社員よりもテレビ局内の事情に詳しいという存在で、ロケーションマネージャーもやれば、人間から物まであらゆる種類の調達屋もやれば、フロア・ディレクターの代役も、公開放送の場内整理もやる。あれは何者なんだと当初は言われていたが、誰よりも役に立つ存在であることがわかり、今では、もう誰も、あれは何者なんだとは言わなくなった。

「苦労したんだぜ。モンキー・ダンスの姐ちゃんかき集めるのに、川崎、横浜まで行って、欺《だま》したり、脅したりよ」

「ああ、聞いたよ。女衒《ぜげん》か、あいつって、言ってたよ」

「よく言うぜ。人に働かせておいて」

「見事ってことだろ。で、どんな調子なんだ。女衒の口説《くど》きってのは」

そう言うと、倉田三成は、いつまでも便利屋だと思うなよ、一年会わなきゃ社長の名刺になってるぜ、もっとも、お前だって巨匠になってるかもなと笑い、さてと、こんな調子よと、女を抱くように芥洋介の肩を抱き、

「一流のバンドでよ。一日中だよ。一日中踊って只《ただ》で、飲み放題、食い放題。おまけに、

ギャラ付きだよ。テレビにゃカッコいいところが映るし、運がよきゃ、レギュラーのダンサーの道も開けるんだから、来いよ。きっと来るんだぞ。学校だって、母ちゃんだって、テレビにゃ弱いの。テレビに出さえすれば、お前たちが正義になるの。いいな。忘れるな。嘘《うそ》つくなよ。嘘ついたら、お前、俺は地の果てまでも追いかけて強姦《ごうかん》するぞ」

と、まくし立て、まあ、こういうこと、デモ隊やアメリカの愚連隊に比べりゃ楽なもんさ、と笑った。

妙な奴だと、芥洋介は思った。それから、あれは、彼が少女歌手の付人だった時のことだと思うが、俺な、ちょっと先が見えてるんだと言ったことがあるが、その先とは、こういう生活のことを指すのか、それとも、テレビという巨大なメディアを指しているのか、どちらだろうと思った。

「まあ、おたがい、日々の暮しに懸命に、大きな夢に近づきましょう」

と倉田三成は、芥洋介の肩を叩《たた》いて立ち上り、明治維新、文明開化、風に乗らなきゃ馬鹿《ばか》を見るぜ、と言った。

それから、急に現在の便利屋の立場に戻って、コカ・コーラの空瓶を集め、足許《あしもと》の煙草の吸殻を拾ってはジーンズの尻《しり》ポケットに押し込み、慌しさが増してきたフロアへ、階段を二つずつ跳びながら降りて行った。

フロアでは、スタッフの行き来を前にしながら、番組のレギュラー・バンドになる筈《はず》のザ・スネーカーズが、簡単な音合せを始めた。

ドラムを叩く、リーダーの花田壮司《はなだそうじ》が、「七人の侍」のように集めて来たメンバーで、彼がウエスタン・バンドにいたように、他の六人も、ハワイアンをやっていた者、ロカビリーを歌っていた者、ジャズをかじっていた者とさまざまで、それを見ただけでも、音楽に新しい時代が訪れ、はぐれそうになっていた不良少年に陽《ひ》を当てようとしているのがわかった。

ザ・スネーカーズが何曲かを演奏した。

曲目は、いずれも、ザ・ベンチャーズがヒットさせたインスツルメンタルばかりで、芥洋介には、いささか熱気に欠ける感じがした。そして、そのことをもっと強く感じたのは、リーダーの花田壮司で、彼は、ドラムのスティックをメンバーの一人に叩きつけ、それでも気が済まないのか、台から降りて来て、二、三発撲《なぐ》りつけた。

どうやら、新しい波のような音楽は、少年たちに野心を抱かせるよりも、この花田壮司や、便利屋の倉田三成や、そして、芥洋介ら、青年の終りの年代の男たちを、異常にかき立てるものがあるようであった。

二

かき立てられている、青年の終りの男がもう一人いて、それが、この番組のディレクターの月田光麿《つきたみつまろ》だった。

彼は、この「世界へ飛び出せ！　ニュー・トウキョウ・サウンド」で、テレビ局内にクーデターを起そうとしていた。

何故《なぜ》か、その当時、絶対の繁栄を誇っていた大プロダクションから毛嫌いされ、テレビ局内でも半ば干された状態にあった月田光麿は、このエレキギターの音楽革命に便乗して、勢力地図を塗りかえようという野心があった。

「あそこの歌手を借りようと思うから卑屈になる。借りられないと仕事がなくなる。だから、俺は、あそこの息のかかっていない、アマチュアで勝負する。それには、今度のエレキギターのブームは絶好のチャンスでさ。どうせ、奴らも、番組を作るだろうが、一日でも早く、俺のを出したいんだよ。本邦初のツバを付けたいんだよ。なあ、芥洋介、頼むぜ」

それが月田光麿の本心で、決して、新しい時代を作りたいという種類の野心ではなかった。

ところで、月田光麿と芥洋介の関係は妙なもので、彼が何を根拠にして気に入ったのかわからないが、何かの番組にグループとして関わった時、いきなり、

「他の人いらないよ。芥洋介だけでいい」

と言ったことから始まっている。

彼の無邪気な独占欲や、素直な傲慢《ごうまん》さを知る人間からは、悪女の深なさけみたいなもんだよと同情もされたが、芥洋介にとって、放送作家として確立出来た大きな支えの人物でもあった。

成程、つき合ってみると、これはなかなか大変で、無邪気さも素直さも、ここまで徹底すると暴力だと思えるところもあって、彼は、芥洋介を独占しようとし、他の番組に関わると嫉妬《しっと》したし、打ち合せの時間に五分遅れても、蒼《あお》ざめて不機嫌になったりした。

「月田と縁を切って、向うの陣営で仕事をしなきゃ、どうにもならないよ」

と、親切に言ってくれる人もいたが、芥洋介は、最初に才能を評価してくれた人間を裏切らないのが信念で、当分、月田光麿と組む気ではいた。

クーデターというのは如何《いか》にも大仰だが、干されていた月田光麿が復権し、自分のフィールドを作るには、いいチャンスであった。

「世界へ飛び出せ！　ニュー・トウキョウ・サウンド」の企画書は、そういう月田光麿の悲願をも充分にこめて、芥洋介が、広告代理店育ちの経験を活《い》かして、壮大なものに作り上げた。

タイプ印刷の寒々とした企画書ではなく、世界の若者の風俗やモラルや行動の変化が一目でわかるように、ロンドンの、ピカデリー・サーカスや、カーナビー・ストリート

の異様なファッションや、楽器カタログや、エレキ・バンド名鑑の写真をたっぷり使った、ビジュアルなもので、

「凄《すご》いな、芥洋介、天才だな」

と、月田光麿を有頂天にさせるほどのものが出来た。

「世界へ飛び出せ！　ニュー・トウキョウ・サウンド」は、楽器革命といわれたエレキギターと、それによって自分たちの音楽を表現しようとする若者たちのグループをいち早く取り入れ、ビートルズのリバプール・サウンドに対抗して、トウキョウ・サウンドを世界に知らしめようというのが、少しばかり気張ったセールス・トークの企画であった。

いわば、アマチュア・バンドの、最初にして最大の登竜門だと謳い上げ、たとえば、

『扉は自分で開ける。風は自分で見つける。空にも自分で翔《と》ぶ。それが、ぼくらの音楽だ』

と、ヘッド・コピイも付け、優勝バンドは、リバプールへ送り込むことになっている。

そのパイロット版の収録が、やがて始まろうとしていて、テレビ・ホールのフロアは、原色と蛍光色の多い、ピーター・マックスのポップ・アートを思わせるセットで埋めつくされ、今度は、スタッフよりも、出演の人間が大勢歩きまわるようになっていた。

見れば見るほど猥雑《わいざつ》で未整理で、異様であった。この連中が、もしも、七階から逆流してデパートの方へ入っていったら、間違いなく、良識と秩序が動転し、パニックをひ

き起すだろうと思われた。

フロアでは、月田光麿が最終チェックに大声を張り上げ、時折、便利屋の倉田三成を奴隷のように怒鳴りつけ、倉田三成は、それを上手に躱《かわ》しながら、彼が集めて来たモンキー・ダンスを踊る少年少女たちを、調教師のように飼い慣らしにかかっていた。

芥洋介も、フロアへ降りて行った。

一軍の指揮官のように目を吊り上げて叫んでいる月田光麿の横へ立つと、彼は、

「なあ、芥洋介、こいつらでビートルズに勝てると思うか？　リバプールで赤っ恥かいたら、お前の責任だぞ」

と、声をひそめて言い、なあ、大丈夫なんだろうと心細い顔をした。

「大丈夫ですよ」

「そうか。俺、また、夢を見てなあ。例の」

例のというのは、月田光麿が極限状態で見る夢はきまっていて、それは、高校野球地区予選の決勝戦を、彼のエラーでさよなら負けし、甲子園出場が果せなかった、苦く、辛い想い出が克明に再現されるというものであった。

「ボテボテのゴロがよう」

彼は、そう言って、いつも泣いた。今も、遠い目をしている。

「大丈夫。風が吹いてるんだ。今まで感じたこともない風が」

「そうだな」

「リハーサル前に、うどん食いましょう。日劇裏に関西うどんがあって、これが美味《うま》い。ツユ物を食った方がいいんじゃないかな。喉《のど》が渇く。脱水症状になる。弁当じゃ駄目。ツユ物でなきゃ」

「そうするか」

と、月田光麿は無邪気に表情を和らげ、ようし、風だ、風だとはしゃぎ、モンキー・ダンスの少女たちの、尾骶骨《びていこつ》のつき出たような痩《や》せた尻や、ほとんど手応《てごた》えのない乳房をさわりまくって、

「ねえ、もうちょっと何とかならなかったのかよ」

と、倉田三成を責めた。

それも、また、病的な彼の癖で、それが出ることは平常に戻っている証拠であったが、乳房と尻とクーデターがどう結びつくのか、どうにもわからなかった。

何がボテボテのゴロだと、芥洋介は、呆《あき》れていた。


倉田三成の予想にほぼ近く、パイロット版収録に十四時間を要して、終ったのは、深夜に近かった。

全員が頭の中が麻痺《まひ》していて、果して番組と称《よ》べるものが出来上ったのか、パイロッ

ト版の役に立つのかも判然としないままに、おつかれさまの声をかけ合う気力もなく、ホールで別れた。

外は五月であった。

季節や天候よりも、その時鮮やかに目に映じたものは、ショーン・コネリーのジェームス・ボンドと、金粉美女が寝そべった「007／ゴールドフィンガー」のポスターで、芥洋介は、思わず見上げながら煙草を喫った。

芥洋介は、帰りの電車の中で、レールの繋《つな》ぎ目が立てる音と、エレキギターのテケテケテケテケという独特の音が重なり合って、閉口した。そして、その音は、眠りについてからも容易に去らず、悪い呪文《じゅもん》のように執拗《しつよう》に鳴りつづけて、結局その夜は不眠となった。

芥洋介が、株式会社宣友に辞表を提出してから半年が過ぎようとしている時で、昭和四十年五月、彼の職名は放送作家であった。

三

芥洋介が辞表を提出したのは、ちょうど、東京オリンピックのマラソンを実況中継している時で、相本達造部長は、まあ、話は、これを見てからにしようと言った。

決闘状でもつきつける思いで気負っていた芥洋介は、ちょっと肩透かしを食ったような感じで、はあと言い、それから、アベですね、円谷《つぶらや》がどのくらいいけますかねえと話を合せ、テレビの方へ椅子《いす》を回転させた。

株式会社宣友の企画部には、二人だけだった。他の連中の行き場所は、おおよそ察しがついている。芥洋介は、そんな時を狙《ねら》って、辞表提出の儀式を行おうとしたのだが、話はこれを見てからということになると、何にもならなかった。

マラソンの決着がつき次第、近所の喫茶店に散らばっていた企画部員たちが、どっと帰って来る筈で、そうなってからでは、儀式の性格が変りそうだった。

相本達造部長は、ゆっくりとした気分でパイプをくゆらしながら、テレビの中のアベ・ビキラの快走を見つめていた。

それでも、時々気になるのか、芥洋介が提出した辞表を指で玩《もてあそ》びながら、最後には、デスクに対して直角になるように置いた。

それが彼の性癖で、デスクの上に置かれているのはほとんどが文芸書であったが、それらも、デスクに対して直角であり、それぞれが平行になるようになっていた。

この部長が、天下りのような形でクライアント側からやって来て、一年半余りだが、こういう性癖には、かなり神経を使わされた。

病的な癇気《かんき》で見つめると、広告代理店の企画部などというところは、全て、不潔で、無秩序で、自堕落に見えるもので、しばらく、相本達造はヒステリーを起しつづけていた。

そして、ヒステリーを起すと、幼児っぽい報復を思いつく性格のようで、何かと理不尽なことを命じては、権威を示そうとした。

先輩の矢野伝は、相本達造部長の迫害と無視を嗜虐《しぎやく》的に受けていたが、芥洋介は、何故か一目《いちもく》置かれているところがあって、何かというと、芥君と呼ばれた。そして、それは、仕事に限らず、相本達造の唯一の趣味である関西ストリップ見学にも、お伴させられることがあった。

相本達造は、ストリッパーがひろげて見せる秘部に対しては、どういうわけか、不潔も、無秩序も、自堕落も感じないようで、神を見つめるような顔をしていた。

さて、そのような相本達造部長が、芥洋介の辞表にどのような態度を示すのか心配であったが、彼は、マラソンに見入り、時々、円谷を応援し、そのうち、デスクの抽出《ひきだ》しから、オリンピック記念煙草のピース、柔道の図柄のものを取り出すと、きみ、これ、と投げてよこしたりした。

マラソンは、エチオピアの英雄アベベ・ビキラが独走していた。四年前のローマ・オリンピックで、古都の石畳を裸足《はだし》で走って優勝し、一躍世界に裸足のアベベとして名を売った、哲学者のような風貌《ふうぼう》のランナーは、今回は靴を履いていた。

裸足の神話こそなくなったが、アベベは健在で、二時間十二分十一秒二の世界最高記録で、オリンピック史上初の二連勝を果した。

アベがゴールインしてからおよそ四分過ぎて、国立競技場に大歓声が起り、日本の円谷幸吉《こうきち》が二位で入って来た。銀メダルは確実と熱狂したが、円谷はゴール直前で、イギリスのヒートリーに抜かれ、惜しくも三位の銅メダルとなった。

相本達造は、パイプに煙草の葉を詰め替えながら、

「きみの辞表ね。受理するから」

と言い、それから、そんなことは全く大したことではないと言うように、

「ぼくは、重量挙げがあんなに面白いスポーツだとは、ついぞ知らなかったよ。きみ、見ただろう。フェザー級で優勝した三宅義信《みやけよしのぶ》。あの、何ていうのかな、重い物を持ち上げる寸前の、神との会話とでもいうべき時間、あれは、面白かった」

と、およそ関係のないことを呟《つぶや》き、受理するから、どうぞお元気でと笑いかけてきた。

芥洋介は、どうもと言い、勝手ですがと詫《わ》びた。正直な話、こんなに簡単に受理されるとは思っていなかったので、いささか拍子抜けのところもあった。

人間とは勝手なもので、慰留されたらどうしよう、会社の業務に支障を来すと泣きつかれたら、どう振り切ろうかとそればかりを考え、しかし、どんなに誠意を示されても、何としてでも決心を通そうと、いささか悲壮に思っていただけに、受理します、どうぞお元気ででは、落胆さえさせるものだった。

予想通り、マラソンの放送終了とともに、矢野伝はじめ企画部員たちが、さも仕事先から帰ったような顔をして戻って来、それと同時に、椙本達造部長は、黙って部屋を出ていった。

それから、五分もしないうちに、総務部の神林保課長がやって来て、芥洋介に、

「退職金として六万円が出るから、手続きしなさい」

と、実に事務的に告げた。

「六万円？　たったですか？」

「きみ、在職六年だから、一年一万円という計算で」

神林保課長が言うと、矢野伝が話の中へ入って来て、

「へえ、一年一万円ね。俺は、百万円になるまで辞めないからな。それにしても、芥洋介、きみの貴重な青春の査定は、一年一万円が妥当だとおっしゃるんだ」

と、例によって貧乏神の風貌で、しかも、どこか笑いを含んで、六万円か、新発売ワンカップ大関七百本、チリ紙の革命クリネックス・ティッシュが七百五十個とは大笑いだな、と手を叩いて喜んだ。

全くだと芥洋介は震えが来そうになり、これが居心地のよさへの報復かとさえ思っていた。しかし、辞めると宣言してからゴネてみても、何の圧力にもならない。

かといってこのままでは、あまりに惨めで口惜《くや》しいので、無茶とは思いながらも、

「少い退職金の代りと言っちゃ何だけど、課長、ぼくが六年間で書きためた企画書が、二百本ばかりあるんですよね。会社の物であることは承知なんだけど、特にセールスにかける気持がないのなら、持って出ていってもいいかな。どうでしょう？」

と言うと、神林保課長は、何を要求されるのかと思ったら、そんなことかというように安堵《あんど》の色を顔に浮かべ、いいでしょう、どうぞ、きみのものだから、と答えた。

「それは、どうも」

芥洋介は頭を下げた。そして、これは、好意ではなく侮辱に近いと思い、ややひきつった笑いを浮かべながら、

「俺ね、これ全部売ってみせますよ」

と言い、自分で、と付け加えた。

儀式はこれで終った。普通、辞表を提出してから一カ月は勤務するものだが、どうやら、そんなに長くいつづける必要もないようで、今日を最後にしてもいいような雰囲気になった。

芥洋介は、二百本もある企画書を風呂敷に包んだ。結び目に指をかけて持ち上げてみると、かなり重さがあり、その重さは、六年間であり、青春であり、才能であり、もしかすると、未来や希望でもある筈だった。

「円谷幸吉が、ヒートリーに抜かれる瞬間の顔を見たか」

と、矢野伝が話しかけて来、いや、それだけのこと、別に他意のあることじゃないと打ち消し、それから、久能原真理子去り、駒井秀樹去り、上川一人は消えか、そして、今また、芥洋介去り、いささか淋《さび》しいが、それもまた人生よ、俺は百年勤めるがな、と大笑いした。

しばらくして、企画部の瀬尾洋子が蒼い顔をして走り込んで来て、恐《こわ》かったわ、恐かったわと言い、何がと訊《き》くと、

「相本部長、湯沸かし場に置いてあった湯呑《ゆの》みを、全部割ってしまったのよ。ぶるぶる震えながら、凄い顔で」

と答え、それは、少しだけだが、芥洋介の自尊心を満足させるものであった。

その夜、芥洋介が鳩村圭子に、辞表を提出したことを告げると、彼女は、あら、まだ出してなかったの、私が代筆したのは十カ月前、正月よと言い、でも、よかったわ、と笑った。

四

書道自慢の鳩村圭子に代筆させた辞表を、十カ月も提出せずに抱いていたのは、芥洋

介の現実だった。

芥洋介は、もはや少年ではなく、青年ですらなくなりかけていて、非現実的な決断や夢想が、美徳でも浪漫でもなくなっていたから、確実に食えることを探す必要があった。

彼は、やはり、書きたかった。わらしべ長者になるためにも書いていることが必要だろうし、また、それ以外のことで何とかなりそうだと思えるものもなかったので、放送作家を選んだ。しかし、これは、想像以上にきつい作業だった。

全くの駆《か》け出しの放送作家としては、一本の番組を担当して、それのギャランティが保証されているわけではなかった。

芥洋介とほぼ同格の若い放送作家たちが、何本かの番組に加わり、それぞれが書き、採用されるとお金になるというシステムで、とにかく、書くことが第一、あれもこれも手を出して、採用される分を増やさないことには、いくらにもならなかった。

それを、株式会社宣友に勤めながらやることは、かなり骨であった。睡眠時間が二時間三時間が普通になり、全くの徹夜状態で出社することも何度かあった。

こんなことをしていては、また黄疸《おうだん》を発病するのではないかと心配にもなったが、その他大勢の出来高払いの状態から抜け出すためには、弱音を吐いたり、手綱を緩めたり、マイペースを考えたりは出来なかった。

幸いに黄疸にはならずに済んだが、正直なところ、慢性疲労の体調で、どこで倒れても、どこで眠っても不思議がない状態だった。

三カ月もすると、どうやら、その他大勢からの勝ち抜きに成功して、いくつかの番組は一人で書くようになった。抜群の採用率だということで、異例の抜擢《ばってき》をされたようであったが、スケジュールのハードさは、以前にも増して厳しくなった。

一本立ちはしたが、その他大勢の仕事もやらされていたから、睡眠時間は、二時間ないし三時間が、一時間ないし二時間になった。

芥洋介は、五時半にはもう起きていて、朝刊に目を通し、政治の動きや、事件や、トピックスを拾い出す。これが勝負で、割と時間をかける。

拾い出したものに赤丸を付けて、電車に乗り、満員電車の中で、赤丸の事件を風刺コントにすることを考える。

正午からの生放送でニュース・コントをやるためであるが、綱渡りに等しく、目覚めから満員電車の中までの二時間少々で、神経衰弱になるほど緊張し、集中するのであった。

電車が有楽町駅に着く頃までに、大体のコントの設定を決め、タクシーを飛ばして番町のテレビ局へ行き、待ち構えていた大道具、小道具、衣裳《いしょう》、結髪らと、コントで使用する背景、持ち道具、衣裳、鬘《かつら》の打ち合せをし、

「台本は十一時に持って来ます」

と、一声残して、大急ぎで銀座八丁目の株式会社宣友へ出社し、タイム・カードを押し、何となく社業に励むようなふりをしながら、コントを台詞からオチまでカチッとしたものに仕上げる。

芥洋介自身としては、失言や愚行の代議士らが、尼僧の前で罪を告白する〝今週のざんげ〟や、ソックリさんが本人になりきって赤裸々に本音をぶちまける〝スターめった斬《ぎ》り〟が気に入っていた。その他に、フラッシュ風に数本のニュース・コントが入る。

もちろん、その間、手と頭と目とは別々の動きをしながら、企画部の誰かれと社業の話も交しているし、指示もしたりしている。

十時半頃になって、ふたたび気忙しく会社を脱《ぬ》け出し、また、タクシーを走らせて番町のテレビ局へ戻る。もう、その頃には、スタジオでは、他の部分のリハーサルは終り、コントのコーナーだけを全員が待っているという状態で、実に切迫した感じで、人気コメディアンを中心に数本のコントを演じ始める。

十二時からの番組が始まると、もう放送作家が必要な部分はなく、彼は、またまた、株式会社宣友へととって返し、ちょうど、昼食時間を終えて会社へ戻る連中と、何となく合流して入って行き、そして、午後は、いくらか社員らしく振舞う。

ただし、それで終るかというと、今度は、ラジオのための〝今日のコント〟というのを書き、夕方の放送に間に合うように、また奮闘する。これは、その他大勢の出来高払いの方の仕事で、ノルマは一日十本とされているが、そのうち何本が採用され、何本がギャランティされるのかわからないのである。

全くの無駄働きということもあり得る。しかし、だからといって手を抜くと、それは、たちまち、才能やセンスの評価につながることでもあり、面白おかしく、滑稽《こっけい》に、しかも、どこか異能であろうなどと欲張ったことも考えながら、懸命に頭をひねって書く。

それらは、電話送稿でいいとされているが、しかし、会社から堂々と送るわけにもいかず、公衆電話ボックスから、十本のコントを読み上げるのである。

ⓈⒺ　パタパタと渋団扇《しぶうちわ》を叩く音

　　　ジュウジュウうなぎの焼ける音

うなぎ「なあ、お前さん。団扇で風を送ってくれる親切があるのなら、いっそ、火の方を消してくんないかな」

Ⓜ　コンマ（ジャンジャン）

などという種類のコントを十本も読み上げると、時には、してやったりとニヤつくこともあるのだが、大体は、何やってるんだろうなあ、俺は、こういうことをやりたかったのかなあ、という思いに襲われることが多く、公衆電話ボックスの中で、虚脱と疲労のあまり、立って眠っていることもあった。

退社時からあとは、また、テレビ局かラジオ局へ出向き、録画録音の立会いをしたり、次回の打ち合せをしたり、たまには、酒や麻雀《マージャン》のつきあいということもあって、駒込のアパートへ帰るのが深夜近くになる。

放送局の連中にとっては、芥洋介はあくまで放送作家であって、サラリーマンとの二足の草鞋《わらじ》だとは誰も思っていなかった。だから、まさか、放送作家とサラリーマンの二つの顔で、一日二十四時間を四十八時間にも使おうとして、〝点と線〟のような暮しをしているなどとは誰も思わず、好意で遅くまでひき留めることもあった。

真夜中にアパートへ帰り、たとえ、いくらか酔っていたとしても、それから何本か書く。

大抵は、コントか、トーク番組か、音楽構成のものであって、魂を揺さぶるというものではないにしても、それなりの工夫を考えたり、作家としての自意識を思うと身を削ることになる。

それは、他愛ないものであればあるほど、身悶《みもだ》える要素が増えるということで、たかがと思えば思えたが、たかがにしたくないと考えると苦労だった。そして、芥洋介は、常に、滑稽なくらいに、たかがにするものかと思っていた。

それらを書き終り、蒲団《ふとん》も敷かずに一時間二時間うつらうつらすると、もう朝刊が配達され、それに目を通し、世界の動きや、政治家の破廉恥や、愚かしい事件に赤丸を付けて一日が始まるのだから、その間、死なない方が不思議であった。

五

鳩村圭子との仲も、妙なものだった。

彼女は、相変らずの感じで通って来て、時には泊っていくこともあったが、芥洋介の方がその状態であるから、セックスという気分でもなく、

「あなたがもっと熱心なら、私の乳首がめり込んだままなんてことはないのに、これ、私の恥？　あなたの恥？」

なんてことを言ったりしていた。

事実、彼女の乳首は妙な具合で、平べったい乳房の頂上に、いくぶんかの刻みを付け、その奥から尖《とが》った先端がのぞけるという程度で、情欲で勃起《ぼっき》するなどということは全くなかった。

「一日千回も吸ったら大きくなるかもな。けど、それは、たぶん、きみが性的な人間でない証拠だよ」

仕方なく、芥洋介が言うと、

「千回吸ってみたあとで言ってほしいわ。そんな断定は」

と不機嫌になり、それから、原稿を書く芥洋介の膝《ひざ》に頭をのせて、

「私、〝愛情物語〟も、〝グレン・ミラー物語〟も、〝夫婦善哉《めおとぜんざい》〟もやる気はないのよ。内助の功なんて、駄目なんだから」

と、突発的にそんなことも言い、真意なのか、逆説なのか、どちらとでもとれる感じで溜息《ためいき》をついたりした。

「いいんだ。そういうの、期待していない」

本来なら、そこから、結婚とか、夫婦とかの話題になっていく筈なのだが、二人の場合は決してそうはならず、その時も、

「〝茂みの中の欲望〟で、ジュディ・ギースンが森の中を裸で駈けて来るんだけど、その時、ヘヤーが見えたの。会社の人は、木の葉の影だと言うんだけど、そうじゃないわ。税関にも見落しってあるのね。あれは、ヘヤーよ。嬉《うれ》しくなったわ」

と、関係のないことを言って笑い、芥洋介も、仕事の手を休めないまま、以前にも、「狂った本能」でマガリ・ノエルが泳ぐシーンで、ゆらゆらと見えたと面白がり、深刻であるべき話題がそのままで終っていた。

いずれにしても、鳩村圭子の乳首をめり込ませたままにしておくのは芥洋介の恥で、そんな生活が、まず十カ月つづいた。

そのお蔭は、放送作家としていくらか知られたことと、薄給の株式会社宣友に比べると、夢のような収入が得られるようになったことで、代償は、軽度のインポテンツであった。

とりあえず、薄弱ながらも、何とか生きていけそう、高邁《こうまい》な理想の生きるではなく、生活が立つという意味であったが、そう思えるものもあって、辞表を提出した。

辞表の受理のされ方に、多少釈然としないものも残り、いささか憮然《ぶぜん》ともしたが、それは贅沢《ぜいたく》というものであった。いずれにせよ、人が去ることは、残る人がいるわけで、去る人と残る人が同じ感傷や感情を持つことはあり得ないと、考えるべきであった。

芥洋介のフリーは、風呂敷包みいっぱいの二百本の企画書であった。

その風呂敷をいつ解くのか、そこから現われるのが煙か、巨人の召使か、あるいは、光り輝く宝玉か、それとも、煙にさえならない反古《ほご》の束か、今はわからない。いずれにせよ、解く時がある筈で、その時が勝負の時であると思っていた。

株式会社宣友を辞め、これで、少しは睡眠時間も増え、多少は人間らしくなり、映画も見、食事もし、鳩村圭子とセックスもし、場合によっては、大人になった彼女の胸中も思いやり、結婚を考える真面目《まじめ》さも生れる筈であった。

しかし、退職し、完全なフリーになっても、二十四時間が増えるわけではなく、二足の草鞋の気遣いから解放されただけで、軽度のインポテンツが重度になるのではないかと、怯《おび》え始めていた。

「それが全てじゃないから」

芥洋介が不能の不安を口にし、もしかして、このままだとどうする？　と訊《たず》ねると、

鳩村圭子はそう言い、しかし、慰めているかと思うと、

「チャタレー夫人じゃやはり困るかな」

と、今度は一転して、駄目よ、やっぱり、そんなの、と本気になって責めたりすることもあった。

そんな会話を交していると、彼女とのあれこれ、鳩村圭子が全く得体の知れない少女で半処女願望であった頃とか、芥洋介の狭い部屋に二段ベッドを運び込んで来て、半処女のまま同棲《どうせい》を試みようとしたこととか、どういうわけか、一メートルもある鰤《ぶり》を解体しようと血まみれになっていた光景とか、何かのはずみで騎乗位になって大泣きしたこととか、それらが心楽しい別世界のように見え、今の、この状態は何だろうと思うのであった。

「俺、男性と引き換えに、未来を下さいと、お願いしたつもりはないんだがな」

と、芥洋介は思い、時に、口に出して言うこともあった。

鳩村圭子が、映画輸入会社勤務のかたわら、頻繁にアパートに通って来るようになったのは、愛が深まったというより、むしろ、芥洋介の健康状態を気遣ってのことで、

「これじゃ、民生委員の見回りだわ」

と、彼女は笑った。

「大丈夫だよ。死にゃあしないよ」

芥洋介も、その都度苦笑をして鳩村圭子を迎えたが、彼女は、悪い夢を見るのだと寒そうに身を縮め、眉《まゆ》を寄せた。

過労死も、また、以前のように黄色くなって倒れることもないことではなく、とにかく、自虐的なほどに無茶をしていることは確かであった。

時折は、荒れたり、愚痴ることはあったとしても、芥洋介は、ある種の決心をしていた。とにかく、仕事でいうなら、今は、試練のような砂嵐の中にいる状態で、そこを過ぎないとどこへも行けない。立ち止まると砂に埋もれるから、眠らずに前へ進むことが絶対で、進みさえすれば、方向はともかく、砂嵐から何らかの未来へ踏み出せる筈だと思い、腹を決めることにしていた。

「俺は、今、試されてるんだ」

「悲壮ねえ」

と、彼女は、必ずしも喜んでいる風でもなく言い、会社を辞めて天才になるんじゃなくて、天才だから会社を辞めると思って欲しかったのに、とも厭味《いやみ》で答えたりした。

「俺が、インポテンツのままで、心は別にして、指と唇だけで、きみを愛していけると思うか?」

時折は、タブーを自虐的に持ち出して、そんな会話を交し、蛞蝓《なめくじ》の如く舐《な》めまわす舌とか、芋虫の如く這《は》いずりまわる指とか言ってふざけたが、もちろん冗談で、鳩村圭子も、そうなったら、どうするかな、天使のような女になるかもしれないし、ポイと捨てるかもしれないし、人間ってわからないわ、幸福だって、何がそうなのかわからないものよ、と言っていた。

そうこうするうちに、昭和三十九年は終り、昭和四十年に入った。

東京オリンピックという壮大な祭、華やかな宴《うたげ》が終ったあと、まさに、祭のあとという気分で秋から冬は冷え、世の中は、活況の潮が退《ひ》いたあとの途方に暮れた状態が訪れ、不況の声さえ聞こえ始めていた。

その、寒い暗い街に、テケテケテケテケテケが流れ始めた。

六

「世界へ飛び出せ！　ニュー・トウキョウ・サウンド」は、パイロット版を作ってから三カ月が過ぎ、やっと放送が決定した。

保守的な連中があれやこれや悩んでいる間に、フットワークのいいライバル局が、単純明快なエレキ合戦をスタートさせ、芥洋介が企画書に謳った最初にして最大の登竜門は、嘘になった。

しかし、とにもかくにも、番組はスタートし、芥洋介は、また忙しくなった。放送作家は書くことが仕事であるが、それはドラマを書く巨匠たちのことで、いわゆる構成作家の場合、現場での仕上げまでも含めて書くことで、特にこの番組の場合、手がかかった。ベンチャーズが一月に来日し、最初のブームを起したが、それ以前から企画を出し、五月にはパイロット版まで作ったのに、結果としては、他局のエレキ合戦の後発となってしまって、何らかの工夫が必要になった。その工夫を委ねられたための手のかかりようだが、それはそれで楽しめないことでもなかった。

エレキ・バンドのコンテスト部分を三分の二として、残りの三分の一を、番組オリジナルのダンス・ステップの開発に当てた。

「何でもかでも、アメリカで流行《はや》っているものを輸入しているだけじゃ、つまんないじゃないですか。終戦から今年は二十年、そろそろ、こちらから送り出しましょうや。猿の形態模写がモンキー・ダンスって言うのなら、そのくらいのことは考えられますよ」

と、芥洋介は言い、振付師と組んで、さまざまな振りを考えた。いや、正しくは、振りを考えるのは振付師であるが、イメージというか、ステップ名を彼が考える。

結構それは面白い作業で、バーテンダーがカクテルを作るさまを踊りにした「シェーカー」とか、鶏が小走りに歩き、何かに驚いて方向転換するさまの「チキン・ウォーク」とか、交通整理の警官を思わせる「ゴー・ストップ」とか、相撲の土俵入りを取り入れた「リキシ」とか、裸足で踊ることを条件にした「アベ」とか、毎週違ったサウンドを作り、ダンサーを中心に会場全体で踊るというもので、番組の華にはなった。

こちらの、いわば、添え物の方に熱中したのは、エレキ・バンドが思っていたより面白く感じられないことで、彼が期待していた熱狂や毒は、アマチュアの少年たちにはまるでなかった。

「何とかしてよ。企画書が立派だった分、俺への風当りが強いんだよ。また、俺、近頃、ボテボテのゴロの夢を見るようになってな」

ディレクターの月田光麿も、顔を合せる度に嘆き、全ての罪が芥洋介にあるように、

「失敗したら、お前だぞ。お前だからな」

と、言いつづけた。

オリンピックが終って突如として色褪《いろあ》せ、不況を予感させる街で感じたテケテケテケには、もっと戦慄《せんりつ》すべき悪寒に似たものが含まれていたが、番組に登場してくる少年たちには、全くそれを感じさせるものがなかった。

大人しく、行儀よく、どこか無気力にさえ思えた。表情一つ変えずに、エレキギターの弦を弾き、時折、Ｅｍのローコードを押さえて、ギューンとアーミングさせるくらいが唯一の自己主張では、退屈この上なかった。

トウキョウ・サウンドはどこにもなかった。リバプールも遠かった。企画書に、イギ

リスの小さな港町が世界に通じるブランドになり得るなら、一千万都市の東京が、ブランドになり得ぬ筈はない、今や世界は東京を待っている、と書いたことが、全くの大ボラになっていた。

「つまんないよ、面白くないんだよ」

月田光麿は、他人事のように責める。

一つは、エレキ・バンドの少年たちが、何故か、ベンチャーズやアストロノーツの方向に走り、歌うことを拒否したことに原因があった。彼らは、インスツルメンタル、楽器を演奏し、サウンドを構築することを主流と考え、歌うことは邪道だと信じているところがあって、応募のバンドのほとんどが、頑《かたく》なに演奏のみを主張した。

マニアックな彼らの耳で聴けば、それぞれのバンドのテクニックに優劣があり、それはそれなりの個性が感じられるのだろうが、一般的に見ればどれも同じで、約一分十秒、無感動な演奏を不機嫌に行う少年たちを見ても、楽しくもなく、また、危険を感じることもなかった。

「歌がないと、言葉がないと、時代には勝てないな」

と、芥洋介は思い、言いもしたが、かといって、その歌や言葉を自分が背負うべきものだとは、まだ思っていなかったので、ダンス・ステップの考案の方に熱中していた。

それでも、やがて、歌うグループの応募が増えるようになり、既にプロになっているエレキ・バンドも、歌で登場するようになってきた。

芥洋介は、ゲスト出演するエレキ・バンドが歌う歌の詞を、律義に放送台本に書き写しながら、いささか唖然《あぜん》とし、肩透かしにあったような気分になっていた。

彼は、当然他の人たちも、エレキ革命後の歌ということで、革新的な歌づくり、シュールなのか、非常識なのか、反体制なのか、実験なのか、それらの意欲のあふれたものが登場すると思っていた。

ところが、歌でヒットし、ブームを作っていると言われているエレキ・バンドの詞は、そんな肩肘張ったものではなく、花、雨、夢、恋といった言葉をちりばめた、見事な抒《じよ》情《じよう》であり、常識であった。

「歌は、狂気の伝達だと思うんだがな」

その時、初めて、芥洋介は、歌に対する心構えのようなことを口にしたが、歌は歌よ、濡《ぬ》れて、泣かせりゃそれでいいの、と簡単に無視された。濡れて、泣かせりゃは、便利屋の倉田三成の言葉だった。

しかし、「狂気の伝達」という自身の言葉を、芥洋介は気に入っていた。

上川一人はどうしているだろうかと、しばしば思うことがあった。

彼が、株式会社宣友のアルバイトを辞めて以来、全く会っていないわけであるから、もう四年近くなる。

最後は、彼が無断欠勤をし、それがつづくので、心配した芥洋介が部屋を訪ねて行った時で、その時、彼は、日広美に落選したと言って、大荒れに荒れていた。

あろうことか、日広美の落選も、それによって開かれる未来を閉ざしたのも、芥洋介のせいだとからみ、

「だって、そうでしょう。作曲しろだの、春画を描けだの、面白いことばかりに引っ張り込むんだもの。面白過ぎるって、よくないんだなあ」

と言った。それから一度も会っていないのである。

芥洋介は、あの、少年に見え、老人に見えする上川一人を、天才だと思い込んでいたから、しかし、天才からの連想にしては、いささか現実的過ぎるのだが、

「〝平凡パンチ〟に、絶対上川一人の絵が出るから、気をつけていてくれ。きっと、イラストで」

と、鳩村圭子に神がかり的予言をし、いずれにせよ、彼は世に出るだろうと、信じていた。

しかし、〝平凡パンチ〟に、絵も名前もなかなか発見出来ないままに日が過ぎていて、どうしているだろうかと思うことが多くなった。

その上川一人を街で見かけた。

それは、全く、見かけたとしか言いようのないことで、秋から冬への季節の変り目の、違う言い方をするなら、アイビー・ルックから、何やら反体制の匂《にお》いすらする不定型の風俗が混り始めた街の中を、彼はスクーターで通り過ぎた。

上川一人とスクーターという取り合せも意外だったが、それ以上に、彼は背中に、ガラス屋が割れないようにガラスを運搬するように、新聞紙大の板を背負っていた。

まさか、あの上川一人が、ガラス屋になるとは考えられないので、たぶん、あれは画稿で、ポスターの原画か何かを、傷つけないように運んでいるに違いなかった。

それだけのことだった。

芥洋介は、スピーカーから、ビートルズの「プリーズ・プリーズ・ミー」が鳴り響く交叉点で、とにかく、彼もやってるんだ、〝平凡パンチ〟も遠く、天才と評価されるにはまだ間があるにしても、やってることはやってるんだと嬉しくなり、俺も、また、やってることはやってる程度の生き方は出来ているだろうと、思っていた。

七

黒澤明監督の「用心棒」を下敷にしたイタリア映画「荒野の用心棒」を、半分眠りながら見ていた。

時々目を開くと、その時に限って、エンニオ・モリコーネの音楽が流れていて、それは、奇妙にやるせなさを誘うメロディーで、暗く落ち込む作用も果した。「荒野の用心棒」は、イタリア製の西部劇で、アメリカではスパゲッティ・ウエスタンと称び、日本ではマカロニ・ウエスタンと称んだ。

映画館を出ると、歳末の土曜日の午後で、不況の中での必死の商戦が感じられ、せいいっぱいの活気という感じがした。

芥洋介は、やっぱり疲れていた。また、どこでも、立ってでも眠れる状態になり、気のせいか、広がって見えるそれらの風景も、黄色く感じられるほどだった。

どうせ眠るのなら、アパートへ戻り、死んだように眠りたいものだと、駒込へ帰って来た時、彼は、歳末の、どことなく哀しみの満ちた雑踏の中に、鳩村圭子の姿を見かけた。

駅から北へ、だらだらと広い坂が下り、その両側が商店街になっていたが、ビニールの桜吹雪と、歳末大売り出しの幟《のぼり》に飾られたアーケードを、鳩村圭子は、買い物籠に腕を通して歩いていた。スピーカーから、都《みやこ》はるみの「涙の連絡船」が、師走の風の嘆きか、呻《うめ》きのように流れている。

鳩村圭子の姿を、この場所で見かけることに何の不思議もなく、たぶん芥洋介の部屋を訪ねているのだろうと思えたが、目の前を歩いて行く彼女は、芥洋介の知る鳩村圭子の印象とはずいぶん違っていた。

どこから見ても若妻風で、それも、日常にすっかり馴染《なじ》んだ、やや疲れ気味の女の感じがあり、商店街の人の流れに、完全に融《と》け込んでいた。彼女は、魚を買い、肉を買い、野菜を買いながら、サンダルの足をひきずるように運んでいた。

芥洋介は、初めは多少の悪戯《いたずら》心であとを尾《つ》けていたが、そのうちに、だんだん、鳩村圭子の見てはいけない姿を見たような気持、さらには、絶対に見たくはない姿を見たような腹立たしさも手伝って、身を隠しながら、十メートルぐらい離れて追った。

彼女は、白いスウェーターに煉瓦《れんが》色のカーディガンを重ね着、タータン・チェックのタイト・スカートに厚手のソックスを穿《は》き、サンダルをつっかけていた。

いつも、黒か白か、それに近い、グレイかチャコール・グレイでファッションをきめ、「挽歌」の怜子か、「悲しみよこんにちは」のセシールを思わせたエキセントリックさはなかった。

手と脚の動きが連動しないような独特の歩き方も、芥洋介の非常識好みに合っていて気に入っていたが、今は、だるそうに歩いて、その奇妙さもなかった。

彼女は、財布の中味を考え考え、少しずつ買い物をしているように見え、軒並、店へ入ってはわずかな時間で出て来た。

そういう姿も全く予想外で、学生時代からどういう金の貰《もら》い方をしているのか、無用の二段ベッドを買ったり、鰤を丸ごと一本持ち込んだり、呆れるような浪費を平然としていたが、今は違って見えた。

芥洋介は、寒風が坂の下から吹き上げ、やがて黄昏《たそがれ》という陰鬱《いんうつ》な空気の中で、そんな鳩村圭子を見つめつづけ、彼女はもはや以前の彼女ではないと知ると、何か、借金の証文をつきつけられたような気持になっていた。

そのうち、鳩村圭子は、店のガラスに物件の紹介をベタベタと貼った不動産屋に寄り、主人か店員か、とにかく男の説明を受け始めた。

彼女は、これというあてがあったのか、ガラスに貼り付けられた物件の一つを指さして、熱心に質問している。しかし、すぐに、ヒラヒラと手を振ると出て行った。そのヒラヒラとした手の振り方だけが、いつもの鳩村圭子だった。

芥洋介は、彼女がそのあと、荒物屋で箒《ほうき》を一本買い、商店街をはずれてアパートの方へ向ったのを見届けて、自分も部屋を探すふりをして、不動産屋へ入った。

「いらっしゃい。アパートですか？」

ストーブの前で煙草を喫っていた主人らしき男が顔を上げ、よっこらしょと声を出して腰を浮かすと、独身？　妻帯？　とぞんざいな口調で訊ねた。

「ちょっと見せて貰う」

芥洋介は、部屋中、魔除《まよ》けのお札のように貼られた物件を見まわすふりをしながら、

「今の女の人、何か決めたの？　ずいぶん熱心だったけど」

と訊ねた。

「新婚用の、風呂付きの三間《みま》のアパートはないかと言うんだけど、あいにくねえ」

と、不動産屋の主人は苦笑いし、けど、あれ、本気じゃないんですよ、気休め、お楽しみですよ、そんな豪勢な部屋借りられっこないですよ、と言った。

「どうして？」

「ぶ厚い靴下穿いて、サンダルをペタペタひきずって、買い物籠の中味も見ましたがね、チビチビとした買い物で、とてもとても。夢見てるんですよ。よくいるんですよ。そんな話をするだけで、その気になれるのが」

芥洋介は、ムッとし、悪いな、俺の話も夢みたいなもんだから、今度、現金積み上げて探しに来るよ、風呂付きな、三間な、と不動産屋を出た。

それから、パチンコ屋へ入り、十分で三千円ばかりすり、隣りの喫茶店で珈琲《コーヒー》を飲んで、時間を潰《つぶ》した。何故か、すぐには、鳩村圭子の顔を見るのが辛い気持になっていた。

三十分ほどして、アパートの部屋へ帰ると、お帰りなさいと鳩村圭子がいつもの声で迎え、来てたのかと目を上げると、膝上十センチの短いスカートを穿いて長い脚を出した彼女が、非常識の魅力そのままでいた。

「ヨーロッパへ映画の買い付けに行った上司のお土産。もっともっと短くなるそうよ」

「そのスカートで電車に乗り、歩いて来たのか？」

「そうよ」

「きみは、そういうのがいいね」

芥洋介は言い、畳にゴロリと横になると、たまっていた疲労と虚脱を吐き出すように、何度も欠伸《あくび》をした。

すると、さっき、師走の商店街で見かけた、いささか生活に疲れた若妻風の鳩村圭子は何だったのだろう、まさか、幻影ということもあるまいしと思ったが、何故か問い訊《ただ》すことは出来なかった。

部屋の入口の下駄箱の横に、買ったばかりの箒が立てかけてあったから、あれは彼女であったことに間違いはなかった。彼は、また、病的なほどに欠伸を連発し、しょうがねえなあ、と言った。

「やっぱり、まだ、眠い人なんだ。眠い人って傲慢なんだ。眠いって言ってしまったら、何でも通用しちゃうし、今日も、そうね」

と、鳩村圭子が言った。

「いや、今日は、きみと頑張りたいな。いいんだろう？」

「さあ、どうかな。私もこの頃、うんと眠い人だし」

そして、彼女は、それはそれ、あとのこと、食事にしましょう、無駄になるかなと思いながらも作ったのよ、無駄にならなくてよかったわ、と卓袱台《ちゃぶだい》のふきんを取った。意外にチマチマした料理が数多く並んでいた。

「性格変ったな」

「年齢《とし》だから」

それでも、芥洋介は、買い物姿のきみや、不動産屋で部屋探しをしていたきみを見かけたとは、言えなかった。

小鉢に盛られた、山椒《さんしょう》をからめた里芋料理を箸《はし》でつまみながら、それとは無関係に、ミニ・スカートいいね、そそるね、と笑った。

食事が済み、いつになく甲斐甲斐《かいがい》しく片付けを終えると、鳩村圭子は、今日は帰るわ、ちょっと行くところがあって、と言った。

「泊っていくって言ったじゃないか」

「ここ壁が薄くて駄目。私、声が大きいから。叫ぶから」

「冗談言うなよ。声なんか出さないじゃないか」

「駄目、今日は帰りたいわ」

そう言い始めると絶対にきかないのが鳩村圭子で、ビートルズの映画「ＨＥＬＰ！四人はアイドル」は見ておいた方がいいわ、と話題をそらしながら、帰り仕度をした。

白いスウェーターに太い革ベルトを締め、モス・グリーンのミニ・スカートで、やや長めのクリーム色のコートを羽織り、黒いマフラーをぐるぐる巻きにした。煉瓦色のカーディガンと、タータン・チェックのタイト・スカートと、厚手のソックスは、どうしたのかなかった。

芥洋介は、全く久々に情欲的になっていて、その場に押し倒してでも彼女が欲しいと思っていたが、

「今日でなくても、一生懸命セックスする日はいくらもあったのに」

と、彼女は言い、いや、今日だ、今日抱きたいんだと言う芥洋介に、背を向けた。

彼女は、ペタペタとしたサンダルではなく、これもお土産というロング・ブーツを時間をかけて履いた。

「お土産の上司と会うのか？」

「馬鹿ね」

鳩村圭子は、それじゃ、お元気で、ぐっすりと眠って、本当の性欲を回復して、幸福になって下さいと笑い、最後に、

「あなたが、商店街で声をかけなかった気持、よくわかるわ。女が日常的になり、その女がずっといるのって、あなた嫌いなのよね。ゾッとしたのよね。よくわかる」

そして、今夜は父に会うの、泊っていかない理由はそれよ、と扉の外へ急いで姿を消した。

芥洋介は、何故か、腰が抜けたような気持になっていた。胡座《あぐら》をかくと、灰皿をひき寄せ、せかせかと煙草を喫いながら、鳩村圭子の言葉を、まだ鼓動のある心臓を呑み込むような気持で、思い返していた。

誤解もあるし、真実もあった。誤解とも真実とも考えないできた部分もあるが、おおむね、彼女の言葉は真実であるように思えた。

彼は、慌てて煙草を揉《も》み消すと、裸足のまま、吹きっさらしの廊下に出た。寒かった。ある雨の日、鳩村圭子が赤い傘をさして、紫陽花《あじさい》の横に立っていた、それと同じ場所に、二十五歳を過ぎた筈の彼女が立っていて、

「声かけてくれたら、よかったのに」

と、半べそのような表情で言い、躰をゆらゆら揺らしながら、箒を買う知恵も、料理を作る腕も、私にはあるのよ、さようなら、と手を振った。

八

昭和四十一年二月四日、全日空ボーイング727型機が、羽田沖で墜落、乗員乗客百三十三人全員が死亡した。

さらに、一月後の三月四日は、カナダ太平洋航空ダグラスDC8型機が、羽田空港に

着陸失敗して炎上、乗員乗客七十二人中六十四人が死亡した。

驚くべきことに、翌五日、羽田発香港行の英国海外航空のボーイング707型機が、乱気流のために空中分解、富士山二合目に墜落、乗員乗客百二十四人全員が死亡した。

この三つ目の惨事を、芥洋介は、テレビ番組ロケーション中の富士スピード・ウエイから目撃、ディレクターの月田光麿から、目撃者として名乗り出て、墜落の様子を語れば、一気に売り出せるとすすめられたが、彼は、そんなことで売り出すつもりはないんだと、不機嫌にことわった。

その頃まで、芥洋介は、確実に鬱の状態であった。

アパートの部屋の扉を開けると、呼吸が詰まりそうなほどに濃密な果実の匂いが鼻をつき、芥洋介は、その場で立眩《たちくら》みを覚えた。

雨台風の四号が、首都を押し流すほどに雨を降らし、猛烈なスピードで房総沖に去った直後で、黒雲が割れて、時折、月がのぞいたりした。彼は、立眩みの中で、また、部屋から流れ出て来る果実の匂いに噎せて、吐きそうになった。

彼は酔っていた。月田光麿の自棄酒《やけざけ》につきあいながら、彼自身も同様な気持で、豪雨の中を飲み歩き、そして、したたかに酔った。

月田光麿は、銀座のバーを梯子《はしご》しながら、落着きなく何度も電話をかけ、

「ビートルズは着いたか？」

と、その都度訊ねていた。

かける度に返事はノーで、台風四号の影響を受けて、ビートルズを乗せたＪＡＬ４１２便の到着は大幅に遅れている、という答を聞いていた。

それは、月田光磨を少しばかり機嫌よくさせる答で、ざまあみろ、まだだってよ、と大笑いした。

ビートルズの来日が決定し、公演のテレビ中継も本決りになった時、月田光磨は、当然、エレキ番組に実績のある彼に、その担当が命じられるものと確信していた。しかし、何に理由があったのか、月田光磨は外され、それは、彼の自尊心を大いにきずつけた。

ビートルズがいよいよやって来るという今日、彼は、早い時間から芥洋介を誘い、銀座のバーで飲み始めた。

「音楽をどうこう言いながら、今日、明日、酒を飲んでいるようじゃ、全くのハズレだぜ。俺もよ。芥洋介もよ。お前、もう、ドラマを書け。音楽じゃ傍流も傍流、履歴にこれで傷がついたんだよ」

「何故？」

「何故って、ビートルズがやって来た日、どこで何をしてたかが問題になって来るのよ。履歴よ。羽田にいました。ヒルトン・ホテルにいました。武道館へ行きました。どれか欲しいやな。お前、今日は、将来、〃あの日〃になるんだよ」
「〃あの日〃だな。終戦記念日と同じくらい、よく語られる〃あの日〃になるだろうな。
あの日、銀座で飲んだくれてた。ビートルズの飛行機が嵐に巻き込まれて落ちることを
願いながら、グデングデンに酔っていた。あの日、そう、俺は、月田光麿と一緒だった。
これじゃ駄目なのか」
「駄目に決っているだろう」
そして、月田光麿は、しなだれかかっていたホステスの裸の肩に歯を立て、思いきり
嚙《か》んだ。
ホステスのくすぐったそうな笑い声が、突然悲鳴に変り、彼女の白い肩に歯形通りの
血が滲《にじ》んだ。
「やめてよ。馬鹿。変態なんだから、この人、厭だったら、もう」
ホステスの口調がぞんざいになり、もはや、店での扱いは上客ではなくなっていたが、
月田光麿の嚙みつきは、そんなことではやまなかった。
彼の口惜しさは、芥洋介にも充分理解出来た。
この結果を見ると、月田光麿のクーデターは完全に失敗のようで、酔うにつれ、お前
の責任だぞ、お前の責任だぞ、をくり返した。
その後も、月田光麿は何度も電話をかけ、ビートルズはまだ着かないという返事に、

けたたましく笑い、ちょうど台風四号が吹き荒れている最中で、いよいよ落ちたかな、などと無邪気にはしゃいだりしていた。

芥洋介は、つきあいで、それでも、しこたま飲み、俺にとってビートルズとはと、朦《もう》朧《ろう》としながら思っていた。

確かに、今、銀座のバーにいるために、〝あの日〟のための実績は作れなかったが、妙に、何かがふっ切れていくような興奮を覚えていたことも事実だった。

それは、言いかえると、軽度か重度か知らないが、インポテンツが一気になおるような予感で、ようし、俺も嚙むかと、珍しく昂《たかぶ》って、ホステスの肩を嚙んだりした。

月田光麿の嚙んだホステスは、パパイヤの匂いがすると言い、そっちは？　と訊ねて来たが、芥洋介が嚙んだホステスは、麦こがしの匂いがした。

行く店、行く店で荒れ、ホステスを嚙み、その都度なかば暴力的に叩き出されて深夜になり、ようやくのこと、芥洋介は月田光麿と別れた。

最後には、月田光麿は泣き上戸になり、

「悪いな。芥洋介、俺と組んだばかりにさ。ビートルズとの縁もなくなってよ。悪いと思ってるよ」

と言う始末だったが、そうじゃないよ、大丈夫だよ、俺、ちゃんと売り出してみせるから、と安心させた。

そして、アパートの部屋へ帰って来て、立眩みがするほどの果実の匂いを嗅《か》いだ。部屋へ入ると、その匂いが、机の上に盛られて、だいぶ萎《しな》びた姿になっている林檎《りんご》だとわかった。

彼は、もう何日も部屋へ帰っていなかった。留守の間に鳩村圭子が訪れ、どういうつもりか、山盛りの林檎を置いて帰ったということで、そう思うと、それは、クラクラしそうな官能の匂いにも思え、息苦しさを感じるほど恋しくなった。

窓に時折、月の光が射《さ》し込み、それは、また、すぐにかき消され、明と暗が入り混って訪れていたが、雨は完全に上っていた。ビートルズはどうしただろうと思った。

それから、芥洋介は、何か、今が重大な時、ビートルズとは関わりを持たなかったけれど、俺にとっての〝あの日〟になり得る日だと思い、株式会社宣友を辞職する時に持って出た二百本の企画書入りの風呂敷包みを、部屋の中央に据え、玉手箱を開けるように、慎重に解いた。

儀式だった。煙は出なかった。その代り、予想もしなかったものが、企画書と一緒に包まれていた。

ハーモニカと二十四色のクレパスと、野球のグローブで、芥洋介が、最初のボーナスで手に入れ、失笑を買ったもので、しかし、その時の彼にとっては、三種の神器と言えるものだった。

その存在をずっと、もう何年も忘れていた。それが、風呂敷包みに企画書とともに入っていたということは、鳩村圭子がしたことに違いなかった。

芥洋介は、彼女をいとおしく思い、彼女が送り届けてくる心に震えながら、狂気の伝達、狂気の伝達、と呟きつづけた。

林檎は、まだまだ濃密に匂っていた。


昭和四十一年六月二十九日、台風の影響で予定よりもはるかに遅れて、午前三時三十九分、ザ・ビートルズが羽田に到着した。

そして、翌三十日午後六時三十分から、日本武道館で最初の公演が行われ、「ロックン・ロール・ミュージック」「シーズ・ア・ウーマン」「恋をするなら」「デイ・トリッパー」「ベイビーズ・イン・ブラック」「アイ・フィール・ファイン」「イエスタデイ」「アイ・ウォナ・ビー・ユア・マン」「ひとりぼっちのあいつ」「ペイパーバック・ライター」「アイム・ダウン」の十一曲が歌声もかき消すほどの歓喜と、絶叫と、悲鳴の中で歌われた。

無名夢想――あとがき

面白い時代などということは、数十年過ぎてから思うことで、その時代を生きている最中に面白いと感じることではない。

時を経て面白さを構築するのは、不確定要素の多い時代ほどそうで、その時は、酸素欠乏に喘《あえ》ぐ金魚のようにパクパクとし、出来れば金魚鉢から飛び出した方が楽だとさえ思いつづけていた。

ただ、一つの才能として、逆境を自虐的に面白がることの出来る術《すべ》を身につけていて、薄給も、超過重労働も、不遇も、精神的虐待も、世間に対する貸しだと思って受け入れていた。

もしも、そこで自虐的になる何物もなく、また最初から順調に歩いたりしていたら、決して面白い時代を感じるものを持ち得なかったであろう。

これは、若い時には苦労をすべきだという教訓とは、ちょっと違う。あくまでセンスの問題で、辛い、悲しい、恵まれないといった価値観をそのまま信じていたら、おそらく、クリエーターにはなり得ないだろうし、面白い時代もまた死角に入ったままであろうということである。

人間、早くから目標を定めて一直線につき進むタイプもいるが、そうではなく、実に曖昧《あいまい》な気配のような目標設定に向って、自己開発をしつづけるというタイプもいる。

不思議なことだが、最も不確かで最も未知なるものが自分自身、または、自分自身の才能や適性で、これがいちばんわからない。

もしかしたら、ほとんどの人が誤解や錯覚で適性を決めているかもしれないし、常識的な人生設計に従って、どこかで見切り発車、あるかもしれない才能を切り捨てて、その後の人生を生きているのかもしれないのである。

また、若い時にあると信じた才能も、好きだという興味の問題と混同していることが多く、まあ、こういう言い方をすると、確認しようのないもの、それが自分自身という結論まで用意しなければならなくなる。

曖昧な気配のような目標設定とは、たとえば、ぼくの場合——小説では芥洋介ということになるが——、考えて、書いて、発表して、何らかの社会的ウエーブを期待するということで、さて、そのための手段として、何がいちばん向いているのかはわからないままでいたということである。

曖昧ではあるが、これでもかなり絞り込まれている。

少くとも、営利のための才覚を発揮するとか、国家権力の頂上をめざすとか、肉体を駆使して労働をするとか、科学技術を武器として時代に関わるとか、秩序ある社会の常識的構成員として安全を求めるとか、そういったものは志していないことは確かである。何でもいいから、考える、書く、発表する、ウエーブを期待する中に自己を泳がせたいと思っていたわけで、小説でなければ、映画でなければ、詩でなければ、までは絞り込んではいなかった。

つまり、才能が見えなかったわけで、見る機会があるとするなら外圧を受けて、自身の反応を確認するしかなかったのである。

求められて、応えようとして、そして、応えることが出来て、初めて才ありと頷くという状態で、それがくり返されるうちに、自ずと才能の序列が出来、優先順位が出来ていったということである。

外圧が存在する場として、ぼくには、広告代理店に就職したことが実に幸いだった。

ここでは、毎日、何かを求められた。求められて、「出来ません」「知りません」が禁句であるから応えようとつとめ、時には無茶もあったが、思いがけない才能を発見することもあった。到底自分自身では見つけられない死角の才能——たとえば、詩を書くなどということもそうである——をひきずり出してくれたのも、外圧である。

広告代理店は、この外圧の坩堝《るつぼ》であり、さらに、それに加えて、'60年代という時代環境も、毎日毎日に外圧を潜ませて叩《たた》いてくれた。

不況の中で蜃気楼《しんきろう》のような夢の生活が語られ始めた不思議な時代、テレビというメディアの普及によって、価値観の地殻変動が始まった頃で、形は違うが不確かさにおいて現在に似ている。

小説は小説であり、人生論でも、職業指導書でも決してないが、もしかしたら、ぼくと同じような曖昧な気配のような目標設定をしている若者には、そういう意味でも役に立つかもしれない。

坩堝はあるのではなく、坩堝と感じるか、見えるかではないかと思う。面白い時代を持ち得たぼくの世代を、ただ幸運だと羨やむだけの若者がいたりするが、それも違っているかもしれない。


この小説は、自伝的となっている。

的とは虚実の混合のバランスを言う。簡単に打ち明けると、実名の部分と虚構の人物の部分があり、それが混り合っているということである。社会的認知を得たものは実名を出すが、その他の、個人的触れ合いを必要とする人物は、仮名、もしくは、虚構である。

「会社へ行ったら月光仮面がいた」ということになると、月光仮面という一時代のヒーローは事実であるから、それを製作していた会社は株式会社宣弘社《せんこうしゃ》ということになるが、小説では、この部分からは虚構になり、株式会社宣友になっている。

そのことによって、会社の人々を拘束から解き放ち、あるいは、ぼくの方が解放され、自由に人間関係を構築することが出来たのである。

もちろん、その時代、その場で、ともに何年かを過した人々の個性やエピソードが、登場人物の血の部分、肉の部分になっていることは事実である。

小さい癖を、大きな個性にひろげ、いきいきとした人格に作り上げたから、小さい癖の持ち主は自分のことだとはわからないかもしれない。小説とはそういうものだと思う。ただ、ぼくが六年も勤務した会社に、あの通りの人がいて、あのままのことがあったという思い込みだけはしないでいただきたい。ぼく自身の分身的な芥洋介を上手に泳がせるために、実在の誰かを犠牲にするわけにはいかないからである。

芥洋介も、自伝的であるから、ぼくなのであるが、これも虚構と言えなくもない。小説の中に登場してしまうと、どれほど事実の部分が多くても、他の虚構とからみ合えば、もう虚構なのである。要は、いきいきとしているかどうかで、虚か実かの仕分けをすることでもないであろう。

虚を宣言しながら、事実の分量の多さをあえて持ち出せば、芥洋介と上川一人とのからみの部分は、かなりが事実である。ほとんどと言っていい。

上川一人は、'70年代の劇画ブームの一翼を担った上村一夫《かみむらかずお》で、彼との出会いから、何となく音信不通になるまでの短い交際は、この小説の通りである。

「無名時代」は、昭和四十一年六月二十九日のビートルズ来日までを書いているが、この小説の終った時代にぼくと上村一夫は再会し、二人で、もののはずみのように劇画を書き始めるのである。

ぼくがシナリオを書き、上村一夫が絵を描き、最初の作品は〝平凡パンチ〟に半年連載した「パラダ」という実にアナーキーな時代劇であるが、その時はまだ劇画という言葉はなく、MANGA NOVELと書いてあった。

二人で書いた劇画は、「パラダ」から始まって、「サクセス48」「スキャンドール」「男と女の部屋」「俺とお前の春歌考」「ジョンとヨーコ」「花心中」(映画化)「悪魔のようなあいつ」(テレビ化)と大体こういうもので、他に短篇《たんぺん》はまだいくつかあるかもしれない。

全くの余談だが、沢田研二の「時の過ぎゆくままに」は、「悪魔のようなあいつ」のテーマ曲である。

そのうち、ぼくが作詞で多忙になり、相変らずテレビの仕事も盛大に抱えていたままの状態で、とても劇画には手がまわらなくなって、仕事での関係は切れるのだが、上村一夫は一人になって、有名な「同棲時代」を産むのである。

ぼくより三歳若い上村一夫は四十五歳の若さで急逝したが、その彼との出会い、それこそ全くの無名時代、ともに作詞家になるとも、劇画家になるとも思っていなかった時代の交際は、ディテールまで克明に書いたつもりで、いささかの感傷を許して貰《もら》えるなら、無名の同志のただならぬ愚行、ただならぬ無駄と思えて懐かしく、嬉《うれ》しくなるのである。

時代が作り出すもの、時代が運ぶもの、風のように吹き過ぎ、気配のようにしのび込むもの、たとえば、歌、映画、風俗、流行、物の値段、世界情勢、社会の事件、時の人物などが、ぼくの小説では重要である。

外圧という言い方をするなら、これも素晴しい外圧で、人々はおおむね過ぎた風のことは忘れてしまうが、忘れたと思っているだけで、意識下にはプリントされている。だから、無関心に振舞おうが、Aの時代の風を受けた人間と、Bの時代の風を吸った人間とは違っている筈《はず》で、ぼくは、そのことを重要と捉《とら》えている。

この小説の中にも無数にそれらがちりばめられ、一種の社会学にもなっている。ぼくは、小説でも歌でも、社会学的なことを見逃せないし、それを見逃すと、全くの嘘《うそ》に思えてならないのである。

さて、風をいくつか書き列《なら》べる。

忘れたもの、接したことのないものがある筈で、出来れば一つ一つに解説を加えたいくらいだが、それよりも、これらが舞い踊った時代という感じ方の方が、意味あることかもしれないと思うのである。


「悲しみよこんにちは」「挽歌」セシール・カット　女性自身　月光仮面　広告代理店「私は貝になりたい」電車特急こだま　ミッチー・ブーム　皇太子ご成婚　モダンジャズ　スーパーマン　8ミリカメラ　天覧試合「灰とダイヤモンド」伊勢湾台風「十二人の怒れる男」アート・ブレイキーとジャズ・メッセンジャーズ　シームレス・ストッキング　東京温泉　地球は青かった　ジョン・F・ケネディ　キューバ危機ザ・ヒットパレード　ホンコン・シャツ　西銀座　アンネ「ウエスト・サイド物語」美人喫茶「椿三十郎」ブルーフレーム　クレイジー・キャッツ　ハイライト　プリンス・スカイライン・スポーツ「こんにちは赤ちゃん」東京オリンピック　巨人・大《たい》鵬《ほう》・卵焼き「有楽町で逢いましょう」モンキー・ダンス　テケテケテケテケ　ミニ・スカート　アベベ・ビキラ　ザ・ビートルズ来日

ある日、ある夜、季節の変り目、セーターを一枚マフラーのように首に巻いて、時代を思う。時代とともに自己を紡ぎ、滑稽《こっけい》なコラージュのように織り上げた絵を見つめながら、どこか今と共通し、似ているものを感じるのである。

そして、この答を得るために、これを書いたのではなかったかと……

「小説すばる」連載中には、桜木三郎編集長との対話が楽しみでした。出版に際しては、田中捷義氏にご苦労をかけました。月並ながら、感謝致します。

終りに、今は亡き劇画家上村一夫氏と、かつての上司であり、「隠密剣士」等の脚本家でもあった故・井上正喜氏に、本篇を捧げます。

一九九二年十一月

阿久悠

解説

「無名時代」に寄せて

水野良樹

阿久悠と呼ばれたあの男が、その一生をかけてつくりあげようとした最大の虚構は、歌でもなく、小説でもなく、論説でもなく、奇想天外な企画でもなく、つまりは阿久悠そのものだった。そんな結末は、彼にとって決して悲劇ではない。

残された彼の肖像写真は無数にある。

口元に持っていった指先がペンを挟んでいる。

作詞で使うペンはお気に入りのものが決まっていて、作業机には本単位ではなく箱単位で注文されたであろうそのペンが、束で置かれている。それほど高価なものではなく、むしろ安価といっていい。誰もが知る文房具メーカーの大量生産品だ。どこの街角でも簡単に手に入るようなそのペンで、彼は日本中の心がときめき、驚き、笑い、泣き、躍る、あの百花繚乱《ひゃっかりょうらん》の歌たちを生み出した。彼が成したことを振り返ってみれば「ああ、あれは昭和という時代に現れた、怪物がやったことだよ」と、認めるしかない。

虚空をみつめて、なにやら次作の構想を思案しているかのような横顔。

しかし、テレビの放送作家という出自を持つ彼が、その横顔をとらえようとしているカメラの存在を意識していないはずがないし、あるいはレンズから覗《のぞ》き込んだ構図、画角、撮影者の視線、意図までが詳細に頭に浮かんでいたとしても、なんら不思議はない。

そもそも、彼がつくりあげた歌たちは、大いに映像的なものばかりだった。

彼はわかっているのだ。すべてをわかりながら、横顔を見せて、ペンを手にしている。

もちろん、撮影を担った写真家たちの技術とセンスは疑いなく見事であったと思う。

それらへの敬意を明示したうえで、なお指摘したい。

阿久悠の肖像はどれも、絵になりすぎている。踏み込んで言えば、演出過多と言ってもいい。そして、それはおそらく、被写体のほうに理由がある。

写真に収まる自分の姿が、阿久悠になっていないことを、彼は許せなかったのだろう。

苛烈なほどの自意識。もちろん、本名の深田公之《ふかだひろゆき》として、ではない。

虚実は、混濁し、一体化し、そして境など、無くなっている。

彼にとっての「自」とはもはや、阿久悠であった。

作詞家として大きな成功を収めたのはおもに三十代に入ってからで、客観的にみれば遅咲きと表現されてもおかしくないひとではある。

明治大学を卒業後、「月光仮面」を手がけていた広告代理店の宣弘社に入社し、ＣＭ制作に従事する。そこで上司として脚本家の伊上勝《いがみまさる》（本名：井上正喜《いのうえまさき》）と出会い、アルバイトとして漫画家の上村一夫《かみむらかずお》と出会い、後輩社員として生涯をともにする妻と出会っている。やがて放送作家という副業を始めて会社員との二重生活に入り、音楽番組に携わるなかで天職となる作詞の仕事を振られるようになった。世間が知っている、あの阿久悠の快進撃は、宣弘社を退職したそのあとの物語で、起こることだ。

『無名時代』というタイトルが、実に、言い得て妙だ。

この〝無名〟の二文字、指し示すことがふたつあるように思える。

まずひとつ。

やがて与えられるまぶしいほどの名声に比べて、いち会社員であった頃の彼は、当然ながら顔も、手がけた作品も、世間にはまだ知られていなかった。知名度が低い頃、世に認められる実績を手にしてはいない頃、大成するまでの下積みの頃。そのような時期を表現する言葉としての〝無名〟。わかりやすく、素直な読み方だ。

もうひとつ。

こちらは、推論になる。

〝無名〟の二文字を、言葉としてではなく、文字として追ってみる。

〝無名〟。名が、無い。

広告代理店、宣弘社の若き社員であった数年間。この作品が主なモチーフとしているその期間の大半において、彼は、本名の深田公之を名乗っていた。

まだ彼は、あの名を、あの虚構を、生み出してはいなかったのだ。

あの怪物に、名前はまだ無かった。

『無名時代』が扱っている時代とはすなわち、世を席巻する「阿久悠」というペンネームがいまだ存在もしていなかった時代だ。やがて時代名詞と呼ばれるまでに昭和を、そして歌謡曲を象徴したあの「阿久悠」という名はこのとき、文字通り、無かったのだ。

その意味において、まさに〝無名〟だった。

いや、もちろん、いささか大仰に語ってしまったところはある。

厳密に言えば、阿久悠というペンネームが作り出されたのは、かなり後期ではあるが宣弘社の在籍時代ではある。名を変えたのは、放送作家などの副業が会社に露見しないための策のひとつだった。

しかし、その名に、その虚構に、彼がおのれの人生を投じる覚悟を決めていったのは、おそらく宣弘社を退社する前後であったろうから、本当の意味で阿久悠という名が「在った」のは『無名時代』のあとと考えても、そう間違いではないかもしれない。

作中においても、宣弘社がモデルである株式会社宣友に、主人公が辞表を突きつけるくだりは重要なハイライトシーンだ。筆者の決意がにじんでいる。


阿久悠という名をつけられたあの怪物が育っていくときに、深田公之という青年はどんな運命を辿ったのか。あの偉大な書き手のことを考えるとき、いつもそんな疑問が、燃え尽きずに手に残る。この作品の主人公の名前が「芥洋介」という、深田公之をもじったものではなく、阿久悠をもじったものであることにも、小さな違和感を覚える。実際にはまぎれもなく深田公之であった時代を、物語においては阿久悠という虚構が侵食している。はたして『無名時代』は、深田公之の過去なのか。阿久悠の過去なのか。

その問いに向き合う前に、やはり彼について考えるのなら、歌の話から、はじめたい。


「地球の男にあきたところよ」

豊かな虚構を生み出すことに、ことさらに長けた作詞家だった。

阿久悠の詞は「場」を描き、「景色」を広げ、「人物」を配置し、そうやってつくりあげた歌世界のなかに聴き手をいざなうかたちをとるものが多かった。

上野発の夜行列車がたどり着いた青森駅に聴き手を連れていき、北へ帰る言葉少なき人々の群れを、眼前に広げる。誰もが沈黙する冬の凍りつくような静寂のなかに、海鳴りだけを残しておく。聴き手は、そこで主人公の姿をみつける。女はひとりだ。連絡船に乗り込む。おそらく、彼女がいまひとりで北に帰ることには、心せつない理由があるのだろう。その背中は、けなげな冬のかもめをみつめながら、小刻みに震えている。

情景描写は、終わった。そこで、主人公の声が、漏れる。

「ああ」

悲しいとか、寂しいとか、つらいとか、悔しいとか。

そんな野暮なセリフはいらない。すべての感情をこの二文字で、聴き手の想像に預けてしまう。もうここまでくれば、聴き手は傍観者だった立場を忘れ、いつのまにか主人公と同じものを見ている。

最後に、女が目にしているものを見せる。そこに広がるもの、すべてを。

「津軽海峡・冬景色」

まがりなりにも自分も歌の書き手なので強調して言いたい。恐ろしい。恐ろしいほどに見事だ。

虚構のワンダーランドと呼んでもいい一連のピンク・レディー作品が象徴的だが、阿久作品は聴き手を様々な場所に連れていき、非日常の世界のなかに引き込んで、その想像力を刺激するものが多かった。組み立てられた虚構は、一見、ただの舞台、情景にしか見えないが、歌をなぞっていくと聴き手の視点、感情はうまく誘導されていき、いずれ、ある方向へとたどり着く。その一連のぜんぶに、阿久悠の意志が宿っていた。

【阿久悠・作詞家憲法第5条】
「個人と個人の実にささやかな出来事を描きながら、同時に、社会へのメッセージにすることは不可能か。」

ふたりでドアを閉めて、ふたりで名前を消すことが、その当時の恋愛観にとって、どれほど新しいことであったか。もう訪れないかもしれない「また逢う日まで」過去を振り向くことも、別れのわけについて語ることもない。どちらかが捨てるのでもなく、どちらかが未練に暮れるのでもない。男は「男性」であり、女は「女性」である。互いに納得し、この別れから新しい日々へと、それぞれに旅立っていく。

この歌の最後は「その時心は何かを話すだろう」という一節で締められていた。歌に太字でメッセージは書かれていない。その「何か」は具体的には提示されない。しかし、聴き手は歌が終わったときに、その「何か」を他ならぬ自分の胸中にみつける。阿久悠がつくりだした虚構が、聴き手の「ほんとうのこと」を引き出すのだ。それは歌の在り方として、実に優しく、そして、巧みだ。

彼の何世代もあとの書き手である自分から見れば、偉大な大先輩のその書き筋の見事さに、ただ口をあんぐりと開けて情けなく放心するばかりだが、一方で、時代という巨大な化け物は、そんな偉人の才能を食いきっても満足しない。時が流れ、歌が求められるかたちも変化していった。

のちに彼と入れ替わるように大衆歌のメインストリームへと躍り出ていった自作自演のシンガーソングライターやバンドたち。

歌の書き手でありながら、なおかつステージに上がる届け手でもある彼らにとって、歌の言葉はそのまま自身の言葉となる。ゆえに彼らの歌は書き手の「個」の視点から言葉をつむぐ歌が多かった。それは自然なことだ。

つくりあげられた虚構よりも、人々は彼らがさらけだす書き手の「ほんとうのこと」に熱狂した。そこに立ち現れる個人のリアリティのほうが、同じく個人である聴き手にとって、身近なものに見え、共感できるものに思えたのかもしれない。

阿久悠的な歌の在り方。シンガーソングライター的な歌の在り方。双方のあいだに優劣があるわけではない。どちらも歌を生み出す過程として至極真っ当なものだ。自分は両者の世代交代が行われた、さらにそのあとの時代を生きている。だからなかば無責任に、双方の歌に育てられ、影響を受け、恩恵を受けたと、素直に言える。

が、あえて付け加えるならば、阿久悠は「個」にとどまり、私的になりすぎる歌に対しては、否定的であったことは確かであると思う。彼がつくりあげた見事な非日常の歌世界の広がりに比べれば、「個」の視点から語られる、日常と現実につながれすぎた歌世界は、たしかに狭くみえたのかもしれない。

ここで、本題に戻る。

しかし、である。

歌においては、縦横無尽に、あらゆる歌手に合わせて十人十色、数にして数千曲に及ぶ膨大な数の虚構を描ききった男が、小説となると、途端に自伝的になった。代表作とも言える『瀬戸内少年野球団』も、死後にふたたび発見され遺作となった『無冠の父』

も、いずれも「個」として彼が経験してきた物語が、モチーフとなっている。

そう、もちろんこの『無名時代』も、だ。

彼が、私的に過ぎると批判的な眼差《まなざ》しを向けたシンガーソングライターたちのそれよりも、はるかに露骨に、自分の「ほんとうのこと」について語ろうとしたのは、なぜか。

いや、小説だけではない。かつてこれほどまでに自作について解説した書き手はいないと言われるほど、阿久悠は自身の作品について、作詞技法について、仕事術について、たくさんの言葉を残している。

阿久悠は、いや、阿久悠と呼ばれたあの男は、なぜあれほど語ったのか。


それが、ずっと気になっていた。

虚構のペンネームを冠し、虚構を描き続ける人間が、本来の何者でもなかった頃の自分のアイデンティティを保つために、ある種の精神的なバランスをとるがために、自分語りができる場を求めたか。いや、どうも、そんな推察は筋が悪いようにも思う。

阿久悠と呼ばれたあの男は、あの男の執念は、それほどやわいものではない。

『無名時代』を読んで、気づくことがある。

書かれていることよりも、書かれていないことにだ。

深田少年にとって、その後の人格形成に最も影響を与えたであろう結核の病について、何も触れられていない。深田少年にとって、その後の価値観形成に最も影響を与えたであろう終戦の衝撃について、何も触れられていない。深田少年にとって、最も意識し、憧れ、嫉妬し、その太陽のごとき輝きを睨《にら》んで対峙《たいじ》することこそが、彼の内なる原動力となったであろうはずの、美空ひばりについて、何も触れられていない。

そこに描かれていたのは、阿久悠を生み出す前の深田公之の青臭い葛藤ではなく、おのれの野心に歩み始めようとしていた怪物のハードボイルドな青春と、刊行された一九九二年にはすでに過去となっていた、昭和という時代の、あまりに強い、匂いだ。

『無名時代』は、虚実ない混ぜ、である。

何が言いたいのか。

阿久悠と呼ばれたあの男は、おのれの過去さえも、おのれの人生さえも、阿久悠にしようとしていたのではないか。深田公之という人間を、阿久悠という虚構に捧げようとしていたのではないか。膨大に残された彼の自分語りは、もしかしたら、本来の意味での「自分」語りではなかったのではないか。阿久悠という虚構を、過去にわたってまで完成させるための、壮大な物語の生成ではなかったか。

虚実ない混ぜ。

いや、あの男は、阿久悠という「虚」に、深田公之という「実」を、喰わせようとしていた。

もう一度、言おう。

恐ろしい。

あの男の覚悟が、だ。


時代という言葉を、よくつかうひとだった。

自分という存在が感じた悲しみについて、怒りについて、喜びについて、恋しさについて、愛しさについて、妬ましさについて、悔しさについて。そんな「個」から生まれた感情たちを言葉としてつむぐことには、もちろん同じく深い覚悟が必要だ。

しかし、大きさは必要ないのかもしれない。むしろ、無用な大きさは「個」から離れてしまう要因となりかねない。

だが、時代を描くなら、時代と向き合うのなら、時代そのものとなるのなら。

「個」にはない、大きさが必要だった。

その存在そのものが、時代を呑み込み、吐き出す、まさにメディアのような大きさが。

歌謡曲は、時代を喰う。

かつてあの男は、そう言った。

この言葉を実現するために、彼は自らの全てを捧げて、阿久悠という名の怪物になろうとした。

二〇〇七年八月一日に、深田公之はその七十年の生涯を閉じている。

彼が生前書き続けていた日記は、死の約二週間前まで記述がある。この日記は彼ならではの特殊なもので、いわゆる私事の記載は少なく、その日に起きた事件、スポーツニュースや芸能ニュース、経済変動、著名人の訃報、などなどの情報の羅列から構成されている。

その日記はつまり、社会のすべてを見つめ続けようとした書き手の、業そのものだ。

それが二十七年間、ほぼ途切れることなく、書き続けられている。

二十七年間である。

最後となった日の記述も、感傷的な言葉はなく、きわめて淡々と、その日、世の中であったことが書き残されている。

彼は、最後まで、阿久悠を降りなかった。

深田公之は生涯を閉じた。

時代も変わった。

『無名時代』のはるか先、未来に時はたどり着いている。

阿久悠という名を得た怪物がつむいだ歌たちは、今も誰かに、聴かれ、歌われ続けている。この未来においても。彼が出会うことのできなかった、この時代においても。あの男が自らの人生を捧げて完成させようとした物語は、虚構は、この今も続いているのだ。

歌が、聴こえる。

ゆえに阿久悠は、まだ、死んではいない。

（みずの・よしき　ソングライター）

本作品には、一部不適切と思われる表現や用語が含まれておりますが、故人である作家の個性と描かれた時代性を重視し、原文のままといたしました。（集英社文庫編集部）

本書は、一九九二年十二月、集英社より刊行されました。

初出
「小説すばる」一九九一年二月号～一九九二年二月号

JASRAC 出 1803206-801

集英社文庫

無名時代《むめいじだい》

2018年4月25日　第1刷　　定価はカバーに表示してあります。

著　者　阿久《あく》　悠《ゆう》

発行者　村田登志江

発行所　株式会社　集英社
東京都千代田区一ツ橋2-5-10　〒101-8050
電話　【編集部】03-3230-6095
【読者係】03-3230-6080
【販売部】03-3230-6393(書店専用)

印　刷　凸版印刷株式会社

製　本　加藤製本株式会社

フォーマットデザイン　アリヤマデザインストア　　マークデザイン　居山浩二

ISBN978-4-08-745728-5 C0193